➤ 一九八九年五月，阿章摄于北京。

刘绍棠

中国乡土文学作家。一九三六年二月二十九日生于北京通州大运河畔的儒林村。一九四八年参加革命。一九四九年开始发表作品。一九五三年加入中国共产党。一九五四年考入北京大学中文系学习。一九五六年加入中国作家协会，从事专业创作。至一九五七年被划右派时，已出版了《青枝绿叶》《山楂村的歌声》《运河的桨声》《夏天》《中秋节》《瓜棚记》《私访记》等七本书。

一九七九年右派冤案得以改正，重获创作权利。带病顽强拼搏了十八年，为后人留下了五百多万字的乡土作品。即十二部长篇小说：《春草》《狼烟》《地火》《豆棚瓜架雨如丝》《这个年月》《敬柳亭说书》《十步香草》《京门脸子》《野婚》《水边人的哀乐故事》《孤村》《村妇》。二十多部中篇小说：《蒲柳人家》《渔火》《瓜棚柳巷》《花街》《草莽》《荇水荷风》《蒲剑》《鱼菱风景》《小荷才露尖尖角》《绿杨堤》《烟村四五家》《柳伞》《年年柳色》《青藤巷插曲》《黄花闺女池塘》《碧桃》《二度梅》等。两部短篇小说集：《青枝绿叶》《蛾眉》。十一部散文短论集：《乡土与创作》《我与乡土文学》《一个农家子弟的创作道路》《我的创作生涯》《论文讲书》《乡土文学四十年》《蝈笼絮语》《如是我人》《红帽子随笔》《我是刘绍棠》《四类手记》。

《京门脸子》获得北京市优秀长篇小说奖。《敬柳亭说书》获得首届中国大众文学优秀长篇小说奖。《蒲柳人家》获得全国优秀中篇小说奖。《蛾眉》获得全国优秀短篇小说奖。中短篇小说多种被译成英、法、德、俄、日、西班牙、泰国、孟加拉、阿尔巴尼亚等国文字。

上世纪八十年代以来，不遗余力地倡导乡土文学，创作上坚持“中国气派，民族风格，地方特色，乡土题材”。他的全部作品，都是写大运河的乡土乡亲，形成了独具特色的大运河乡土文学体系。

刘绍棠文集

水边人的哀乐故事

刘绍棠/著

北京出版集团公司
北京十月文艺出版社

1

我们鱼菱村跟豆棚村村头咬着村尾，两村首尾相连，只隔一条窄道。然而，两村都各自以老大自居，几百年来竟不能合二为一。两村的刘家，应该是一个祖先，偏都各自以正根自命，互不服气，寸步不让，只认同姓不认同宗，却又严禁通婚。

豆棚村老刘家，是豆棚村的首姓大户。村里，柳篱泥墙小院，圈着恰似蝈笼蜂窝的泥棚茅舍，一家挨一家；村外，坟圈子里的坟头，就像一屉屉大大小小的窝头，死了的比活着的还多。不过，他们早已分成老槐树下刘家、沙冈子刘家和河筒子刘家，不是一脉相承一条根了。

但是，五百年前是一家，一笔写不出两个刘字，三支都奉织席卖履的玄德公为祖先。不同的是老槐树下刘家配享的是阿斗之母糜夫人，沙冈子刘家配享的是甘夫人，河筒子刘家配享的是孙尚香，细心明眼的人一看便知，这三支还是有尊卑大小之分。

刘家三支，老槐树下刘家是正宗，没有招过倒插门女婿，也没有娶过带犊子的后婚女人。河筒子刘家是倒插门女婿的后裔，沙冈子刘家是带犊子的子孙；过去，河筒子刘家在老槐树下刘家面前低一头，沙冈子刘家在老槐树下刘家面前更是矮三分。

奇怪的是，正宗本脉的老槐树下刘家，却没有沙冈子刘家和河筒子刘家人丁兴旺。自从三支各立祖坟以来，老槐树下刘家一直三灾六难，七死八活，辈辈缺苗断垄，几代竟是单传。

老槐树下刘家的老祖宗着了急，发了慌，留下了个千年不改万世不变的口谕。

这个正宗刘家一辈传一辈的老祖宗口谕，就是人财不能两得而宁舍钱财不舍人丁，哪一门哪一房都不许绝后；有一门一房断了香烟，就好比十指剁下一指。

然而，一代又一代，难保有哪一门哪一户的男子娶不上媳妇，或是娶上媳妇不生儿子，甚至一辈子开谎花而不结果儿，还是免不了出绝户。于是，刘家老祖宗又想出了一条万全之计，这便是嫁柳接桃和借窑烧砖。

眼下老槐树下刘家的高祖名叫黑锅，就是过继给他大伯的。他爹和大伯老哥俩，一个留家，一个出外；一个憨厚，一个彪悍。憨厚的爹留家给财主扛长工，彪悍的大伯出外在大运河上走船。行船水上漂，走船的人脚野；一个又一个码头拴不住行船，一个又一个女人也拢不住走船人的心。大伯挣了一辈子钱，这手来那手去，大把大把地撒在了花船水妓身上，却不想安个妻室。他爹像一头转磨的驴，一辈子没有走出豆棚方圆十里，却懂得不孝有三，无后为大，挣一个小钱儿也要串在肋骨上，攒够了数目赶快娶妻生子。大伯走船南下途中，路遇一伙水上强人，拦船打劫。两下刀对刀，枪对枪，船对船，大伯不知砍杀了多少水贼，最后自己也身受十八处重伤，胸口窝儿又中了一支飞箭，船翻落水而亡。是几个多情重义的花船水妓给他收尸、买棺、装殓，雇一条打鱼小船，送他仰面还家。刘黑锅也是兄弟俩，他是头大的，刘家的老规矩是长子过继伯父，幼子过继叔父，他便给大伯披麻戴孝，顶丧驾灵，打幡摔盆，下葬入土。从这天起，在家谱上他就算在大伯名下，管亲爹叫二爸，跟一奶同胞的兄弟各抱一支。大伯生前没有婚娶，孤魂野鬼进不了祖坟，那几个花船水妓又摊钱请了个高手泥塑匠，比量着她们的眉眼、口齿、身段、神态，塑出了几个浓妆艳抹、粉白黛绿的小媳妇，栩栩如生一丝一毫不走样儿，连脸上的雀斑也不多一颗少一粒。她们不懂以姓氏笔画为序，抓阄儿排列大小，分出一妻四妾，占全了东、西、南、北、中五个方位，给大伯陪葬。刘黑锅挨个儿给她们磕了头，管每一个叫了一声娘。刘黑锅走船当上船老大以后，三年的血汗钱分文不剩，给这五个人老珠黄的花船水妓赎了身，可算是感恩戴德有良心。

大伯这一支有他一脉相承，亲爹那一支却死了苗子断了根。刘黑锅的兄弟，八岁那年下河浮水，被水鬼拉了替身，扯进旋涡里便没出来，坑死了爹，哭死了娘，来到阳间串个门儿，把老槐树下刘家毁了一半，分明是前世的冤家。

刘黑锅长得像他爹，脾气却像他大伯，十六岁就离开村子到大河上走船，不过比他大伯拢得住脚，只走上京下卫的二百八十里北运河，眼界也就比他大伯窄得多。他有一身力气，又有一身武艺，十八岁就当上了船老大。老槐树下刘家的男子，辈辈都力气大武艺高。他爹憨厚得烟不出火不进，胆小得树叶飘下来怕在脑瓜顶上凿个窟窿，八条汉子抬起的磨盘大夯落在他后腰上，也砸不出一个蔫屁；可是逼急了他真动起手，那位在南北大运河上叫得山响的哥哥，竟不敢递个一招两式，走上三四个回合，只有鞋底抹油溜之大吉，抱头鼠窜逃之夭夭的份儿。刘黑锅将亲爹和大伯合二为一，一半憨厚一半剽悍，水上走船也扛长工打短工。他没有大伯那么好色，也不像他爹一辈子死守自家一座娘娘庙，平生只嫖过两个女人。

话说刘黑锅在北运河上走船的那个年月，北运河比眼下大得多，宽得多，深得多，清得多，沿河地多，树多、花草也多，只是人口比眼下少得多。那时的北运河上到北京东便门，下通天津卫的大沽口，不但能走有几十个座位的大客船和运载上千石粮食的大货船，还能跑一溜烟的小火轮。最窄的河面，从这岸到那岸，也有二三里，客船、货船、打鱼船，花船、画舫、小划子，各走各的水道。翠堤的帮，白沙的底，水深几丈到十几丈，一眼能看透河床上的坑洼沟坎。从翠堤下仰起脸，只见河上的白帆挂着天上的流云，夜晚的桅灯像满天眨眼的星。爬上翠堤坐在土牛上，只见花船上的水妓下河洗身子，像一条条在水中游动的白鲢子鱼，接多少客都不长杨梅大疮。河水像撒了糖化了蜜，做出的豆腐又甜又软，白似鸡蛋清，拌上小葱最能下酒。沿河的杨、柳、榆、桑、杜梨树，高得扎破了天，双手过膝的大汉子，张开两条长臂也搂不过半边树身子。河里的大鲤鱼一跳能蹦出水面三尺高，毛脚螃蟹在浅滩上横行，留下的爪痕像牤牛犁过的垄沟，沙岸上趴满晒背的乌龟，像一溜溜一行行黑瓷金花的大海碗，大风大雨摇下树上的鸟蛋，像三伏天下雹子，正月十五煮元宵。

豆棚村三面沙冈一面临水，又有一道河堤像影壁，关门闭户自成天下。没有大码头，也没有小渡口，千帆万船从树前过，不是逆水而上，便是顺流而下，都不在豆棚村外停泊靠岸。只有孝子刘黑锅，南下北上路过村外，每回都从大船上一个虎跳飞上河堤，到刘家老坟给他大伯和爹娘上供，大碗的酒，大块子肉，干鲜果品，金箔银锭，香烛纸马，一应俱全。下行的船走得快，他磕完了头，爬起身就急忙追船。上行的船走得慢，他就到相好的小红兜肚儿家睡一夜，鸡一叫跳下炕就走。

说他跟小红兜肚儿相好，倒不如说小红兜肚儿像一帖狗皮膏药粘在他身上，揭不下来撕不下去，又像一根鱼刺卡在了嗓子眼儿，咽不下去吐不出来。

2

小红兜肚儿的男人叫宋大吭哧，是邻村皇粮头麻大叫驴的一名小跑儿，专管在豆棚村收租。麻大叫驴是铁帽子王的家奴，祖上在老王爷帐下当过巴图鲁，出生入死救过驾，打完了仗老王爷赏了他个皇粮庄头，总管铁帽子王在运河滩上跑马占圈的旗地，而且也是世袭罔替。传到麻大叫驴这一辈儿，更是忠心保主，六十大寿那年，小铁帽子王给他讨了个六品顶戴，比七品县令都高一头。宋大吭哧是奴下奴，麻大叫驴吃肉他啃骨头，在豆棚村的佃户们身上荞麦皮里榨油，也盖上几间房，买下十多亩地，雇刘黑锅给他放牛。宋大吭哧名声恶臭，娶媳妇竟没有一个乡亲登门道喜。一顶小花轿把小红兜肚儿抬进门，摆了几桌酒席，吃客都是麻大叫驴那帮鹰犬爪牙、恶奴打手，只有刘黑锅一人奔前跑后，给他们上酒送菜。这些家伙从正午吃到天黑，醉得横七竖八，呜哇呕吐，满地打滚儿，像大热天茅坑里的蛆。宋大吭哧急得抓耳挠腮，给刘黑锅递了个眼色，刘黑锅扛起一个酒囊饭袋，就像从汤锅里捞起一口死猪，直奔村外，扔下河堤。那年他才十二岁，力气却比二十岁还大。他扛走了最后一个醉鬼，宋大吭哧已经收拾完了残酒剩菜和桌椅板凳，扫净院子泼洒了清水，十字披红插花礼帽，垂手侍立在屋门外，并不入洞房。刘黑锅又累又饿又困，拿了两块饽饽一块坛子肉，钻进牛棚旁边的草栏子，没吃几口便呼呼大睡。

响过三更梆子，一阵马蹄声惊醒了刘黑锅，虽然睁不开眼睛，却听得出是麻大叫驴大驾光临，也听得见宋大吭哧的胁肩谄笑，轻声贱语："开园的瓜请您老人家尝头一口，是奴才应尽的孝心。"麻大叫驴大笑连声："大吭哧，好小子！那我就拼出老命，替你打头阵啦！"

"您老人家这是赏我们父一辈子一辈的脸面。"宋大吭哧嬉笑着躬身而退，吱扭一声反掩临街的柴门，把新婚的妻子交给麻大叫驴享用，哼着小曲儿到花船上寻欢作乐。

刘黑锅等宋大吭哧走后，正要放心入睡，洞房里小红兜肚儿一声尖叫，又把他吓了个半醒；揉揉眼睛，扯扯耳朵，从草栏子里探出了头。

"庄头……老爷……您不能……"小红兜肚儿被麻大叫驴扑到炕上，哆哆嗦嗦，哭哭啼啼，像黄鼠狼爪下的鸡雏儿。

"你死了的婆婆活着的娘，洞房花烛夜都是我尝鲜！"麻大叫驴黑着脸喝道，"几辈子的老规矩，你敢不依从？"

"我娘……跟我……说过……"小红兜肚儿在麻大叫驴身下挣扎，两手紧紧抓住裤腰。

"门里出身就更应该百依百顺！"麻大叫驴扯碎了小红兜肚儿的红袄。

“我是她生下的……”小红兜肚儿惊慌地护住胸脯，“生下的头一胎……”

麻大叫驴趁机扒下她的绿裤，狞笑道：“你娘叫你抢了个先，正是为了我早吃嫩果子。”

“哎哟！爹……”小红兜肚儿发出凄厉的哀鸣。

天亮之前，麻大叫驴尽兴而归，快马加鞭离去。

“救……人……救命呀！”从昏死中活转过来的小红兜肚儿，呻吟着连连呼救，气如游丝，声似秋虫。

半醒半睡的刘黑锅，迷迷怔怔爬出草栏子，站在窗根下问道：“嫂子，你是不是叫我把吭哧大哥找回来？”

“我剜瞎了眼……也不想见那个……软盖子的王八！”小红兜肚儿哑着嗓子啼哭，“黑锅兄弟，快把我背回娘家，我要死在我娘怀里。”

刘黑锅踮着脚尖走进洞房。

八仙桌上的红烛烧下了大半截，滴滴答答淌着烛泪，烧焦捻子的烛光昏沉幽暗，洞房像一座黑牢。炕上的小红兜肚儿一只眼睛肿得乌青，一只眼睛泪光闪闪，像个蓬头鬼。她穿起了扯碎的红袄和撕裂的绿裤，红袄碎片遮掩不住被抓出一道道血痕的胸脯和被嚼烂的两颗乳头，下身一大片湿漉漉的血渍，把绿裤污染得紫黑。

刘黑锅吓得腿软，磨磨蹭蹭走过去，小红兜肚儿像一只被恶狗咬伤的小猫，手脚打颤儿从炕上爬起来，双手搭在刘黑锅的肩上，喘了口气才搂住刘黑锅的脖子。刘黑锅背过两手，揽住她的后腰，却摸了两大把黏血，惊吓得冲出屋门，撞倒柴门一路飞跑起来。

小红兜肚儿的娘家，就在豆棚村西北角。她爹原来也是麻大叫驴的收租腿子，所以花烛之夜她娘也被麻大叫驴破了身，而且包占到住对月。八个多月小红兜肚儿出生，她娘只说是怀胎七月早产。直到小红兜肚儿出嫁之前的晚上，她娘才向女儿吐露真情，为的是万一麻大叫驴又要在小红兜肚儿的新婚之夜开苞，小红兜肚儿说出自己本是麻大叫驴的亲生女儿，可免乱伦之灾。谁想麻大叫驴不等小红兜肚儿说个明白，便饿狗扑食搓弄了她。

小红兜肚儿的娘到麻大叫驴面前哭得眼里滴血，麻大叫驴虽不认这个账，却又给宋大吭哧下令，服侍小红兜肚儿要像奴才孝敬主子，只是不许小红兜肚儿招野男人。宋大吭哧双膝下跪，四起八拜，给小红兜肚儿磕了九九八十一个碰地响头，小红兜肚儿才答应叫刘黑锅背她回家。

她怀了孕，生下个白胖的小丫头儿，麻大叫驴传出一道密旨，宋大吭哧把这个小丫头儿掐死，刨丈二深坑掩埋。

小红兜肚儿疯了，一见宋大吭哧的面便破口大骂，摔盆砸碗，抄起菜刀就砍，抡起烧火棍就打。宋大吭哧不敢捅她一指头，只有躲到花船上过日子，把小红兜肚儿整个交给了刘黑锅。

刘黑锅人小脾气大，个头儿长一寸，脾气长二尺。小红兜肚儿犯起疯病骂他，他就左右开弓抽她的嘴巴，直抽得她闭嘴才住手；小红兜肚儿抡起烧火棍打他，他夺过烧火棍一折两断，打肿她的屁股；小红兜肚儿抄起菜刀砍他，他抢过了菜刀搁在她的脖颈上，吓得她尿湿了裤子。小红兜肚儿也真奇怪，被刘黑锅毒打一顿，便十天半个月不犯病，给刘黑锅烙饼抻面，包饺子蒸年糕，像个奴婢侍候少东家。刘黑锅身上的衣裳脚下的鞋，都是小红兜肚儿亲手缝制，她的手巧活细，刘黑锅穿戴得十分齐整。

小红兜肚儿的疯病一年比一年犯得少，却落下个难治的病根，天阴下雨刮小风，她便四肢冰凉像个僵尸，浑身寸寸骨节疼痛，哭叫声瘆得人根根汗毛倒竖，只有刘黑锅钻进被窝给她暖身子，她才能慢慢有了活气。刘黑锅本来没有邪念，小红兜肚儿却生出了歹意：她要在这个半大小子身上采阳补阴，连哄带骗耍手腕儿，刘黑锅稀里糊涂落进了她的陷阱。

刘黑锅十六岁那年打摆子，三伏天身穿棉裤棉袄，躺在堤坡的阳光下，热沙子能打煳饼，他却冷得哆嗦一团。一条大船正从河上过，掌舵的船老大会相面，八丈之外就看出他被盘丝洞的女妖精吸干了精血。他恍然大悟，不辞而别逃活命，拜这位船老大为师，走船为生了。

两年不照面，十八岁的刘黑锅长成了伸手捅破天、抬腿踩塌地的好汉子。天上下鸡蛋大雹子也不缩头的金钟罩脑壳，扯开衣襟迎得住刀子风的磨扇子胸脯，一副拉顶风纤的宽肩膀，绷紧纤绳一口气走百里路不歇脚的铁腿，挥舞大篙像拈灯草的千斤膂力，在大河上挣下一个雷响连天的名声，师父把船老大的腰牌传给了他。

大河上走船免不了冤打仇杀，更免不了水贼拦路劫船，当上船老大不连破一百零八阵站不住脚。刘黑锅从十八岁到二十岁，一年三百六十天脚踩阴阳界，不知挂了多少回花，捡了多少个死。每一回眼看就断气，都被抬回豆棚村小红兜肚儿的炕上；是小红兜肚儿烧香拜佛，求神问卜，讨来药到病除的偏方，使他逢凶化吉，起死回生。为了给他大补元气，小红兜肚儿从大腿根上割下一片嫩肉，煎了汤一口一口喂他。这一来，刘黑锅被小红兜肚儿的千丝万缕死绑起手脚活缠住身，想娶个清白人家的黄花闺女生儿子，没有一回不被小红兜肚儿搅散的。

所以，刘黑锅抱回龙蛋子，小红兜肚儿头一个咬定来路不明。

3

龙蛋子出生那一年的皇历上，画着九龙戏水，放牛的小牧童儿光着两脚不穿麻鞋，注定了这一年十有八九是个大涝。不等六月十三关老爷磨刀，更不等七月七牛郎织女鹊桥相会泪洒人间，刚过了五月初五就像捅破了天，一百零八个透明窟窿漏水，瓢泼大雨一场接一场。刘黑锅已经打鱼为生，不走大船，却又远离豆棚村，不在家乡门口停船靠岸做生意。一条渔船萍踪浪迹，在北运河两岸那八卦图的水网中穿插梭行。几天大雨不能出船捕鱼，只得把渔船拴在岸边的老龙腰河柳上，渔船躲藏在大树浓荫下正可遮风蔽雨，躺在船舱里勒紧了裤带睡大觉。

他已经有一年多不到小红兜肚儿家去了。

过去，大船半路遇雨，中途抛锚，趴在船舱里喂大花脚蚊子，啃凉饽饽喝雨水，他忍不住就只有到小红兜肚儿家躲避一时；睡的是暖席热炕，吃的是可口饭菜，搂着小红兜肚儿鲤鱼翻筲，只是有时滚到睡在炕脚的宋大吭哧身上，却像一只癞蛤蟆跳上了脚面，一阵恶心扫了兴。

龙蛋子满月那一天，大雨从天亮下到天黑，一阵比一阵紧，一阵比一阵急，越下越大没有个收场。大河涨得虽没有出槽，河面距离堤面也只差一韭菜叶高，堤下的一条条大道小路，淌着哗啦啦的雨水，水深过膝变成了河汊子。一道亮闪绕豆棚村三圈，一声炸雷像十八只重槌敲十八面响鼓。宋大吭哧和小红兜肚儿这几年又买了十多亩地，翻盖了五间新房，满砖的前脸儿，夹心的房山，已经是个小肉头户。闪电抓窗，房顶响雷，吓得小红兜肚儿顾不得馊透了的宋大吭哧像口泔水缸，两手捂着耳朵扎进宋大吭哧的臭胳肢窝。宋大吭哧也并不比小红兜肚儿胆大，从身上搓下两颗泥丸堵住耳朵眼儿，脑瓜子上又套了个蛤蟆嘴的腌菜坛子。门外被冷雨浇得满身起火的刘黑锅，扯破了嗓子喊哑了喉咙，他们也听不见。

刘黑锅抬腿一脚踹倒了柴门，三步两步走到屋门外，又抬腿一脚踢开了门两扇，大喝一声："点灯！我来了。"

"你……你是谁呀？"小红兜肚儿像个刺猬蜷缩一团。

"我是皇上二大爷！"刘黑锅骂道，"快他妈的滚起来接驾。"

"黑锅，是你！"小红兜肚儿一声惊喜欢叫，打个滚儿屈起了后肢，前肢打着了火镰，点起了黑小子油灯，"倦鸟儿归林，走狗回家，还是我这张小炕上的热土难离吧？"

一灯如豆，小红兜肚儿雪白胸脯上的红兜肚像一团火烧云，也照见浑身湿透的刘黑锅怀里抱着一件绿蓑衣，绿蓑衣上的雨滴像镶满的珠子。

"不为了我儿子讨口奶吃，我一辈子不想见你！"刘黑锅跳上了炕，揭开了绿蓑衣像平铺两张荷叶，滚出一个光溜溜赤条条的小小子儿，小小子儿从梦中惊醒，哇哇啼哭起来，刘黑锅一把撕下小红兜肚儿的红兜肚，粉红桑葚儿的奶头堵住了小小子儿的石榴嘴儿。

小红兜肚儿躺下身子给小小子儿喂奶，像放倒了一口醋缸冒酸气，咬牙切齿咒骂着问道："这是哪个窑姐儿骚丫头下出来的杂种儿，满满当当的屎盆子扣在了你这个傻阿哥的头上？"

"闭上嚼蛆的嘴！"刘黑锅那蒲扇大的巴掌，捂住小红兜肚儿半张脸，“金龙娘娘下龙蛋，我从大河里捞上的儿子是个龙种。”

头套着腌菜坛子的宋大吭哧，怪声笑道：“二位不必多犯口舌，只要我睁开火眼金睛一过目，是杂种还是龙种就断个八九不离十。”

小红兜肚儿满嘴唾沫星子啐道：“还是扒开坟头子大劈棺，跟你的死妈问个明白，你是谁的种儿吧！”一脚把宋大吭哧踹得骨碌碌滚到炕角落，腌菜坛子撞墙裂了个大缝。

“黑锅，我得给你……揭开她的皮，掰出她的瓤子……”宋大吭哧在裂了缝的腌菜坛子里，像一条冻狗哼唧，“她哪一回肚子鼓起来，我都能一眼看破是谁装的货。”

“嘻！黑锅听了你的蝼蛄叫，难道就不耕地啦？”小红兜肚儿伸出一只胳臂，把刘黑锅扳倒在她的枕头上，“你跟我一年多不照面，想断了我八条肠子，快说说金龙娘娘怎么给你送子，我就爱听你编的瞎话。”

刘黑锅却咬定货真价实没有半句谎。就在刚才的子时三刻，他的打鱼船拴在十八里外的一个河湾子里，水涨船高，风吹船晃，虽有老龙腰河柳像张开的伞，给这只打鱼船护顶，他紧裹着蓑衣嘴咬酒葫芦，喝得肚子里烧膛像开了锅，肉皮子仍然阵阵发紧起鸡皮疙瘩。冷雨浇头，凉风透骨，不如下河泡在水里暖身子。他甩开蓑衣爬出船舱，眼前忽然一片金光照亮了大河，抬头一看只见一条金龙张牙舞爪，翻滚咆哮像个分娩的女人；直到龙头挂在天上，龙尾扫到了河面，直上直下扑通一声。下出个大蛋溅起三丈浪花。这个龙蛋在河里滚上滚下，水波便忽高忽低，刘黑锅的打鱼船颠簸起伏像滚开的热锅煮饺子。胆大如斗的刘黑锅火冒三丈，头顶着雷电跳下河去，捞起这个像轧地面砘子一般大小的龙蛋，抱上了船搬进舱。龙蛋仍然滚来滚去，打鱼船也像喝下两葫芦老酒的醉鬼，东倒西歪晃动不停；气得他满头乱溅火星子，抱起这个石砘子龙蛋叭喳摔在船板上，齐刷刷整齐齐裂开两瓣儿，白屋子红帐子，里边睡着个胖小子儿。

“黑锅，一年不见你练出了唱戏的腿，说书的嘴。”小红兜肚儿听得入迷，却又觉得不过瘾，“砍的敢比旋的圆，你编出的瞎话真像有那么回事儿。”

宋大吭哧从裂缝的腌菜坛子里钻出来，贼溜溜爬到小红兜肚儿身边，伸手摸了一把龙蛋子的小鸡儿，奸声鬼气地笑道：“铁根硬芽子，长大又是一杆丈八蛇矛。”

“脑瓜子扎到裤裆里，滚到一边闪开场子！”小红兜肚儿又手一推脚一蹬，宋大吭哧像风吹鸭蛋壳，一溜十三滚儿。“黑锅，龙蛋子吃饱喝足，我该给你这个饿死鬼喂几口残汤剩水了。”

刘黑锅却把小龙蛋子捧在两只大手里，盘膝坐在炕席上，像个大脚丫子的婆娘，摇头眯眼笑道：“当着我儿子的面，你别叫我当牲口吧！”

“我眼珠子瞪得枣儿似的盼了一年多，你就赏给我这么两句冷言冷语呀！”小红兜肚儿又气又恼又委屈，眼泪疙瘩像热锅炒豆儿，噼里吧啦溅了刘黑锅一脸。

“黑锅兄弟，别听这个小娘儿们花言巧语念迷魂咒儿！”宋大吭哧不甘寂寞，躲在炕角落煽阴风点鬼火，掩着嘴儿哧哧笑，“你一年多不拴船下马，上岸采花，她可是大五荤不离口，哪一天也不吃素。”

“都是你这个活王八安排香饵钓金鳌，拴得了圈套哄我钻！”小红兜肚儿像一只疯猫，哭叫扑到墙角落，要把宋大吭哧撕个七零八碎，捣成肉泥烂酱。

刘黑锅一把抓住小红兜肚儿的满头青丝，好像翠屏山赚杀潘巧云的拼命三郎石秀，脸色铁青，口气寒冷，一字一凿地说："我花钱雇你给我儿子当奶妈，你越贪荤腥奶水越多。"

"我一滴奶水一粒金，你浑身的筋骨皮肉能熬出几两银？"

"你趁火打劫，蛇蝎心肠，饿着了我的儿子，咱们两世为仇。"

"我给你儿子吃三年奶，你给我扛三年长工；十颗汗珠子换一滴奶水，我菩萨心肠儿便宜了你。"

刘黑锅想了想，点点头，说："三天之后我来上工。"

"那我也过三天才给龙蛋子喂奶！"小红兜肚儿一抹脸儿，脸上冻起了一层冰。

刘黑锅只得打躬作揖，低声下气，说："内掌柜的，我这三天要驾着渔船串河网子，讨回大家欠我的债，还清我欠人家的债，才能一心无挂扑在你身上。"

宋大吭哧不等小红兜肚儿开口，急忙插嘴抢话，说："这三天的奶水钱，另算一笔账。"

"我横切成片儿，竖砍成块儿，斧剁成段儿，头蹄下水都卖给你们啦！"刘黑锅强压住火气，恶狠狠地喊道。

"黑锅，你敬我一尺，我还你十丈！"小红兜肚儿冰化雪消，满面春风起来，"只要你一心无挂扑在我身上，龙蛋子只当是我十月怀胎下的崽儿。"

宋大吭哧没占着便宜反倒吃了亏，黄眼珠儿一转嬉笑道："黑锅，小红兜肚儿雇下你的身子，我要买下你那条船，糟帮烂底一堆朽木，你要多少钱？”

“宝剑赠予壮士，红粉送给佳人，这条船早有主儿啦！”刘黑锅把龙蛋子交给小红兜肚儿，披上蓑衣跳下炕，又头顶着雷鸣闪电风吹雨，返回豆棚村外河柳下的打鱼船。

4

刘黑锅的打鱼船，换来豆棚村外白沙青草中的一座孤坟。

通州东关刑场上，凄风苦雨中横躺着一具被绞刑处死的女尸，风雨打烂了蒙面的高粱纸，揭下了掩盖身子的半领草席。刘黑锅孤身一人，顶风冒雨驾一叶孤舟，拢船上岸摸着黑来到刑场，把这具冰肌玉骨的女尸抱进船舱。回到豆棚村外风停雨住露出了半边月亮，雨洗过的月亮像磨光的菱镜，刘黑锅又把女尸从船舱抱到船头，借着月光舀起河水，给女尸冲刷了身子，洗净了脸儿又梳了头，脱下囚衣扔进大河里，换上了花烛之夜新娘子的红袄、绿裤、彩裙。十里蛙鸣，八方鼓噪，吵醒了睡梦中的豆棚村男女老幼，忽听河边纤道上沉锣闷鼓，唢呐声咽，笙管笛箫低回婉转，合奏的却是一曲迎亲喜乐，不是神仙下界，也是龙王嫁女。

天光大亮，刘家老坟地几步开外，一座新坟平地而起。刘黑锅卖了渔船，赤手空拳，走进了小红兜肚儿家。

小红兜肚儿觉得刘黑锅还是那条身子却丢了魂儿，改换了脾气变了个人。过去像一只双响二踢脚，眼下却是冒烟不起火的一捆青柴。过去惹恼了他，一蹦八尺高，打人下手又狠又黑，甩手一走三两个月不照面。小红兜肚儿是个贱货，三天不打上房揭瓦，一天一顿才欢天喜地，几日不见刘黑锅便想得一寸一寸断肠子。她一心想把刘黑锅这匹野马戴上笼头，野鸟儿关进笼里，跟他一胎生九子。谁知刘黑锅乖乖地送上门来，却像赵子龙得了秋瘟，抬枪上马都有气无力，已经不是昔日长坂坡前东挡西杀、横冲直撞、四方驰骋、八面威风的常胜将军。蔫头耷脑见煮饽饽都不乐，搂在怀里只比木雕泥塑多一口气，一点儿也不知道识趣，少盐寡淡没滋味儿。小红兜肚儿怄他、气他、骂他、咒他、掐他、拧他、抓他、咬他，他却三锥子也扎不出一滴血，活像一头卧槽的犍子。小红兜肚儿气恨交加，恼羞成怒，便不避刘黑锅的耳目，敞开了门勾引野汉子，只为能讨得刘黑锅的一顿拳打脚踢。刘黑锅看在眼里却视而不见，卷起铺盖退避三舍，在那座孤坟旁边搭起一座窝棚，遮风蔽雨暂栖身，只扛长工不拉帮套了。

刘黑锅冷得像头场雪二场霜，三九天的树挂冰凌子。小红兜肚儿一天比一天沉不住气，一天比一天心慌意乱，就像三伏天的热锅上蚂蚁。黑夜躺在炕上，炕上好像铺满了葛针扎肉皮子，白天更是六神无主，活像是一只剁尾巴猴儿坐立不安。刘黑锅是个铁石心肠的人，水性杨花的小红兜肚儿胳臂拗不过大腿，煎熬得心如汤煮，半夜爬起来背着龙蛋子，到河边的窝棚里找刘黑锅。

从村里到那座窝棚有一条白沙子羊肠小路，踩一脚埋脚面，小红兜肚儿一双三寸金莲的小脚，尖溜溜像两把绱鞋的针锥，背上又压着个龙蛋子，走一步如陷泥塘，拔出腿走下一步已经气喘吁吁，走到村外高粱地边，一连歇了七八回。她刚钻进高粱地，突然豆从下跳起一个拦路夜叉，满嘴喷着熏死蚊子的酒气，两只眼睛像两点鬼火，打个嗝儿放响屁，震耳欲聋而又臭味扑鼻。

“妈呀！”小红兜肚儿瘫在豆垄里。

“哎呀呀，原来是小红兜肚儿！”这个套白狼打杠子的家伙，惊呼一声便把京腔变成了卫调，“我张嘴等着天上掉馅饼，不想王母娘娘赏我一块天鹅肉。”

“你……你是谁？”小红兜肚儿紧搂着龙蛋子问道。

“我是那采花的蜂子盗草的虫儿。”

“你跟我回家去，新抹的炕面，新织的苇席，新做的被子，我跟你好比拜堂成亲入洞房。”

“我色大胆小怕狗咬，你安排香饵我不上钩儿。”

“出了这块高粱地，有座窝棚也能颠鸾倒凤戏鸳鸯。”

“窝棚里住着个刘黑锅，我不想羊入虎口。”

小红兜肚儿听他惧怕刘黑锅，芝麻粒儿的胆子一下变得鸡蛋大，咯咯一笑，说：“你敢碰我一根汗毛，我喊叫一声，刘黑锅就像下山虎，一爪拍死你这只丧家的狗儿。”

这个狗贼膀手夺过龙蛋子，恶狠狠低声喝道：“你喊刘黑锅，我就摔龙蛋！”

小红兜肚儿乱了方寸，一不敢呼天，二不敢唤地，只得忍辱屈从。这个狗贼把她扒得一丝不挂，临走又剥下她的裹脚条子；一身裤褂洗干净了卖估衣，两条裹脚布也能换一壶酒喝。

缠足的女子没有了裹脚布寸步难行，小红兜肚儿只得掰下高粱叶子搓成绳儿，把龙蛋子捆在后背，手脚落地，泪下如麻，爬了出去。龙蛋子真不愧是刘阿斗的后代，大有先祖遗风，处变不惊，酣睡不醒。

小红兜肚儿爬一路哭一路，身后两道膝印两行泪。

爬进窝棚扑了个空，冷冷清清不见刘黑锅的踪影，窝棚口对面正是那座野桑树下的孤坟，阴风阵阵吹得小红兜肚儿委屈、伤心，吓破了胆。泪噎住喉咙，气堵住胸口，放下龙蛋子背靠着窝棚立柱，三魂出窍昏迷过去。

刘黑锅不给小红兜肚儿拉帮套，每天夜晚在河滩上开荒地，头遍鸡叫才回来。身子劳乏脑瓜子昏沉，趔趔趄趄走着像鸡啄米似的打盹儿，晃晃悠悠走进窝棚，打着火石只见一个披头散发的女鬼，满身沙土像从坟坑子里刚爬出来。

“龙蛋子娘！”刘黑锅眼神恍惚心里迷糊，“你是活了过来，还是显灵托梦？”

小红兜肚儿听见了刘黑锅的声腔，却没有听出刘黑锅的字句，呜呜咽咽哭道：“我……好苦呀！”

刘黑锅双膝跪倒爬过来，把小红兜肚儿紧紧搂在怀里，滚烫的胸脯熨帖着小红兜肚儿那冰冷的身子。

“你怎么浑身上下……没有一条布丝儿？”刘黑锅从横梁上摘下蓑衣，给小红兜肚儿披上，“我给你装殓的红袄、绿裤、彩裙呢？”

“拦路的夜叉，把我抢了个精光。”小红兜肚儿虽没有清醒过来，一问一答却歪打正着是个巧对儿。

本来可以糊涂庙砌糊涂神儿，不想一泡尿憋醒了龙蛋子，哇哇一哭搅散了小红兜肚儿和刘黑锅的迷幻呓语。

刘黑锅点着了一盏桅灯，灯光下哪有龙蛋子娘？映入眼里的是满身伤痕满脸泪痕的小红兜肚儿。

“你……怎么……三分不像人，七分倒像鬼？”

“我背着龙蛋子找你，半路途中……遭了劫难。”

“臭肉烂韭菜才招绿豆蝇！”刘黑锅大骂一声，扇得小红兜肚儿满脸开花。

小红兜肚儿皮肉吃苦心里甜蜜，娇声贱气呻吟道：“我不顺从……那个狗贼，那个狗贼就要……摔碎了龙蛋子。”

刘黑锅的铁掌停在了半空中，突然一声狂叫，带着呼呼风声的大巴掌却落在了自个儿的脸上。

从这一天起，刘黑锅才跟小红兜肚儿棒打不散，刀砍不断。

5

三年一眨眼，龙蛋子借奶和刘黑锅换工，都到了日子。

刘黑锅要抱走龙蛋子，小红兜肚儿就像从身上剜下心头肉，双手搂住刘黑锅两腿，死缠活绕不许把龙蛋子抱走；龙蛋子在他爹怀里就像一条落网的鱼，入笼的鸟儿，抓挠两手，踢蹬两腿，扯着脖子一声又一声叫娘，拧成了麻花不愿离开小红兜肚儿。

宋大吭哧袖着手儿，站在圈外冷眼旁观，看鹬蚌相争；只等一到火候儿，他那条虎入牢笼之计就揭锅。

“黑锅兄弟，龙蛋子娘！”小红兜肚儿和刘黑锅撕扯得难解难分，双方虽不是两败俱伤，却也都有气无力；宋大吭哧这才满脸奸笑走上前来劝架，两句肉麻的称呼正是巧使了个拴贼扣儿，“二位鸣金收兵消一消气，两罢干戈听我良言相劝。”

“你那张臭嘴是个下蛆的茅坑，我怕脏了耳朵！”小红兜肚儿虽是恶语伤人，暗中却给宋大吭哧的起承转合破了题，垫了话。

“歪嘴儿的和尚难道就念不出两句正经？”宋大吭哧觍着脸儿，花言巧语拌了蜜，“黑锅兄弟，我跟你情同手足，两头叫驴一张槽，好草好料你可是吃头一口；龙蛋儿虽不是从你嫂子的肠子里爬出来，吃了她三年奶也亲如母子，难道你就不能分给她半扇儿？”

刘黑锅虽没有理屈词穷，却是茶壶里煮饺子倒（道）不出来，张口结舌哭丧着脸，已经被宋大吭哧的嘴皮子一巧破千斤。小红兜肚儿出其不意，攻其不备，手疾眼快从他怀里抢过龙蛋子。

“宋大吭哧，你跟刘黑锅一个鼻孔出气儿，伙穿一条裤子暗算我一个人！”小红兜肚儿戏中有戏，倒打一耙反咬一口，“龙蛋子是借我的窑烧出来的砖，哪个娘儿们敢说我不是龙蛋子的亲娘，我跟她手拉手儿到通州衙门打官司，金銮殿上告御状！”

小红兜肚儿这是乘人之危，以假乱真；刘黑锅却不敢说出真相，只能吃哑巴亏。

野桑树下孤坟里埋着的死鬼女人是窝在小红兜肚儿肚子里的一块心病，若不是怕刘黑锅活剥了她的皮，早就想掘墓开棺看个真假虚实。有一回，刘黑锅烧纸上坟，喝得大醉，小红兜肚儿口念迷魂咒，身子绵软得像葫芦藤子南瓜蔓儿，把刘黑锅缠三圈绕两道，哄骗刘黑锅醉后吐真言；刘黑锅虽然嘴里像含着一块热豆腐，咿里呜噜的却是有问必答。

“野桑树下那座孤坟里，埋的是谁呀？”小红兜肚儿兜圈子转影壁，把刘黑锅揉圆搓扁，这才单刀直入。

“龙蛋子的……生身母……”

“金龙娘娘？”

“那是我……吃柳条子……拉笊篱，编出来的《聊斋》。”

“原来龙蛋子不是龙蛋？”

“是我从那贞节牌坊下……摘下的……野秧子西瓜。”

麻大叫驴的长媳，名叫黄巧儿，守了十八年望门寡，一天身穿绫罗绸缎，头戴凤冠霞帔，闺房坐化，香魂升天，麻大叫驴大办丧事，又花了上千两银子，从通州衙门请了一块节妇金匾，在黄巧儿坟前修起一座汉白玉的贞节牌坊，成了方圆左右十几个村庄的一块圣地，二十四节不断香火。小红兜肚儿虽是个积重难返的淫妇，每有个头疼脑热，灾枝病叶儿，也到贞节牌坊下跪拜上供，赌咒改邪归正。只不过高烧一退便又故态复萌，故伎重演，依然故我。

“难道……难道……”小红兜肚儿脊梁骨嗖嗖冒凉气，上牙磕下牙咯咯响，“龙蛋子是……你跟黄巧儿所生？”

“她天天黑夜还阳，到船上……跟我……同床共枕坐了胎。”

“坟坑棺材里可怎么生孩子呀？”

“肚子里下种……肚脐眼儿发芽……三丈三的藤子爬出了坟……结了个叽里骨碌的大青碴子西瓜。”

“你说的是瞎话还是鬼话呀？”

“实话……人话……”

“黄巧儿埋在贞节牌坊，你怎么说这座孤坟里的女人是龙蛋子的生身母呢？”

“这座孤坟里……住的是真黄巧儿，那座贞节牌坊下……埋的是……假黄巧儿。”

“耳听为虚，眼见为实。你把黄巧儿从这座孤坟里叫出来，我当面相看才当真。”

“她生下……龙蛋子，魂灵儿叶落归根……不露面了。”

刘黑锅的这些醉话，小红兜肚儿并没有信以为真，过了几天小红兜肚儿在打情骂俏中又刨根问底，刘黑锅咬定牙关一字不吐，从这一天起滴酒不沾唇了。

小红兜肚儿虽没有打开刘黑锅的闷葫芦，可也算占了刘黑锅的上风，只要她一念这个紧箍咒，刘黑锅就不敢不乖乖地拉帮套。

豆棚村穷汉子娶不起三媒六证的女人，可以跟外姓的女人公开姘居，与那个女人的丈夫平分春色，但是得死心塌地效犬马之劳。那个女人生下的儿女，长大了眉眼神态像哪个男人，就管哪个男人叫爹，管另一个男人叫大伯或二叔。一般都是那个女人跟丈夫所生的儿女管拉帮套的男人叫叔，跟拉帮套的男人所生的儿女管丈夫叫伯。即便拉帮套的男人比丈夫年岁大，也得这么叫，以表明两个男人有主次之分，身份不同，地位不等。拉帮套的男人和外姓女人生下的儿子，可以认祖归宗，刘家也是如此。

小红兜肚儿沾过的男人都不过是蜻蜓点水，她不想跟这些鸡头鱼刺癞皮狗儿生孩子。她掐算着日子拿这些男人取乐儿，浮光掠影不留痕迹。她也掐算着日子跟宋大吭哧同房，一连生下三个女儿都像宋大吭哧的写真仿影儿，不羼一星半点儿的杂色。只是这三个丫头都生得獐头鼠目，黄皮寡瘦，又都逃不过月子里的四六风和阳春三月的天花疹子，没有一个活下来。龙蛋子吃的就是死了的三丫头的接奶。

她想要个真正亲生的儿女，刘黑锅烧出的金砖琉璃瓦。生下儿子虎头虎脑的叫金童，生个女儿面如满月叫玉女。她掐算着能坐胎的日子，前三天就斋戒沐浴，给灶王奶奶晨昏三叩首，早晚一炉香，舌头不沾荤腥儿，嘴里不说脏字儿。她最喜爱白白胖胖鸭蛋脸儿的灶王奶奶，灶王奶奶有两个男人，一个叫张奎，一个叫李有，正像她有个宋大吭哧，又有个刘黑锅。杨柳青出产的灶王神像，灶王奶奶居中而坐，张奎和李有两位灶王爷左右相陪。通州的灶王神像就减了成色，灶王爷只有张奎一人，跟灶王奶奶并肩而坐，灶王奶奶身后有个模模糊糊隐隐约约影影绰绰的人影，才是李有。请十张通州灶王爷神像的钱，也请不来一张杨柳青灶王爷神像，小红兜肚儿供奉的是杨柳青灶王奶奶。杨柳青灶王奶奶跟送子娘娘也许是八拜之交的干姐妹，给她抱个大胖小子就像捡个鸡蛋那么方便。

到了这一天晚上，小红兜肚儿梳头洗脸，搽胭脂抹粉，就像草台子班的小旦面对着菱花镜扮戏。窗外的大月亮挂着一抹淡淡的云影，像一盏雾里的灯笼；大河的流水田野的风，柳棵子地的鸟叫草丛中的虫鸣，好一个黄道吉日的月白风清之夜。刀、枪、剑、戟、斧、钺、钩、叉，小红兜肚儿都视如草芥，无所畏惧，今晚却像大姑娘头一回入洞房，盘腿坐在炕头心怦怦跳。惊蛰一犁土，枣芽发种棉花，谷雨前后种瓜点豆，小满种芝麻，一亩一石八，白露早寒露迟，秋分种麦正当时。天时配上了地利，只等刘黑锅起五更爬半夜，耕、耩、锄、耪，春种秋收了。

谁想，白坐了一夜，空等了一场，姜太公钓不上不愿上钩的鱼。

刘黑锅又搬回村外的窝棚，躲起来不见她。鹰饱不拿兔，八两换不回半斤，这个冤家的心上只有孤坟里的那个女人；跟她只不过是破庙躲雨，岸边拴船，住店歇脚，云游和尚挂单，说不定哪一天就变了心翻了脸。

小红兜肚儿忍无可忍，又背起龙蛋子到村外窝棚找刘黑锅，身上还带着一把杀猪的青条；遇上拦路的夜叉白刀子进，跟刘黑锅一言不合红刀子出。

6

小红兜肚儿身背着龙蛋子一出村口，就只见大火烧红了满天星，浓烟遮黑了天边月，人喊狗叫乱成一锅粥；吓得她三寸金莲好像穿上了兔子鞋，一口气穿过高粱地跑到刘黑锅的窝棚，四脚拉叉一头栽倒。

窝棚门口，刘黑锅上半身门里，下半身门外，浑身上下筛子眼儿，大大小小的窟窿咕嘟咕嘟冒血沫子，嘴里剩下不到半口气。

小红兜肚儿溜溜看守了刘黑锅七天七夜，给他堵住了身上的窟窿还了魂。这个扳倒牤牛的汉子只剩一身骨头两层皮，软得粘在窝棚里的蒲席上，像一张摊在锅里的煎饼；抱起他来喝水喂饭，就像抱起一捆灯草芯子，还比不上龙蛋子压胳臂。

呼呼响的河风和热烘烘的南风，把一阵阵乱糟糟的锣鼓声和闹嚷嚷的哭叫声吹进了窝棚；昏昏沉沉的刘黑锅抬起了眼皮，睁开了眼，眼珠子转了两转。

“哪儿的……锣鼓……”刘黑锅咧开焦黑的嘴唇，一句话喘两口气，“是谁家……打架？”

“麻大叫驴给人砍了十八刀，腰断两截脑瓜子搬家，停灵七七四十九天出大殡。”小红兜肚儿咬牙切齿咒骂，眼角溜瞅着刘黑锅的脸色，“死尸下了蛆，烂在棺材里，三妻四妾十男八女就狗咬狗闹分家。”

“大火……没把麻家大院……烧个一干二净吗？”刘黑锅躲闪着小红兜肚儿的目光，扭过脸去。

“一把火烧不光麻家大院，瘦死的骆驼还是比驴大。”小红兜肚儿的舌头像被马蜂蜇了一钩子，吸了口冷气打了个嘟噜儿，“黑锅，是不是你……放的火？”

“麻大叫驴也是我杀的！”刘黑锅像诈了尸挺身而起，“我给龙蛋子娘……黄巧儿报了仇雪了恨，出净了闷在胸窝几年的这口恶气。”

麻大叫驴的一个爱妾，生了个儿子，不到百日就死了。麻大叫驴如丧考妣，痛不欲生，觉得这个短命娇儿来也匆匆去也匆匆，十分的委屈，一定得给他娶个媳妇，将来能进祖坟才算入土为安。本来当时北运河两岸村庄盛行鬼婚，花几个钱买个跟他的短命儿子年岁相当、命相相合、八字相宜的小死丫头的尸骨，合葬一墓便万事大吉。但是，平民百姓都能二鬼成亲，皇粮庄头麻家也如此办理，岂不有失身份，不够风光。他要与众不同，高人三等，给死儿子娶个活媳妇。三条腿的蛤蟆踏破铁靴无觅处，两条腿的小丫头儿得来全不费工夫，车载斗量，零整批发，要多少有多少。麻大叫驴一声号令，几十个媒婆子磨破鞋，累折了腿，磨破嘴皮咯了血。麻大叫驴点名要个跟他的短命儿子同年同月同日生，同一个时辰呱呱坠地的小丫头儿。有钱能使鬼推磨，重赏之下有能人。几十个媒婆子遵旨照计而行，八仙过海各显其能，钻天劈缝搜奇寻宝。有个姓黄的船夫，在刘黑锅的大伯船上当过纤头儿；穷家儿女多，姓黄的纤头儿五男二女，个个嗷嗷待哺，不是饿死也得卖给人贩子。不想其中那个小丫头儿命相取贵，生辰八字正跟麻大叫驴的短命儿子对点子，同年同月同时来到人间；一个生在富户短命而亡，一个落在穷家饿也不死。媒婆子急忙禀告麻大叫驴，麻大叫驴喜出望外。姓黄的船夫家里少一张嘴吃饭，还能换来几个钱，也很乐意；哪管女儿一辈子守空房，只当舍在庙里当尼姑。合婚、写帖、下小定，走完了整套过场，这个名叫巧儿的小丫头便是麻大叫驴没过门的儿媳妇了。一算麻家女眷便身为贵人，巧儿娘只算服侍麻少奶奶的老妈子。麻少奶奶从小不许跟男孩见面，就是一奶同胞的兄弟也不能一起玩耍。黄巧儿生在野外河边，却足不出户像一只井底之蛙，抬头只见锅盖大的天，低头只见巴掌大的一块地。多亏有个探得出脑袋爬不出身子的小后窗户，她蹬着高凳才能看见天上的鸟影，大河里的行船。被那个受命监管她的媒婆子看见，还得挨一顿臭骂，听一顿训教。

刘黑锅虽是个寒门子弟，头生的儿子也娇贵；他的爹娘怕他立不住，自幼给他留了头发梳抓髻，打扮成小丫头片子。他几岁就挎着柳篮到河边剜猪菜，常看见黄巧儿在后窗手托着两腮卖呆儿。小孩儿家见过两面就成玩伴，他给黄巧儿捉过红顶的山雀，抓过绿翅膀的蝈蝈儿，黄巧儿也送给他一条穿旧了的花兜肚。两小无猜，男女不分。刘黑锅的大伯死了外丧，没过多久又父母双亡，剃了光头到宋大吭哧家放牛，赶牛来到黄巧儿的窗下，黄巧儿一见羞红了脸，却仍旧隔窗跟他说闲话儿，没有生分反倒更亲热了。这一年黄巧儿身下见红，来了月经，媒婆子验了她的身，忙到麻家大院禀告。八面大鼓，八抬大轿，旗罗伞扇，全副銮驾，吹吹打打把黄巧儿抬进麻家的枣核钉子黑大门。小姑子跟她拜堂成亲，大脚老妈子陪她入洞房。大门不许出，二门不许迈，逢年过节也不许回娘家，闺房铁窗坐监牢。

麻大叫驴是个色魔，王八肉天天不离口，牛鞭、羊鞭、驴鞭是一顿不可缺少的盘中菜。更有个牛鼻子杂毛老道，传授给他一个壮阳补肾的秘方，日食玉液丹珠三颗，便可长生不老，战无不胜。这个秘制玉液丹珠，便是选取滴溜圆一般大小的老虎眼红枣儿，放进元身处女的阴门水道，白带浸透，取出食用。麻大叫驴逼租讹债，强令长工佃户的黄花闺女到麻家大院为他泡枣，一个个都下身溃烂，得了漏症。麻大叫驴已是风烛残年，血亏气衰不可救药，好色之心非但不减，而且欲火更盛。牛鼻子杂毛老道的秘方不见效，又掏出个压箱底的绝招儿，说是贞女节妇泡出玉液丹珠有仙气，最为灵验。麻大叫驴的大小老婆一窝蜂闯进黄巧儿的闺房，鸡一嘴鸭一嘴，死说活劝，威逼利诱，黄巧儿只得依允。七天七夜痛痒煎熬，下了狠心要跟老贼同归于尽，取出玉液丹珠又泡了一会儿红矾水，才喊人给老爷子送去。麻大叫驴像猪八戒吃人参果，三颗红枣儿一连串扔进嘴里，咽下肚去。不到片刻，就听正院里的麻大叫驴肚子疼痛得鬼叫连天，整个大院乱了营；黄巧儿乱中脱身，钻出了后花园的水沟眼，逃到了河滩上。

爹娘已死，不能连累兄弟姐妹；黄巧儿走投无路，晕头转向来到豆棚村外的一棵野桑树下，拴个绳套上了吊。一缕香魂刚出窍，命不该死有救星；刘黑锅下船上岸正回豆棚村，不早不晚路过此地，及时赶巧救下了她。黄巧儿游魂归窍睁开眼，刘黑锅给她摩挲胸口掐人中，虽不算失身也已经肉挨肉。本来是青梅竹马之交，落到这步田地倒不如一不做二不休，整个身子毫无保留交给了刘黑锅。

刘黑锅私通节妇犯的是死罪，不敢成帮搭伙走大船，买了一条小船打鱼为生，黄巧儿女扮男装假充小伙计。隐姓埋名串河网，东躲西藏避人耳目，一年生下龙蛋子。

麻大叫驴没有被毒死，遮掩家丑不声张，一面放出风声，说有个使唤丫头拐带金银财宝私奔出逃，一面又勒死个使唤丫头假冒黄巧儿，出大殡立牌坊，乌烟瘴气欺世盗名。黄巧儿虽是满腹柔肠，却是一身侠骨；趁刘黑锅上岸卖鱼，她给龙蛋子喂饱了奶，哄睡了小娇儿，只身一人到通州衙门投案。州官吃了麻大叫驴的贿赂，指鹿为马，将错就错，割下黄巧儿的舌头堵住了嘴，押赴东关刑场绞死。刘黑锅雨夜收尸，野桑树下葬埋。

刘黑锅本想等龙蛋子长大，没有了后顾之忧再报仇，不想小红兜肚儿强词夺理霸占了龙蛋子，这才月黑风高画了个花脸，带刀跳墙进入麻家大院，砍死了麻大叫驴，也被麻家的护院打手强弓硬弩乱箭齐发，穿了一身的血窟窿。

"黑锅，小亲亲……"小红兜肚儿泪如雨下，哭着哭着改腔换调，一阵银铃笑声，"你才是配得上我的汉子呀！"

"你是旱甜瓜，另个味儿。"刘黑锅吸溜着鼻子哭了，"我命小福薄，这辈子……没能跟你……做个原配夫妻；只怕……我的寿数已经到了头，跟你……亲热不了几天了。"

"你好比雷殛的大树，枯木逢春会发芽。"小红兜肚儿伸出舌头，舔干净他脸上的泪水，"咱俩相好刚开头，好个没够不能死。"

“我真能死里逃生，要给你种出个孩子。”

“一个龙蛋子我就知足了。”

“你不是早就想要一个自个儿的吗？”

“我怕有了亲生的偏心眼儿，委屈了龙蛋子。”

“你是我们父子两辈的恩人呀！”

“有了你我这辈子才不算白来一世。”

两颗心四行泪，泣不成声。

麻家大院虽然报了官，大小老婆起内讧，十八个子女罗圈架，谁也不肯掏钱打点官府。通州衙门无利可图，空喊严拿凶手；雷声大雨点小，虚张声势了一阵子也就销了案。

树倒猢狲散，麻家大院一窝子淫妇败家子，几年光景就把万贯家财踢蹬一空，连那座贞节牌坊也公分出卖。

大伤元气的刘黑锅，半死不活又过了几年。这几年肩不能挑筐，手不能提篮，虽有几亩河滩地，不下功夫地也骗人，打不了几粒粮食，吃穿全靠小红兜肚儿倒贴。小红兜肚儿一心要保住刘黑锅这条命，哪里还有闲心跟他鱼水交欢、生个一男半女？

听说麻家大院卖牌坊，刘黑锅忙叫小红兜肚儿卖了河滩地，换回拆成八块的汉白玉。

“你把这座牌坊在黄巧儿坟前立起来？”小红兜肚儿问道。

刘黑锅摇了摇头，拉着小红兜肚儿的手，说：“龙蛋子娘，我买下来……是留给你的。”说完就闭上眼睛含笑睡去。

7

老一辈的豆棚村人，也就是八国联军打中国那一年前后出生的老爷子老奶奶，不知是夜郎自大，还是眼界狭小，他们讲古叙旧忆往昔，从来不说前清顺、康、雍、乾、嘉、道、咸、同、光、宣的某年某月某日，也不说民国的某年某月某日。大至历史事件，小到本地故事，他们都以刘黑锅身死那一年计算时间。吴大帅头一回打张大帅是哪一年？刘黑锅死前一年。偷鸡摸狗的张老砧子哪一年拉起杆子当了土匪？刘黑锅死后一年。黄道吉哪一年拜牛鼻子杂毛老道为师，装神弄鬼自称半仙之体？就在刘黑锅死的那一年。那一年春旱秋涝立夏下雹子，入冬飞沙走石连刮四十九天大黑风，村北的沙冈搬到了村南，活埋了一户人家两圈猪。那一年大河里的花船水妓炸了窝，掐死老鸨子，勒死插杆的，剃头刀子阉嫖客。那一年通州的男女洋学生下乡大扫荏，遇见没有剪辫子的男人便牛不喝水强按头，咔嚓一声铰掉后脑勺的猪尾巴。挨门串户搜索大姑娘小媳妇，扒下鞋袜剥裹脚布……如此等等，不一而足。

那一年情人刘黑锅一死，自幼招蜂引蝶的小红兜肚儿，一改水性杨花老脾气，改邪归正要当个守身如玉的节妇。她拜在馒头庵老尼姑门下当记名弟子，说媒拉纤带收生，摇身一变立地成佛。孙悟空变土地庙，旗杆竖在庙后头，杨二郎一眼就看出了破绽，七十二变也难免露馅。小红兜肚儿却变得六根除净，不留尾巴桩子。

这一年小红兜肚儿三十六七，不算年少也不见老，她是个不守妇道的女人，喜欢穿红挂绿，搽胭脂抹粉儿，三十六七打扮得像十八九。

刘黑锅咽气的当天晚上，她就把圆髻改成了冠髻，红头绳换成了蓝头绳儿，一下子老气了许多。半盒胭脂，一包官粉，扔进灶膛，只要一张清水脸儿，红袄绿裤子，三天三夜浸透了皂荚水，灰不灰黄不黄，穿在身上好像俗家打扮的尼姑。尖尖翘翘的凤头鞋，压在了箱子底层，又被钻进箱子的老鼠咬出几个窟窿。眼尖的人看得见，一夜之间她虽没有白了头，鬓角上也有几茎青丝染上秋霜。

小红兜肚儿一心不二扑在刘黑锅身上之前，有过六七八个老相好，刘黑锅出殡下了葬，又都一窝蜂想补刘黑锅的遗缺；可是一见她那哭眉丧眼寡妇脸儿，又都一个个倒吸一口冷气，打了退堂鼓。

只有那个在高粱地里占过她便宜的张老砧子，竟敢亮出本相，要跟她长久搭伙，到她家拉帮套。

刘黑锅下葬六十天，小红兜肚儿带着十一岁的龙蛋子，给刘黑锅圆坟。北运河乡俗，人死六十天，只不过跨进了鬼门关，魂灵儿还藕断丝连挂在望乡台上，只等亲人最后一祭，这才瓜熟蒂落沉入阴曹地府，从此便阴间为鬼了。小红兜肚儿手上拎着一只大包袱，大包袱里有金箔银锭黄纸钱；龙蛋子胳臂上挓着一只柳篮子，柳篮子里有酒肉供品和三炷高香。娘儿俩来到村外老桑树下的大坟前，摆放了供品便烧香、焚纸、跪拜、祷告。刘黑锅刚死，小红兜肚儿便伪造履历，说刘黑锅是她娘的干儿子，她也就理所当然的是刘黑锅的干姐姐，干姐弟虽不是一母所生，却情如一奶同胞。于是，她不但收养龙蛋子名正言顺，而且在刘黑锅身上做多少文章都有了题目。

“爹，您老人家甭挂念儿子，放心上路吧！”龙蛋子连磕三个响头，一个响头一个海碗大的坑，“早去早回，转世投胎，二十年后又是一条好汉。”

小红兜肚儿一个巴掌捂住他的嘴，说：“你爹不愿跟我同年同月同日死，但愿同年同月同日生，来世成双结对做夫妻；我一日不死，你爹在阴间等我一日，我一年不死，他在阴间等我一年，宽打长算也等不了三万六千天。”

龙蛋子十分孝顺，忙又叩了一个头，说：“爹，寒来暑往春夏秋冬，转眼之间就是百年，您安心等着干娘把您接回来吧！”

“我哪比得过二十四孝的好儿子！”小红兜肚儿泪下如麻脸上笑开了花，“你到河边掏螃蟹，干娘在你爹坟前多坐一会儿。”

“您回家别忘了喊我一声。”龙蛋子爬起身像摘了笼头的马驹儿，欢蹦乱跳地向河边跑去。

龙蛋子一走，小红兜肚儿便张开双臂扑到坟头上，紧搂着坟头连连呼唤刘黑锅的名字；夺眶而出的泪水像一道道鞭杆子雨，穿透了黄土直入坟坑，点点滴滴打在刘黑锅的棺盖上。

“黑锅呀黑锅，狠心贼的黑锅呀！”小红兜肚儿一边哭一边骂，“你撒手一走六十天，望乡台上看得见，这六十天里我哪一天吃过半碗饭，哪一夜不是天光大亮还睁着眼？想你想得我掉下一巴掌膘，连骨头带肉拆下来喂不饱一只鹰；愁得我大把大把掉头发，剩下几根也白了梢儿。你尝尝我的眼泪苦不苦？就知道我吃下一篓蜜的甜瓜，到嘴里也改味儿变成黄连。”

小红兜肚儿哭骂不解气，又双手发疯扒起了坟，满天飞溅黄土坷垃青草叶子。

“哈哈哈哈！”老桑树上一阵怪笑，跳下个鹰鼻鹞眼水蛇腰的汉子，“小红兜肚儿，人死如灯灭，刘黑锅一入阴间就还不了阳；你给他挂了六十天孝，也算尽到了露水夫妻的情分，哭几声更是老尺加一，给够了斤两。还是擦干了眼泪走你的阳关道，别死心眼子黏住这座独木桥。”

小红兜肚儿睁开泪眼一看，认得他是过去给皇粮庄头麻大叫驴家扛过长工的张老砧子。张老砧子也有一身武艺，也走过船，跟刘黑锅争抢船老大的腰牌，打了三十六场死架，没有一回不败在刘黑锅手下。但是，他腿快手疾胳臂长，打架吃了败仗撒腿就跑，快似流星一溜烟，刘黑锅就像牤牛追兔子，累得呼噜气喘望尘莫及。刘黑锅肚子里撑得船，没有花花肠子弯弯绕，一颗心挂在胸脯上，不会害人也不知道防人。张老砧子最会趁虚而入，打不过他就偷他；偷了刘黑锅的血汗钱，转身就进宝局子，一子儿不剩送进庄家的狗牙荷包里。刘黑锅离船上岸给小红兜肚儿拉帮套，他也懒得再吃水上饭，变成了一只黄鼠狼儿串户偷鸡，腰里暗藏一根绳子串村套狗，卖烧鸡狗肉为生。他还有一门独家手艺，那就是谁跟他结了仇，他能连放三把火而不留一点儿痕迹，方圆十几个村的财主都怕他下这个毒手。

目光一碰，小红兜肚儿就感到张老砧子来者不善，慌忙从坟上爬起身子，向河边喊道：“龙蛋子，回家吧！”

张老砧子铁青了刀条子脸，喝道：“小红兜肚儿，我不是黄鼠狼给鸡拜年，也是来给黑锅大哥圆坟送路的。”

说着，从怀里掏出一葫芦酒，洒在刘黑锅坟前的一片草丛上，直直溜溜跪倒，端端正正叩头。

“张老砧子，我替刘黑锅多谢你了。”小红兜肚儿见他一本正经，也只得以礼相待，硬着头皮说软话儿。

“黑锅大哥，死诸葛吓退了活司马，您入土六十天，我才敢到您坟前请罪。”张老砧子抡起巴掌，左右开弓打自己的脸，“那一年半夜三更，小红兜肚儿背着龙蛋子，到这棵老桑树下的窝棚里来找您，我正猫在豆棵下，搽着满脸的锅烟子，打算进村偷两只肥母鸡，给您刚下崽儿的弟妹熬汤喝；谁想巧遇小红兜肚儿路过高粱地，我不该一时起了歹心，吃屎的狗抢了您嘴里的肉，罪该万死。”

“张老砧子……你这个……该当千刀万剐的……狗贼！”小红兜肚儿又羞又怕，哭喊着叫骂。

“黑锅大哥，兄弟甘愿把女儿许配给你家龙蛋子为妻，跟你高攀做个亲家。”张老砧子把自己打得鼻青脸肿才住手，“一个水灵灵鲜嫩嫩的黄花闺女，换你撂下筷子的残茶剩饭小红兜肚儿，我不占便宜你也没吃亏。”

小红兜肚儿见势不妙想跑，两只小脚像拴上了千斤坠儿，天旋地转寸步难行，尖着嗓子鬼叫：“龙蛋子，快救娘来呀！”

张老砧子愣愣怔怔站起来，两眼直勾勾盯住小红兜肚儿，说：“我给你拉帮套，下地是牛，蹲门是狗，天天给你偷一只鸡吃。”

小红兜肚儿撇了撇嘴儿，鼻孔里冷笑，说：“我跟了刘黑锅半辈子，天下男人都不入我的眼里。”

“刘黑锅一犯脾气打你个半死，我连小指头儿都舍不得捅你一下。”

“老娘天生一副贱骨头，一身皮肉贪爱刘黑锅的铁砂掌。”

“刘黑锅独占你的身子十几年，没给你买过二尺花布三缕丝线，我能叫你穿红挂绿，插金戴银。”

“老娘是个养汉精，一腔子血都倒给刘黑锅一个人了。”

“你这只馋嘴的叫春猫儿，怎么能一天不吃荤腥儿不叼肉？”

“刘黑锅死的那天，我就把自个儿劁了。”

“那你怎么不到尼姑庵出家呢？”

“我得把龙蛋子拉扯成人。”

“你真能横下一条心，从今以后不打一口野食儿？”

“我敢走歪了一只脚，刘黑锅的阴魂显灵，活活把我掐死。”

“还是我替黑锅大哥堵死了水沟眼儿，把守住两扇门吧！”张老砧子恶眉瞪眼一副凶相，“只要我听说哪个野男人进了你的屋子上了你的炕，我不砍下他脖子上的大脑瓜儿，也得割下他裆里的小脑袋。”

“呸！”小红兜肚儿一口唾沫啐在张老砧子的鼻尖上，“赶快回家守住你的娘娘庙，大红庙门不知给谁拔了闩哩！”

小红兜肚儿这两句话像给了张老砧子当头一棒，怪叫一声如梦方醒，疯跑如飞而去。

一片阴云遮住了头上一块天，小红兜肚儿又扑在刘黑锅的坟上哭起来。

8

龙蛋子正在河边给花满枝掰脚丫子，并没有手伸进岸下的泥窝掏螃蟹。

他离开老桑树下坟地，噘起嘴唇吹一支小曲，眼盯着大河脚下却拐了弯儿；河滩上的羊肠子小路三盘四绕六出五进八卦阵，龙蛋子转出一片柳棵子地，一头正撞在花满枝家的篱笆根上。花满枝家的篱笆墙内，一溜三棵摇钱树，年年能摘十几筐绿叶红嘴儿大蜜桃。家家到庙里进香，给祖宗上供，老人家整寿，小娇哥儿满月，都买她家的蜜桃取个吉利。这三棵摇钱树是那年她爹牵驴赶脚，南下深州偷来的秧子。深州大蜜桃到了豆棚村，虽说多少走了味儿，可也比豆棚村土产的五月鲜儿个大口甜。花满枝的爹花进宝，把这三棵蜜桃视如财神，管这三棵蜜桃树叫大姑奶奶、二姑奶奶、三姑奶奶。花满枝更得矬一辈儿，管大姑奶奶叫大姑太太，管二姑奶奶叫二姑太太，管三姑奶奶叫三姑太太。每年桃枝发芽，全家老小给姑奶奶道喜。阳春三月桃花开，四面架起围障给姑奶奶当闺房，怕的是狂风吹落桃花少结果。等到绿叶成荫子满枝，蜜桃树下更是日夜不离人，好像给姑奶奶侍候月子。蜜桃长到鸡蛋大，每一颗蜜桃挂一草兜儿，有如潞河中学女洋学生的奶罩，防的是蜜桃沉重，坠断了枝杈、半生不熟落了地。眼下正是五黄六月，个小的蜜桃也有半斤八两，只等涨满了甜汁熟了个透，便可采摘上市卖大钱。此时此刻，恰似生死关头，花进宝两口子黑夜看守，白天不能不下地，三棵摇钱树就交给女儿满枝和谷家的串儿护卫。

龙蛋子不想偷桃，只想把谷串儿从花满枝身边赶跑。

刘黑锅教子，头一条就是一辈子手脚要干净，饿死不能偷，穷死不能抢。龙蛋子五岁那年偷了邻居一把酸枣儿，刘黑锅心狠手辣，铁砂掌打得龙蛋子皮开肉绽，小红兜肚儿护犊子，也被打得半死。从那以后，直到一九六二年，五十岁的龙蛋子饿得全身浮肿，穷得一贫如洗，也没吃过一口不义之食，拿过一分不义之财。

他跟谷串儿前世无冤，今生结下死扣子，一知半解的都说是为了争夺花满枝，却不知道开头的起因竟是花满枝的一双脚。

刘、花、谷三家，同一年来到豆棚村落户，祖辈便是通家之好。刘黑锅、花进宝和谷串儿的爹谷三千，小时候拜过把子，亲如一条娘肠子爬出来的同胞兄弟。长大了刘黑锅走船而又扛长工，花进宝扛长工而又赶脚，只有谷三千到镇上当了牙行，靠要嘴皮子吃饭。女大十八变，男大变化也不少。刘黑锅变得顶天立地，花进宝变得财狠食黑，谷三千变得长毛赛过活猴儿，不长毛是一条泥鳅。刘黑锅看不起花进宝为了一个小钱便不要脸面，更恼怒谷三千为了一个小钱插圈拴套，挖下陷阱坑人。他临死之前几年，跟这两家已经不大走动。但是，三家的孩子又像他们三人小时候那么亲近，刘黑锅、花进宝和谷三千三人也就没有割袍断义，画地绝交。

三个孩子，两男一女，龙蛋子肠子直，谷串儿心眼多，花满枝嘴儿甜。青梅竹马，三小无猜，谁跟谁都半斤八两，五寸半尺，不轻不重，不近不远。在谷串儿、花满枝、龙蛋子八岁那一年，五月初五吃粽子那一天，就像一把火烧着了两座柴垛，谷家和花家同一个时辰窝里斗，两家的两口子打得里出外进，难解难分。吓出了屎的谷串儿，尿湿了裤子的花满枝，一个脚前，一个脚后，都跑到小红兜肚儿家哭秦庭，扯胳臂搬腿，死缠活绕刘黑锅出马到两家劝架。

大病缠身的刘黑锅手拄一根青秫秸棒，来到花家敲了敲门，花家两口子马上鸦雀无声。又到谷家门外跺了跺脚，谷家两口子的吵骂也戛然而止。他懒得跟两个干哥哥照面，也不愿看见两个干嫂子，两家各罢干戈，他也就转身而回。

两个干嫂子，一个潘金莲，一个潘巧云，他奉两个干哥哥之命，把这两个淫妇打得正气上升邪气下降，洗心革面脱胎换骨。谁想，好心不得好报。贼咬一口，入骨三分，二贼各咬一口，跳到大河也洗不清白，背上了一辈子也卸不下来的黑锅。潘金莲咬定武二郎趁火打劫摸她的奶子，脏心烂肺的谷三千不但信以为真，而且觉得头上又多了一顶绿帽子。潘巧云更会栽赃诬陷，哭哭啼啼有鼻子有眼儿说他这个拼命三郎假戏真唱，摸了奶子还掏了裆。枕边风吹得花进宝耳软心活，对桃园三结义的干兄弟也就另眼相看。

小红兜肚儿是个爱管闲事的脾气，二狗撕皮她也插一腿，四个人打架她就更要从中取乐儿。刘黑锅转身而回她原地不动，手牵着龙蛋子进了花家串谷家，一出一入摸透了两家的脉；原来是一桩儿女结亲的纠纷，却又是四个人五个心眼儿。

谷三千的娘儿们想占下花满枝，给儿子串儿当媳妇，谷三千却嫌贫爱富，只想高攀不愿低就。花家那方面，能把女儿嫁到谷家，花进宝正是求之不得，他的娘儿们却死活要把女儿嫁给龙蛋子。这个女人虽然叫刘黑锅背了一口黑锅，却一直眼馋心爱着拼命三郎。龙蛋子是个小刘黑锅，女儿也是自己的化身；花木兰替父从军，花满枝正是代母出嫁，跟刘黑锅不能做夫妻，结成亲家多少也算称心如意。于是，两家的两口子各不相让，打开了一场烂仗。

赶上这一出文武带打的好戏，小红兜肚儿怎能不插一脚？她给花进宝的娘儿们帮腔，骂得花进宝的脑瓜子扎进裤裆里；又给谷三千敲边鼓，谷三千的娘儿们被打得卷起舌头改了口。最后，她指使谷三千当媒人，到花进宝的娘儿们面前给龙蛋子和花满枝保媒，三言两语就办妥了这门亲事。谁想，得胜还朝回了家，却碰了刘黑锅一鼻子灰，多亏不敢犟嘴才免了一顿拳脚。

花满枝不是谷串儿的，也不是龙蛋子的；三小无猜一块儿过家家，花满枝有时跟谷串儿拜花堂，有时跟龙蛋子入洞房。花满枝跟谷串儿拜花堂时，龙蛋子充当喜倌儿；龙蛋子跟花满枝入洞房时，谷串儿扮演大全福人。

直到花满枝裹脚，龙蛋子和谷串儿才二虎相争。

北运河的女儿家，裹脚跟定亲、出阁、生育同属头等大事。说媒的人，头一眼相脚，二一眼才看脸。一双三寸金莲，眉眼儿不算俊俏，媒人挤破门框；眉眼儿俊俏而两只大脚，媒人不迈门槛。裹脚是女儿家一辈子吉凶祸福的头一道关口，爹娘不敢大意，自个儿更得小心。晚裹不如早裹，早裹骨肉柔嫩，裹出来小巧玲珑，最能讨俏。但是，女儿家年岁太小不知利害，难免吃不了苦受不了罪。爹娘心肠一软，裹了放放了裹，便走了形不成个样子；起五更赶个晚集，欲速则不达，反倒误了大事。所以，花进宝的娘儿们给女儿裹脚，选定的是花满枝九岁那一年，不早不晚不慌不忙；裹不成金莲也算得上玉笋，算不上玉笋也像端午节的枣泥粽子。

头一个来陪伴她的是谷串儿，谷家和花家只有一墙之隔。

“串儿，疼死我哩！”花满枝眼泪汪汪，像一株雨中桃李。

谷串儿正念私塾，学打算盘，满脑瓜子的女儿经弟子规，便板起面孔一脸正色，说：“不受苦中苦，难为人上人；你咬定牙关受够了罪，鸡窝里就飞出了金翅鸟儿。”

“串儿，你喜爱我裹小脚儿？”花满枝哭着问道。

谷串儿点点头，说：“财主奶奶官太太，一个比一个脚儿小，走起路来才风摆杨柳好身段。”

“串儿，你长着一双贼眼！”花满枝啐了一口，“我一不想当财主奶奶，二当不上官太太，裹出两只粽子脚卖给谁家？”

“疯话，罪过！”谷串儿瞪起眼珠子喝道，“我给你削两根拐杖，架着拐杖走路脚不沾地，熬过这几天你就眉开眼笑了。”

谷串儿离开花满枝到河边砍柳杈子，满头大汗的龙蛋子又来了。

刘黑锅病弱之躯，武艺不能失传，耍不动长枪大刀，手捏着柳条竹筷子教儿子习武，一招一式不许偷工减料。龙蛋子刚练过三路刀六趟枪、十二套拳脚，刘黑锅才放他出门，一溜烟儿来到花满枝身边。

“龙蛋子，疼死我哩！”花满枝又眼泪汪汪哼哼唧唧起来。

“那就扯开裹脚条子，松快松快，风凉风凉。”龙蛋子蹲下身来，抬起花满枝那套着红鞋的双脚，就要动手。

花满枝“哎哟”一声痛叫，哭着问道：“龙蛋子，你不喜爱小脚儿？”

“小脚儿又臭又丑。”

“你怎么知道？”

“我干娘打开裹脚布洗脚，咸臭咸臭的呛鼻子，熏得人能把一挂下水吐出来，江米小枣的粽子我都不想吃一口。”

“龙蛋子，你娶媳妇，要小脚儿的，还是要大脚的？”

“我要大脚板子的，就像跑马卖艺的女戏子，站如松走如风。”

“那你就给我……解开缠在脚上的……一丈三尺布条子吧！”

龙蛋子捂住鼻子，扒下花满枝的红鞋，剥下一层又一层的裹脚布；

打开一看，不像金莲，不像玉笋，也不像粽子，活像两只猪蹄儿。

从九岁到十一，花满枝年年裹脚年年偷放，最后这一回是通州潞河中学的女洋学生撕碎裹脚布，剁烂了凤头鞋。花进宝两口子不敢得罪有洋人撑腰的二毛子，只得忍辱屈从认了头，谷串儿在他们耳边嘀嘀咕咕也不听了。

花满枝那裹了放放了裹的一双脚，大不大小不小，长不长短不短，尖不尖扁不扁，鸡爪鸭掌四不像。她常到河边泡脚丫子，龙蛋子也想把她那十根弯折扭曲的脚趾掰开捋直，都枉费心机，白费气力。

他们在河边看见，大脚板子的张老砧子的娘儿们，跟一个野男人在柳棵子地里滚来滚去，扑通一声滚下了大河也不分离。

9

张老砧子的那个大脚娘儿们，真正是个走江湖跑马戏的女戏子：南运河沧州吴桥县人，门里出身。她骑光背儿马，能倒竖蜻蜓叶底藏花，拉弓射箭百步穿杨。来到北运河七十二码头卖艺，大码头三日，小码头一天，转过了河西走河东，走遍了河东又转河西。马戏班子还是一个贼伙，白天卖艺黑夜做贼，河西卖艺偷河东，河东卖艺偷河西。

这个贼伙马戏班子，离开北运河的前一天晚上，偷了河东偷河西，偷了河西又偷河东；临走一去不回头，稀米汤里要捞出一笊篱稠货。县衙门的捕快，早就瞄上了他们的影子，四面张网，十面埋伏，六路八方下夹子，整个马戏班子像盲人骑瞎马，夜半落深池，被捕快班堵死退路，一网打尽。只有这个大脚板女子钻进一座破瓦寒窑，那正是张老砧子的住处，身不由已就成了张老砧子的屋里人。

那时她已有两个月的身孕，过了七个月，一个五斤四两的小丫头儿呱呱坠地，三月初三三更天落生，起名就叫三儿。酒不醉人人自醉，虽不过是弄瓦之喜，光棍好苦的张老砧子已经喜出望外，那个女人最会弄虚作假，三儿又生得弱小，张老砧子只当是早产，也就稀里糊涂以假当真。

女马戏子是个耍货儿，又有几分姿色，串门子的出入张家有如逛庙。张老砧子的肚囊儿活是一口酸菜缸，凡是到他家走动的男人，不管年岁大小，辈分高低，人品好坏，亲疏远近，他都视为采花盗草的活冤家死对头。他坐在门口倒扣的荆条大筐上，两眼凶光如临大敌，满脸杀气闲人免进。门前冷落车马稀，女马戏子像一只笼中鸟无人陪伴，坐在炕头拍着炕席骂他，骂够了又咒他。咒他吃饭砂粒子硌牙，喝水噎在嗓子眼吐不出来咽不下去；不出家门浑身长蛆，出了家门疯狗咬脚脖子；撑船水鬼拉替身，赶车翻车垫车轱辘；耕地天上下雹子砸碎了脑壳。女马戏子骂翻了天咒陷了地，张老砧子不急不恼只当耳旁风，蹲门的狗脸朝外。他最害怕的是刘黑锅，一进一出转个圈，就能勾走女马戏子的魂儿。女马戏子虽然招蜂引蝶，却只许他们动口，不许他们动手，没有被谁沾过身子；最喜欢挑三窝四，煽风点火，看他们争风吃醋狗咬狗。

张老砧子小心戒备，严防刘黑锅明修栈道；却正是粗心大意，被一个没有想到的人暗度了陈仓。

此人一脑瓜子反骨，毁僧谤道，欺师灭祖，忤逆不孝，是本地的一大怪。

张老砧子扛长工的财主家，有个小老婆养的大少爷，刚出满月生身之母就被大老婆毒死，不到三岁这个大老婆又暴病而亡。老财主给大老婆出了殡，坟头上还没有长出草芽儿就娶了个花朵似的年轻女子做填房，头一胎便生下一对宝贝儿子。于是，这位大少爷不但受后娘虐待，而且也被亲爹嫌恶，自幼在冷脸白眼中长大，只是念书聪明过人，考上了通州美国教会开办的潞河中学。谁想他在潞河中学念书却不喜欢美国教会，竟入了俄国大鼻子的邪门歪道。俄国大鼻子给了他几个萝卜（卢布），他就管耶稣叫野猪，管孔圣人叫老二，骂他们是丫头养的（私生子），还骂他爹是吸血鬼，县太爷是狗官，和尚是秃驴，道士是杂毛。不但在校园里骂不住口，而且大声疾呼到县城闹市骂大街。他惹恼了美国校长，一张布告把他开除。他扛着行李走出校门，两名捕快早已恭候多时，扯胳膊抻腿给他砸上了斤半的铐子三斤的镣，押到官府毒刑拷打，他是煮熟的鸭子皮烂嘴不软。高墙铁窗蹲了两年大牢，蓬头垢面回到家，亲爹不认他这个儿子，他的媳妇是后娘的亲侄女，跟后娘一个鼻孔出气，不许他进屋子。他一不气怒，二不烦恼，就住在长工棚子里，跟长工们睡一张炕，吃一锅饭。长工们扛锄下地，他牵一头牛到河边吃草，牛角挂书牛背短笛，头戴斗笠身披蓑衣，古怪而又半疯儿。在张老砧子眼里，他是个败家子，也是他家为富不仁的现世报，收工回家常跟女马戏子念叨这个败家子的种种奇形怪状，为的是给女马戏子开心取乐儿。谁知，女马戏子句句听进耳朵，却大动“世人皆欲杀，吾意独怜才”的恻隐之心，听见屋后黄泥道上回响一阵笛声飘来，扔下手里的针线就跑出去，扒着篱墙偷看。一人一副眼光，各个口味不同，女马戏子眼里的败家子恰似闯王帐下的军师李举人，她也就不知不觉自比红娘子。于是，她背起柳筐拿起镰刀，假装到河滩上割草打柴，尾随败家子到桑间陌上柳棵子地。

女马戏子是个卖艺也卖身的风尘女子，败家子拜过黄毛绿眼的洋人为师，满腹洋书一肚子洋墨水，皮里肉外都是假洋鬼子作风二毛子习气，两人打了个照面便一拍即合相见恨晚。

他们头一回野合，就被龙蛋子和花满枝捉进眼睛。

那一天，龙蛋子正在河边给花满枝掰脚，突然看见几十丈外的柳棵子地刮起旋风，虽没有飞沙走石，却也是尘烟弥漫，惊鸟飞叫四散，一片天昏地暗。

“看！”龙蛋子扔下花满枝的脚丫子，蹿跳蹦高喊叫，“不是狗追野獾，也是鹰抓兔子！”

花满枝踢他一脚，吆喝道：“獾油能治烫伤，炖兔子肉过个小年，你快从狗嘴里把野獾夺过来，鹰爪下把兔子抢过来！”

龙蛋子就像花满枝拉弓射出的一支箭，几十丈眨眼就到柳棵子地，花满枝瞪圆了眼珠儿盯住他的后影，只见他一头钻进柳棵子却又像一颗离弦的弹子，从天昏地暗的尘烟中逃回来。

“不是……狗追……野獾，也不是……鹰抓……兔子……”龙蛋子昏头晕脑，脸色惊惶，“是那个……半疯儿的……败家子少东家，把那个……女马戏子……骑在身下……”

“拔刀相助真君子，见死不救是小人”，花满枝念出两句野台子戏的白口，“你跟你爹学过拳脚，就该替天行道除暴安良，大喝一声行侠仗义。”

“那个女马戏子，啐他，骂他，啃他，咬他，可又咯咯儿笑成一串，我猜不透他们唱的是哪一出戏？”

“背我亲眼看一看，一看就知子午卯丑。”

龙蛋子蹲下身子，花满枝趴在他的背上飞跑到柳棵子地。

败家子和女马戏子已经两败俱伤，各自躺倒在一片柳荫下，浑身热汗粘满亮晶晶的白沙子，像两只从水中跳到旱岸的鲫鱼，大张着嘴喘气。

“你真想要我这个千人骑过万人压过的破烂货？”女马戏子眼里噙着泪花问道。

“汉丞相陈平的张夫人嫁过五个主儿，魏武帝曹操的两位正室都是妓女出身，我跟他们有相同的爱好。”败家子不同凡响，开口就是学问。

“你拿出二亩旱涝保收田，张老砧子心甘情愿把我换给你。”

“人非鸡犬，岂能买卖？”

“你一毛不拔，张老砧子可不肯把我这一百多斤白送给你呀！”

“我带你不辞而别，远走高飞！”

“你把我拐到哪儿去？”

“下关东，奔正北，到跟俄国搭边的地界。”

“挨饿去呀！”

“俄国那边杀富济贫，有饭大家吃，有衣大家穿，有钱大家花，人人平等，个个自由。”

“那不是水泊梁山吗？”

“愿意不愿意？”

“天下哪块黄土不埋人？我跟你手拉手跳火坑，眨一眨眼就是尿种软胎子。”

“啊！有你跟我志同道合，我就不愁前路无知己了。”

女马戏子连打了两个滚儿，滚到败家子身边，枕在他的胳膊上，酸溜溜问道：“你撇得下家里那如花似玉的小娘子？”

“什么如花似玉？死不开窍的树墩子！”败家子恶心得像要呕吐，“她是她姑的一条走狗，我的心腹之患。”

“你跟她睡过觉吗？”

“成亲三年，有数的几回。”

“难道你是不吃屎的狗，不偷嘴的猫，劁了的猪，阉了的驴？”

“通州东海子的妓院，有一家算一家，没有一家我没逛过；窑姐儿里的九美十仙三十六妖精，有一个算一个，没有一个我没嫖过。”

躲藏在柳棵子里的龙蛋子和花满枝一会儿心惊肉跳，一会儿脸皮发烧，不是被龙蛋子捂住了嘴，花满枝吓得早就尖叫起来。

“我不看了。”花满枝闭上了眼睛，“我娘说过，女孩儿家偷看蜻蜓交尾，蚂蚱配对儿，擦胭脂掉色，抹粉不挂脸儿。”

“我也看够了。”龙蛋子打了个哈欠，“我砍了几堆青柴，晾在河边，别狼叼来喂了狗，被吃树熟的捡了便宜。”

两人又从柳棵子里退出来，龙蛋子背着花满枝弯腰低头，只看得见脚面，花满枝高出半截身子，却能眼观六路，扫看八方。

河边，一个剃光葫芦头的小小子儿，偷背了龙蛋子的一捆青柴，还顺手扯走了花满枝的裹脚布，一举两得。

“抓贼！”花满枝大叫。

龙蛋子把花满枝扔下来，手搭凉棚一望，一眼就识破那个偷青柴的小贼，正是张老砧子的爱女三儿。

女扮男装的三儿已经八岁。

10

三儿人小腿快，两只脚板子上都长着三颗痦子，每颗痦子上都有一根黄毛，像插着三根金针。铰多少回长多少回，不长不短只长到一寸。她走不了几步就一溜小跑，跑起来更是一溜烟儿，龙蛋子胀破了肚皮气炸了肺，也还是望尘莫及追不上她。

这个丫头不是张老砧子的骨血，张老砧子却疼得像身上的肉；她是女马戏子身上掉下来的肉，女马戏子却一点儿也不疼她。

谁是三儿的亲爹？女马戏子自己也不知道。

“那天晚上，就是……我成了你屋里人的……那天晚上……”女马戏子花言巧语糊弄张老砧子，“你解了馋睡得像一条死狗，我刚一合眼就做了个梦，梦见天上一颗贼星飞进窗来，我只当要砸碎脑壳，吓得张嘴大叫，谁想贼星落进嘴里，我就受了孕，坐了胎。”

“原来我女儿是天上的玉女下界！”张老砧子乐昏了头，顾不得掰着指头算一算这笔糊涂账。

那天夜晚，女马戏子是做了个梦，梦见的却不是贼星入口。她梦见的是荒郊野外疯狗夺食，阴曹地府饿鬼分尸。她的身子血肉模糊，疯狗一爪撕下一大片，饿鬼一口咬下一大块。

三岁那年正月十五逛庙，拍花子的给她买了一串冰糖葫芦，就把她哄骗到河边。冰筏子直下天津卫，倒了几回手最后被卖到马戏班，给老板娘当了六年使唤丫头，九岁就走江湖上场卖艺。东南西北跑码头，班主都要拿她当见面礼，给地头蛇陪酒过夜。自从十三岁被班主坏了身子，糟蹋过她的男人不知有多少。那一年三伏连阴天，一连七天下大雨，马戏班住在破庙里饿肚子，班主和老板娘便拿她的身子换酒喝、换肉吃。七天二十一个男人，她不知一个人的名姓，没有记住一个人的面孔。过了一个月不见月信，她怀上了三儿。

女马戏子恨死了那二十一个男人，也就厌恶这个杂种女儿。她在女儿身上越是冷得像一块冰，张老砧子越是热得像炭火盆。有了三儿，死后下葬就有人抓把土，逢年过节烧纸钱，算不得孤魂野鬼无人问；招个倒插门女婿，生下一男半女，张家就不算绝户断了根。小小的孩儿黄嘴的雀儿，谁给她喂食就给谁啼叫；三儿一见张老砧子的面，口口声声，脆脆生生，爹呀爹呀叫得张老砧子像灌下二斤高粱酒，又喝下一碗迷魂汤。女马戏子懒得给她梳头洗脸，张老砧子就给她剃了个光葫芦头；一双天足的女马戏子也不想给她裹脚，张老砧子就更把她当成了假小子。上树掏鸟，下水摸鱼，打拳踢脚玩弹弓，她无所不能。锅中米，灶下柴，张老砧子给一家三口挣饭吃，她给一天三顿砍柴烧。她前晌砍一大捆，后晌砍一大捆，晌午偷一大捆，一天背回家的柴火足够烧五天。开头她不光是偷龙蛋子一个人的青柴，后来看见龙蛋子在河边给花满枝掰脚丫子，一股邪火串遍了五脏六腑，冒烟的七窍像七座砖窑的烟囱。花脚蚊子死叮一块肉，她咬住了龙蛋子不撒嘴，别人的青柴秋毫无犯，龙蛋子的青柴一扫而光。

龙蛋子力气比三儿大，腿脚却比三儿慢得多，汗珠摔八瓣儿砍下的青柴，眼看着被三儿偷走了一捆又一捆，千斤的牤牛斗不过二钱的狗蝇。多亏花满枝挖空了心思，想出了一条安排香饵钓金鳌的妙计，出奇制胜，智取惯偷。

这一天，龙蛋子砍倒了青柴打成了捆，方方正正，齐齐整整，不大不小，不多不少，扛在肩上不费多少力气，背在身上更是轻松自如，好比给馋痨饿鬼切得了入口方便的坛子肉。然后，他隐藏在一片野草蓬蒿中，只等三儿自投罗网，羊入虎口。

三儿剃光葫芦头，却穿花兜肚，扎耳朵眼儿，男不男女不女。她满脸乌黑，眼珠儿反倒分外明亮，牙齿更显得雪白。她走路一蹿一跳，像一只在河滩上觅食的麻雀。突然，她看见了龙蛋子摆放的柴捆像一桌酒席，欢叫一声奔过去，一手拎起一捆扔在肩上。正在这时，埋伏在野草蓬蒿中的龙蛋子，一跃而出扑上来。三儿吓得惊慌，把两捆青柴抛向龙蛋子的头上脚下，转身扭头夺路而逃。龙蛋子头上躲过了这个柴捆，脚下却没有闪过那个柴捆，绊了个马失前蹄嘴啃地。三儿拍着巴掌笑得前仰后合。花满枝一见自己的妙计反叫龙蛋子吃了亏，忘了自己的金莲虽然变成了红薯，仍旧是头重脚轻根底浅，抄三儿的后路搂住了三儿的腰，叫嚷着："龙蛋子，快生擒活捉这个小养汉精！"龙蛋子还没有爬起身，三儿却像黄鼠狼拉鸡，裹挟着花满枝滚成一团儿，扑通下了河。

河里，花满枝灌坛子，三儿却是如鱼得水。龙蛋子下河救人，三儿扯下了花满枝的兜肚，扒下了花满枝的裤子，水上漂恰似草上飞，逃出一箭之地上了岸。

"龙蛋子，三捆青柴换个兜肚，六捆青柴还你裤子！"三儿双手叉腰，一脸的骄横傲慢，"你把九捆青柴送到我家门口，你那个小妖精儿也就不是一丝不挂光屁股了。"

龙蛋子虽没有割地赔款，却也是忍辱屈从，丢尽了脸面。

花满枝哭成了泪人儿，穿上流汤的兜肚和淌水的裤子，泪眼蒙眬中忽然又看见那片柳棵子地笼罩在尘烟中，她的眼睛迸出了火花，破涕为笑大叫起来："小养汉精，快到柳棵子地找你妈，你妈在柳棵子地养汉哩！"

三儿眼露凶光，正要跟花满枝以死相拼，给她家送青柴的龙蛋子回来了，她只得把一口唾沫啐在花满枝的脸上，飞跑直奔柳棵子地。

她看见，柳荫下躺着赤身露体的一男一女，男的像一条黑泥鳅，女的像一条白鲢子。

"亲人儿，咱俩今晚梆打三更就逃吧！"女人搂着那男人的脖子，两条身子扭成了一股绳，"我怀上了你的驹儿，像倒扣的海碗，过一个月兜肚就遮不住了。"

"怎见得不是张老砧子的贼种？"男人瓮着鼻子问道。

"这些日子我夜夜搂着女儿睡，没叫老砧子沾过我的身。"

"我眼下不能走。"

"你三心二意啦？"

"我家那老昏君得了气臌，灵丹妙药也不能起死回生；我身为长子，要承办这桩丧事，不能叫我那个后娘一口独吞这块肥肉。"

"哥仨分家，你是老大，该拿头份儿。"

"有这份田产，我比不了孟尝君养士三千，也能小打小闹招贤二百。"

"我算什么玩意儿？"

"食客。"

"你养活的狗呀！"

“鸡鸣狗盗之徒也不可缺少。”

“那么我肚子里的是个狗崽儿？”

“你咬定了是我蓝田种玉，那就只当是鄙人的犬子。”

“我怀着你的孩子，就要大摇大摆进你家的门！”

“张老砧子有你这个媳妇来之不易，我娶妻买妾不费吹灰之力，饱汉了不能不顾饿汉子饥。”

“我能劝说张老砧子，把我白送给你。”

“君子不掠他人之美。”

“你要不要我？”

“非不为也，是不能也。”

“滚起来！”女马戏子断喝一声。

败家子伸个懒腰坐起来，说：“天下没有不散的筵席，咱们还是善始善终吧！”

他想穿裤子，被女马戏子劈手夺过来，扔到半空中，又喝道：“拉一泡屎！”

“你是何居心？”

“拉出来吃下去！”

败家子的裤子从半空中飘下来，三儿跳起脚抢在手里，钻出柳棵子地，穿过了青纱帐，找她爹张老砧子。张老砧子正在河湾子给东家补一条漏船，三儿伶牙俐齿禀告了在柳棵子地的耳闻目睹；张老砧子大吼一声，一手大斧一手锛凿，两脚生风向柳棵子地跑来。

冲进柳棵子地一看，只见女马戏子守在赤条条的败家子身边，两眼哭出的是滴滴血泪；败家子一声不吭，一动不动，伸腿瞪眼挺尸。

“你这个有眼不识金镶玉的癞蛤蟆！”张老砧子狠踢败家子一脚，“三儿娘是千金难买的天鹅肉，掉到你嘴里是多大的口福，你他妈的反倒饱了吃蜜都不甜，胆敢倒了胃口不肯把她收房！”越说越眼里喷火鼻子冒烟，又左一脚右一脚踢在败家子的臭皮囊上。

“他……死了。”女马戏子放声大哭，“我……把他……掐死了。”

“三儿娘，你这才配是张老砧子的正宫娘娘！”张老砧子双挑大拇指，“天塌了高个子扛着，杀人偿命我替你打这场官司。”

“老砧子……我对不起你！”女马戏子擂着倒扣海碗的肚皮，“这里头装满了他的泔水尿汤子，还栽下了他的孽种烂芽儿。”

“你窑里烧出的砖，都是张家的！”宰相肚子里能撑船，张老砧子的肚里跑得了火轮。

女马戏子一声惨笑，说：“他死了你也没了命，我活着还有多少滋味儿？”

张老砧子越发温柔多情起来，放下手里的斧子、锛子、凿子，给女戏子擦泪，说：“过几个月你生下个胖小子，一儿一女一枝花，老来难保不是一品诰命夫人。”

“孤儿寡母三张嘴，不是饿死也冻死。”女戏子像是无意之中拿起了锛子，在手里摆弄来摆弄去，“没了他我吃蜜糖也像吞苦胆，缺了你我就像倒了靠山墙，挪窝儿改嫁我没这个心思也抬不起腿。”她的目光忽明忽暗，手中的锛子突然楔进肚脐儿，全身扑倒在败家子的死尸上。

血溅绿柳白沙青草，母子双亡。

11

埋葬了女马戏子，杀光了败家子一家八口，张老砧子带着三儿当了土匪。前几年他将三儿窝藏在一个尼姑庵里，老少两个尼姑都是他的耳目，也是他的姘头。等到三儿长得半大不小，奶包子像两颗香白杏，他就叫三儿看管肉票房子。三儿腰上挂着一串钥匙，名正言顺是个少当家的。

三儿能骑光背儿马，流星赶月镫里藏花，双手两只王八盒子，上打飞禽下打走兽，可就是不愿跟她爹出外绑票作案。佛堂里长大，菩萨心肠儿，到日子不赎的肉票削鼻子剜眼割耳朵，她下不了手，撕了票大卸八块，她更不敢动刀子。后来那老少两个尼姑被县里的捕快看出草灰蛇迹，抛下青灯黄卷，还了俗入了伙，她就把肉票房子的钥匙交给了这两个心毒手辣的正宗佛门弟子，落得个眼不见心净。土匪的女儿腰缠万贯，也端不得千金小姐的架子，她乔装改扮七十二变，骑一头大青骡子挂一串响铃，假充贪看草台班子野台子戏的公子哥儿，替她爹打家劫舍四面八方踩道。

入伏以后，挂锄时节的一天，她半夜三更踩道回来，大青骡子不紧不慢沿着河边走；天上的月亮头顶上的灯，花香水气凉丝丝的风，她骑着大青骡子吃甜瓜，耳边回响着野台子戏的锣鼓声。河北梆子《铁弓缘》，一波三折戏中有戏，一唱三叹情中有情。陈秀英女扮男装千里寻夫，冒名顶替行路招亲，悲欢离合大团圆，有情人终成眷属。这出戏的故事余味无穷，三儿浑身燥热心神不宁，摘下头上的麦秆草帽，抹了一把和尚头上的汗珠子；脱下上身的肥大茧绸衫儿，两只奶子绷开了紧箍胸脯的兜肚，奶窝里一汪汗水一堆痱子。戏台上的陈秀英活像戏台下的三儿，戏台下的三儿天天踩道早走过了千里路，却到何处把夫寻？想着想着一阵阵心酸，只怨那个当爹的是个狠心贼，黑道生意红了眼，看不见十八岁的女儿已是熟透的果子离秧的瓜，早该安排媒人百里挑一，给女儿选中一个文武全才的如意郎君好汉子，八抬大轿吹吹打打嫁到婆家。戏台上的陈秀英已经遂心如愿，戏台下的三儿还要走到哪天才是一站？两串泪珠儿滚出了双眼，挂在了腮边淌下了嘴角，三儿只觉得心灰意冷身子软。

忽然一阵阴风扑面，大青骡子连打几个响鼻儿，三儿肉皮子发紧，擦干了眼泪四下张望，原来走到豆棚村外，河滩上的柳棵子地。

她看见，月影星光夜色朦胧中，一男一女像两只寒鸦儿，从半空飘落到柳棵子地外，男的背着女的又像青燕子叼了个红点颏儿，低头哈腰钻进柳棵子地里。

难道那男的是败家子的鬼影，女的是亲娘的魂灵儿？三儿从大青骡子背上跳下来，把缰绳搭在大青骡子脖子上，大青骡子立正不动，只是摇摆尾巴赶蚊子。大青骡子忠心保主，令行禁止，三儿十分放心，便壮起胆子踮起脚尖，向柳棵子丛中走去。

柳棵子的浓黑阴影中，看不见那个女子的脸儿，只听见她吸溜着鼻子低声啜泣。

“哭，哭！”男人粗声大气，好像败家子变了嗓儿，“我只想听你嘎嘣响脆一句话，不想喝你的洗脚水。”

“我是……老鼠钻风箱……受你们两头的气呀！”女人哭得悲凉哀

伤，像怨鬼在青草黄土中幽咽。

男的却铁石心肠，一点也不知道怜香惜玉，哼道：“都怪你一心二用，脚踩两只船，棉花搓的脊梁没有主心骨儿。”

“我爹凶神恶煞，我娘也变了卦，我不点头也不敢摇头呀！”

“还不是看我房无一间地无一垄，谷家却有二十亩地五间房，你就扑噜翅膀想飞到高枝上。”

“龙蛋子，你……这是逼我当屈死鬼呀！”

一听龙蛋子三个字，三儿的心怦怦乱跳，头嗡耳鸣起来。

“那就死给我看！”

“你把我……掐死吧！”

“我勒死你，把你装进棺材，埋到老刘家坟地里。”

女的一声尖叫：“不许你解我的裤腰带！”

“进刘家坟地不能枉担了虚名儿！”龙蛋子一个张飞骗马，骑在那个女人身上。

女人踢腿蹬脚，像一条落入网中的鱼，哭骂道：“我花满枝……要死得一身干净。”

三儿已经猜疑那个女的十有八九是花满枝，听见花满枝自报家门全身凉了大半截子。

“你的身子早就姓刘了！”龙蛋子恶狠狠地吼道。

“是你哄我闭上眼睛张开嘴，你没有喂我桑葚儿，伸进了你的狗舌头。”

“我伸手摸你的奶子，是你自个儿解下的兜肚。”

“那是你一手拿着五月鲜的蜜桃，一手拿着十里香的甜瓜，骗我解下兜肚……比一比大小。”

“谷串儿亲过你一口吗？”

“我齐根子咬下他的舌头！”

“谷串儿摸过你一把吗？”

“我掰断他的十指。”

“那你还要嫁给他？”

“父母做主，三媒六证，我比不了王三姐（宝钏）祝九妹（英台），不敢不守千年万辈老规矩。”

“今晚上花草给咱俩做媒，星星月亮给咱俩见证，天当被子地当炕，咱俩就在这柳棵子地里入洞房。”

“龙蛋子，你饶过我这条身子，留给我个脸面吧！”花满枝像鲤鱼翻筲，挣脱了龙蛋子的强迫，从柳棵子的阴影中逃出来。

扒光了衣裤的花满枝一见月光，慌忙蹲在白沙地上，浑身哆嗦一团儿。

龙蛋子把她的衣裤扔过来，说：“穿上吧！我送你回家。”

花满枝却仰面朝天躺倒，四脚拉叉放平了身子，说：“龙蛋子，只许你对不起我，不许我对不起你，快上来拿走吧！”

三儿虽是绿林中的假子小，长这么大还是头一回亲眼看见痴男怨女的云雨风月；脸羞而又眼馋，只敢睁一只眼闭一只眼，仿佛看了一出自乐班的野台子戏。

“满枝……是我干娘……叫我把生米做成熟饭，断了你的后路。”龙蛋子良心发现，不打自招，鼻子一酸落下了泪。

花满枝一手搂他的腰，一手摸他的脸，说：“你不开口……不动手，我也得把全身……上上下下……里里外外给了你，才进谷家的门。”

“你从今晚就是刘门花氏，我的屋里人了。”

“我还不知道刘家的门朝哪边开，你的屋子又在哪儿？”

“跟我干娘借个一间屋子半铺炕，砌上锅灶就安了家。”

“我不愿低头站在人家屋檐下。”

“那我就搭一座窝棚，挖一眼寒窑。”

“我没脸在豆棚村抬头见人，咱俩还是搭伴下关东吧！”

“穷家难舍，热土难离，我怎么能扔下爹娘的坟？”

“有你干娘看坟守墓，四时八节断不了香火。”

“我爹临死千叮咛万嘱咐，叫我守在干娘身边，孝顺一辈子。”

“咱俩在关外发了家，四轮马车来接驾。”

“我还给干娘保镖护院，寸步不能离。”

“她家又没有金山银垛，几只偷油盗米的耗子，养活一只猫也就平安无事。”

“我防的是采花淫贼。”

“你那干娘早成了干柴，哪头瞎眼的叫驴把她当朵花呀？”

“张老砧子就贼心不死！”

“那老贼可真是王八看绿豆了。”

“张老砧子想把他的女儿给我当媳妇，换我干娘跟他搭伙。”

花满枝翻了个身子，后腰板子像一堵墙，说：“你娶三儿，我嫁谷串儿，鸟入林鸡上窝，是神归庙，是鬼进坟。”

龙蛋子扳着花满枝的肩膀，低声下气嬉笑道：“还是叫贪财的谷串儿娶三儿，泔水缸里抱钱匣子吧！你千金难买，我就要你。”

“我哪一疙瘩哪一块，比三儿入你的眼？”

“你甜，她辣。”

“还有呢？”

“你白，她黑。”

“还有吗？”

“你的头发又黑又多又长，能搓一副马笼头；她的脑瓜子是个葫芦瓢儿，还有满天星的麻点子疤瘌。”

“那是她小时候，这几年你见过她吗？”

“我常碰见她打扮得像个公子哥儿，赶集逛庙偷看野台子戏，孙猴子变成土地庙也瞒不过我的眼睛。”

“你抓住她送到官府，拿她当鱼饵儿钓张老砧子上钩，能换一大笔钱，盖房子买地，追得上谷串儿家了。”

“姓刘的祖祖辈辈不会卖人请赏！”

躲在柳棵子里的三儿，早已目不忍睹，耳不忍闻，气得满头迸溅火星子，听到龙蛋子这一声吼叫，她才恍然大悟，龙蛋子不是自己的冤家，花满枝却是不共戴天的对头。

她爬出柳棵子地到河边，跨上大青骡子一声呼哨，大青骡子像一只下山猛虎冲进柳棵子地。啪，啪！她在花满枝那细皮嫩肉的前胸后背上，狠抽两鞭子。

“等着瞧三姑奶奶五尺长的大辫子吧！”大青骡子疾驰而去，留下三儿咬牙切齿的喊声。

12

三儿梳起五尺长的大辫子，大红辫根儿斜插一朵绿珠子花，紧身元宝小袄灯笼裤，抓地虎靴子粉绒球儿；活灵活现又是个女马戏子，谁敢不改口管她叫三姑？

剃光头的假小子不沾荤腥儿，只管踩道不绑票；梳起辫子的大姑娘却开了斋破了戒，出马头一票就绑了龙蛋子和谷串儿两个人。

五尺辫子一个月三寸，一年半时光张三姑并没有闭门家中坐。龙蛋子走船、赶脚、打短工，庙会上踩高跷，自乐班唱杂烩戏，柳荫下听大鼓书，张三姑那一双热辣辣的眼睛，都紧盯着龙蛋子出出进进，抬手动脚。

龙蛋子跟花满枝没有私奔，也没有成亲，还是上不了天下不了地，吊在了半空打秋千，只是野外相会一回一换窝儿。春天的荞麦地，夏季的瓜窝棚，入了秋的青纱帐，数九隆冬钻柴火垛；有时十天见一面，有时半月会一回，换窝变日子也躲不过张三姑的能掐会算，闻风而至。

麦收之前麦垄里，风吹麦香月黑天。

“龙蛋子，咱俩熬到出头之日哩！”花满枝躺倒一串笑，笑声脆又甜。

相隔三条麦垄，张三姑蹲着身子，扯起耳朵偷听。

半个月前张三姑在荞麦地里听见，谷串儿家已经选定娶亲的喜日，花满枝一字一泪哭得像连阴天的毛毛雨，怎么今晚雨过天晴转悲为喜了呢？

原来，谷三千最近贩卖牲口发了一笔小财，几天前又买了八亩地，更觉得跟花家结亲有失身份，找了个借口把喜日改了期，也不说定是今年之内，还是明年某月某天。恰巧，邻村有个不大不小的财主，祖上曾当过河防局的帮办，位在七品之下的小官儿。这个不大不小的财主膝下只有一女，自幼许配给县城里的一个官宦人家，不想今年春天出水痘，如花似玉的脸蛋儿一下子嘴歪眼斜满面麻坑。县城里官宦人家也马上翻了脸，撕毁庚帖退了婚。不大不小的财主只得自乔木迁于幽谷，不能高攀便下嫁，虽没有张贴告示却放出了口风，哪个寒门小户的俊小伙儿愿娶他的丑八怪女儿，不但能得四十八抬嫁妆，还有一千块大洋压箱子。四十八抬嫁妆顶得上五间大瓦房，一千块大洋能买二十来亩地。谷三千爱财如命不算奇怪，难得的是谷串儿也见钱昏花了眼，扔下花满枝这个美人坯子，捡起了那个嘴歪眼斜满面麻点的丑八怪。双方这桩婚姻交易，正在秘密进行。

听到这里，张三姑心中暗暗叫苦，谷串儿娶了丑八怪，花满枝嫁给龙蛋子，一个萝卜一个坑，可就没有她的立足之地了。先下手的为强，后下手的遭殃，她要一箭双雕，绑了龙蛋子也绑谷串儿；刀搁在谷串儿脖子上，花满枝仍旧人归原主，龙蛋子落得个孤雁一只，自己跟他成双配对。

张三姑虽是一条直肠子，粗中有细更能出奇制胜。

见人下菜碟儿，谷串儿可以劫掠；一把钥匙开一把锁，龙蛋子智取为上。

谷串儿识文断字又会写地契对联儿，是豆棚村的半个秀才，性情比龙蛋子柔和，心眼儿比龙蛋子精细，从小就不馋不懒不枉花一文钱。他见人面带三分笑，说话也不野调无腔，行动坐卧比女孩家还守规矩。只有龙蛋子知道他是咬人的狗不龇牙儿，龙蛋子没少遭他暗算吃他的亏；也只有花满枝知道他嘴上干净心里腌臜，一双贼眼最爱偷看花满枝上茅房，递双筷子抠一下花满枝的手心，擦身而过蹭花满枝的奶子。

张三姑下手那一天，谷串儿家正拔完了麦子。她把五尺长的大辫子盘起来，像头戴一顶柳圈儿，脱下了红裤绿袄换上破衣烂衫，满脸抹的是锅烟子，身背一只柳条大筐，整是个拾麦穗儿的穷婆子。

谷家的麦捆，码起一溜溜的小垛，过晌天气凉爽起来，套一辆花轱辘车拉回家去。谷串儿不敢歇晌，拎一只绿釉水罐子，背靠地头的伞柳看堆。田野上的热风吹得他犯困，伞柳上的蝉叫更给他催眠。他刚一打盹儿，便拧一把大腿根儿，疼醒强睁开眼睛，从头到尾数一遍麦捆。十捆一垛，十垛一行，他都心中有数。

麦收时节的晌午，赤日炎炎似火烧，虽然鸡犬热得都不愿动窝儿，偷麦子的人却正好趁虚而入。谷串儿拧肿了大腿，掐紫了脑门，眼瞪得铜铃大，看见一个穷婆子身背破筐伛偻着腰，旁若无人一直向他家的麦田走来。走进麦田也不东瞧瞧西看看，搬起一个麦捆就扔进筐里，好像这块麦田是她家的。

“放下！”谷串儿大喊一声奔过去。

穷婆子不但没有被吓得住手，反倒又一手拎起一捆，不慌不忙退出麦田，也没有抬一抬眼皮看谷串儿一眼。等到谷串儿一步就能抓住她，穷婆子才像一只黄雀惊飞而起，两条飞毛腿一溜烟奔跑。

三个麦捆一斗麦子，好比从谷串儿胸窝上剜下一块肉，追到天边地角，他也要夺回麦捆不丢一个粒儿。

这个穷婆子比他更舍命不舍财，奔跑着一个麦捆也不丢下，这就不得不跑跑走走，停停站站，谷串儿虽然已经气喘吁吁，热汗淋漓，口干舌燥，嗓子眼儿冒烟，但是穷婆子趔趔趄趄，两腿绊蒜，也已经是强弩之末。谷串儿一身无挂，穷婆子却不但有三个麦捆压身，而且还有两只奶子是个累赘，最后一定人赃两得。谷串儿紧追不放，不知不觉追到野苇丛生的河湾子，穷婆子陷入进退两难的绝境；谷串儿喜不自胜一步腾空，却只见穷婆子收住脚步，转身扭脸儿嘻嘻一笑，扔下麦捆抛出一条绳索，谷串儿眼前一黑，两腿一软，便人事不知了。

醒来仍像梦中，只是感到脖子上一阵阵杀疼，想抬起手摸一摸，才发觉两条胳膊被捆了个苏秦背剑。双手反扣在背后，两腿也套着绳索，他知道自己被绑了票，慌忙大喊救人。嘴里堵着一团破布，直捅到嗓子眼儿，吐不出字，喊不出声。他想睁眼看一看上下前后左右，两眼贴住两块狗皮膏药，他这才恍然大悟，自己中了那个穷婆子的调虎离山诱敌深入之计，落到了土匪手里，装进了肉票柜子，进来容易出去难，不大破钱财就消不了灾，活不了命，他一连打了七八九个寒噤。

吱扭一声门开，有人走进这间牢房，一阵凉风二股粉香，是个女人。

“谷串儿，你知罪吗？”这个女人嗓音粗哑得有如狼豺之声，从谷串儿嘴里抠出破布团子问道。

谷串儿马上猜到她是那个偷麦捆的穷婆子，慌忙双膝跪倒磕响头，哀告道：“您老人家想尝一尝我家的新麦，串儿不该狗眼看人低，只求您老人家大人不记小人过，慈悲为怀留下我这条狗命，年年麦收时节都有孝敬。”

“哈哈哈哈！”女人的哑嗓忽然笑出银铃声，“我偷你的麦子是假，想跟你结为夫妻是真；你是我的心肝肺叶小宝贝儿，我怎舍得手起刀落杀了你？”

“啊！”谷串儿失声大叫，“您老人家……今年……高寿？”

“还小哩！”女人又瘪起了两片嘴唇，“一条大腿才十八。”

“妈呀！”谷串儿委屈害怕哭起来。

“谷串儿，你答应不答应？”女人把一口凉嗖嗖冷森森的鬼头刀，在谷串儿的脑瓜皮上刮来刮去，一片片头发茬子刮了下来。

“答应，乐意！”谷串儿随机应变不吃眼前亏，满肚子苦水嘴皮子甜，“您老人家这么瞧得起我谷串儿，是我的祖上阴德三生有幸，我怎敢……怎能狗坐花轿不识人抬举？”

“二马不同槽，你把那个丑八怪小姐拴在哪根桩子上？”

“我跟她刚暗中交易，编个瞎话儿就打退堂鼓。”

“还有个花满枝，你跟她换过庚帖立过婚书哩！”

“那丫头身在曹营心在汉，许配了我却爱的是龙蛋子，我退还庚帖撕了婚书，正是成全了她。”

“呸！”女人的一口唾沫啐在谷串儿的鼻尖上，“你这个见利忘义的小人，贪生怕死的孬种，喜新厌旧的贼子！”

这个女人的嗓子忽粗忽细，口气也忽冷忽热；谷串儿捉摸不定，如坠五里云雾，只觉得凶多吉少，哎哎哟哟哭起来。

却在这时，一个男人气呼呼闯进牢房外的院子，一声比一声高喊道：“三儿，三儿！”

女人跳出肉票柜子，迎头对面骂道：“你长着这张嘴，是吃五谷杂粮的，还是拉屎放屁的？”

“三姑娘，三姑娘。”气呼呼的男人高腔换了低调，“你就是我张老砧子的三姑奶奶，也不能吃官饭放私骆驼，背着公众做自个儿的买卖呀？”

“男大当婚女大当嫁，我出马上阵是为了招亲。”

“那小子在哪儿？”

“我的炕头被窝儿里。”

13

八卦河网四面沙丘，荒村寒舍土匪窝子。

张老砧子的贼伙，是一帮乌合之众，却又不是一盘散沙捏不成团儿。这个贼伙很像野台戏班子，大当家的张老砧子就是那拴班的班主，挂头牌的角儿。老少尼姑同床共枕，一个狗头军师，一个掌管钱粮，左膀右臂两个内掌柜的。女儿张三姑虽是这个贼伙的散兵游勇，却也不算客串搭班。张老砧子每回打家劫舍，用人多少全看生意大小。他的几十名喽啰，平日都不显山露水，有的走船，有的赶脚，有的扛长工，有的打短工，有的挑货郎担子，贩卖针头线脑、糖豆瓜枣。张老砧子一有行动，便撒下点将腰牌，有时八大金刚，有时十三太保，有时三十六天罡，有时七十二地煞。都是夜出抢劫，天亮四散，又各自干本行营生，不留痕迹不露声色，官兵捕快望风捕影十有九空。

张三姑独自一人绑不了龙蛋子，只因有人暗中相助才把龙蛋子诓到手。

一到麦收时节，龙蛋子便大显身手，四乡八镇出风头。他拔麦眼疾手快，两脚生风，怀中抱月，猫个腰一条垄到头，拨马回头游龙戏水；就像赵云大战长坂坡，甘宁百骑劫魏营。每天起五更饿着肚子到人市，两厢情愿被雇主领走，到东家的桌子上吃早饭。这天头顶星星脚踩月光来到人市上，上市的稀稀落落没有几个人。昨夜晚在河边的野麻地里跟花满枝相会，一言不合打了一场嘴架，回家只睡了个狗眨眼小觉，浑身酸软心里憋闷，便肩靠背倚着人市上的一棵歪脖子树，犯困打盹儿响起了呼噜声。

“龙蛋子，我给你找了个肥主儿！”有人一巴掌把他拍醒，“东家是个梳大辫子的二八俏佳人，水灵灵鲜嫩嫩看着就解渴，两肋插刀给她卖命都愿意。”

把龙蛋子拍醒的这个小子，一个麦季常跟龙蛋子在人市上搭伴；奸懒油滑，贫嘴长舌，最喜欢跟龙蛋子耍滑头，却又顶怕龙蛋子的拳脚。

龙蛋子揉着眼睛问道：“工钱多少？”

“她，八亩麦子。”这个小子叉开拇指和食指，又捏了个圈儿，“你，两个蛋（石）。”

“傻丫头缺心眼儿。”

“拔完了麦子你还得给她精耕细作，堤梁下种。”

“什么饭食？”

“早晨菜盘子里漂着香油，晌午饭桌上见得着荤腥儿，晚上喷鼻香的原封美酒管你够。”

“这块肥肉你怎么不一口独吞？”

“我没长着你那三十二颗能咬开铁核桃的好牙。”

“善财难舍，活儿够累的。”

“想吃别怕烫嘴。”

“我得见一见东家。”

“大姑娘家怎能到人市上抛头露面？我是说一不二的大总管。”

麦收已近尾声，雇工的人少卖工的人多，店大欺客压行市，人市上争吵叫骂一片乱哄哄。龙蛋子不愿白跑一趟，死硬的骨头都敢啃，到了嘴的肥肉怎能不吃？

他跟着这个小子走进一家小酒馆，三盅猫儿溺入了肚，便天旋地转口吐白沫儿，一头栽倒昏迷不醒。不知过了多少时光睁开眼睛，才发觉自己赤条条光着身子，头上脚下都捆着拴贼扣儿，肚子上盖着一块捂锅布。

龙蛋子躺的正是张三姑的炕头，只是没有钻被窝儿。

“好个有眼力的三丫头、三姑娘、三姑奶奶！”张老砧子走进屋来一见龙蛋子，满腔怒气化作一片笑声，“你可了心也全了孝，咱们爷儿俩双喜临门同一个吉日良辰，送往迎来伙用一顶花轿。”

张三姑白瞪了她爹一眼，说：“我是独守空房的坐家女，顶花黄瓜带花的藕，青春年少正该嫁个如意郎君。你土埋半截干柴棒子，炕上横躺竖卧着两个母和尚，别在我的大喜日子你闹丧！”

“三姑奶奶，两个母和尚躺在我的炕上，可算不得我屋里的人。”张老砧子一脸苦相儿，一副哭腔，“我要给你娶个准斤足两够尺寸的后妈，能叫你眉开眼笑脸上放光。”

“谁？”

“此人当了你的后妈还是你的干婆婆。”

“小红兜肚儿！”

“亲上加亲炭火盆儿，不是剃头的挑子一头热。”

躺在炕头的龙蛋子，虽没有捂眼却被堵着嘴，挣扎着身子太阳穴青筋暴起，呜呜呀呀脸憋得黑紫。

张三姑只当他喝多了酒口渴，忙到外屋大缸里舀来一瓢凉水，从他嘴里掏出棉花团子，胡芦瓢递到他嘴边。

龙蛋子一口气吸进嘴里半瓢水，胀鼓了两腮像打肿了脸。

“噗！”龙蛋子嘴里的半瓢水破口而出，“张老砧子，你打个九丈九的佛龛把我干娘供起来，我干娘也不想当你家的活祖宗。”

半瓢凉水满喷在张老砧子脸上，张老砧子连打三个喷嚏叫骂道：“龙蛋子，小黑锅儿，你羊入虎口落在我的掌心，我一声令下就要你的小命儿！”

“你敢杀他，我就宰你！”张三姑一掌把张老砧子搡出门外。

张老砧子气得乱蹦，喊道：“三儿，三丫头！亲不过父女。”

“张老砧子，我偏近不如夫妻！”张三姑针尖对麦芒儿，唇枪碰舌剑，“铺多高，盖多厚，比不上肉挨肉，我跟龙蛋子同生共死。”

“先嫁由爹娘，后嫁才能由自己！”张老砧子搬出北运河的陈年古例，念起了头疼咒，“你是大姑娘出门子头一回，我不点头你坐不了花轿。”

“只要嫁给龙蛋子，不坐花轿我骑驴！”张三姑一厢情愿，给龙蛋子递了个眼色，“我跟龙蛋子从小就相好，好得伙穿一条裤子都嫌肥；忘不了他天天白送我几捆青柴，更忘不了有一回他把九捆青柴扛到咱家门口。女大十八变，变得了身子变不了心，我心上只有龙蛋子，不嫁他又嫁谁？”

龙蛋子虽然身处险境，却不想顺水推船，喝道：“张三儿，你搅浑了大运河水，也别想浑水捉着我这条鱼。”

“蛋子哥，你五尺多高男子汉，怎么比我这个黄花闺女的脸皮儿还嫩呀？”张三姑铁嘴钢牙，面不更色，“一年多前在河边柳棵子地，你的那些甜言蜜语，难道还得我提醒儿？”

“这么多年我就没跟你说过一句话！”

“嘻！你说过没说过我跟花满枝是一辣一甜？”

龙蛋子耳根下一阵发烧，满脸通红像关公喝了酒。

“你说过没说过我跟花满枝是一黑一白？”

龙蛋子低着头，从鼻孔里“嗯”了一声。

“你还说花满枝的头发又黑又多又长，能搓一副马笼头，等着瞧我梳起五尺长的大辫子。”

“头两句是我的话，后一句是你的词儿！”

“羞死了，羞死了！”张老砧子手捂着耳朵蹲了腿，“原来你们早已勾搭成奸，叫我在江湖上矬下半截儿直不起腰。”

张三姑呜呜咽咽哭起来，说：“龙蛋子不肯娶我只有一死，活在世上也没脸见人。”

“龙蛋子，我女儿一朵鲜花叫你咬了蕊子，你不娶她我刨你爹的坟！”张老砧子又拔地而起，一脚蹬着炕沿，凶神恶眼对龙蛋子说。

“蛋子哥，你还是吃我的敬酒，别喝我爹的罚酒吧！”张三姑敲着边鼓，柔中有刚，“光棍不吃眼前亏，死心眼子才桑木扁担宁折不弯。你成全了这门亲事，我爹也不走马换将要你的干娘。”

"小红兜肚儿我早就尝过了一口。"张老砧子咂着滋味儿淌口水，"能哨的鸟儿不长肉，吃到嘴里不解馋。"

"张老砧子，不杀你这个恶贼我就是亲爹干娘的不孝之子！"龙蛋子咆哮一声，向张老砧子一头撞去。

拴贼扣儿牵扯了龙蛋子，虽没有撞着张老砧子，却也吓了他一跳。

"撕票，撕票！"张老砧子气急败坏，从腰间抽出一把寒光闪闪的手叉子，"儿呀，你亲手剜出他的心给爹下酒，爹脱袍让位扶保你坐头把金交椅。"

"你是条疯狗给我滚出去！"张三姑夺过她爹手叉子，叉尖逼住张老砧子的胸口。

老少两个尼姑只当他们父女窝里斗，双双赶来哄走张老砧子。

屋里只剩下龙蛋子和张三姑两个人。

"张三儿，你本该是一条好汉子，可惜投错了胎！"龙蛋子长叹一声。

张三姑却侧着身子坐在炕沿上，一对一对掉眼泪儿，说："龙蛋子，我偷你的青柴，是恨你眼里只有花满枝没有我。"

龙蛋子怕软不怕硬，连忙哄劝道："咱俩今生不能做夫妻，下辈子也许有缘分儿。"

张三姑哼了一声，说："你骗我镜里看花，自个儿也免不了水中捞月。"

她把龙蛋子装进闷葫芦里，又到关押谷串儿的肉票柜子，一个利诱一个威逼，双管齐下一举两得。

14

谷串儿是谷三千的命根子，张三姑打发人给谷家捎去口信，谷三千当天就把刚买的八亩地出了手。月黑风高三更天，双方在约定的地点碰头，一手交钱一手放人。

离开肉票柜子之前，好像又是那个偷麦捆的穷婆子把鬼头刀架在谷串儿的脖子上，沙哑着嗓子叮咛道："车轱辘话我再跟你说一遍，花满枝是我七姑八姨的外甥女儿，十天之内你得把她娶进门。过了十天我不见你办喜事，这口鬼头刀把你家杀个鸡犬不留。"早已吓破了胆的谷串儿，裤裆里装屎满载而归。

回到家谷串儿一连三天做噩梦，他爹找来跳大神的黄道吉给他拘魂儿。游魂落魄归了位，谷串儿醒转过来就喊嚷赶快娶媳妇，黄道吉掐指一算挑选了两个日子，写在红帖上给女家送去。

两个日子一个在前半月，一个在后半月，为的是避开姑娘月来红的那几天。花满枝一见这个喜帖子便放声大哭，又要投河又要跳井，多亏小红兜肚儿前来串门，花满枝才没有抹脖子上吊。

自从龙蛋子下落不明，花满枝一天喝不下两碗粥，眼看着脸瘦腰窄；小红兜肚儿更是晨昏三叩首，早晚一炉香，脸上又多了几道皱纹儿。

小红兜肚儿的针线活儿，在豆棚村女人中无与伦比拔了尖儿。家家女孩儿裹脚以后，都欢迎小红兜肚儿大驾光临串门子，顺便指点他们的女孩儿飞针走线，扎花绣朵儿。但是，家家女孩儿一见月红，少女思春最怕勾引，常跟小红兜肚儿亲近，难免近墨者黑，水性杨花出丑。于是，过河拆桥，卸磨杀驴，念完经打和尚，小红兜肚儿的串门子便只有慢待，不受欢迎了。

但是，小红兜肚儿出入花家，花进宝两口子却不敢挡驾。

花满枝出生的时候，谷三千、花进宝和刘黑锅的哥儿们义气，敢比刘、关、张三兄弟。汉子相好娘儿们也就亲密，谷三千媳妇、花进宝媳妇和小红兜肚儿拜了干姐妹，小红兜肚儿还收花满枝当干女儿。

小红兜肚儿看望干姐妹名正言顺，看望干女儿理直气壮。这几年龙蛋子和花满枝私通，都是小红兜肚儿通风报信定日子，干娘变成了红娘。

谷家送来喜帖，女儿眼看就出门子，花进宝如愿以偿，满枝娘颠三倒四的一颗心也放进肚子里。女儿的哭哭啼啼，他们只当是女孩儿出嫁之前的通病；收完了麦子正忙着晾晒打轧，两口子从早到晚都在麦场，小红兜肚儿串门子更是畅通无阻。

花满枝几天没有洗脸梳头，黄皮寡瘦两眼哭得像红桃，坐在炕上直勾勾瞪着窗外，神不守舍魂儿出了窍。小红兜肚儿推门走进院来，她视而不见没有下炕相迎，木呆呆像一座泥胎树墩子。

直到小红兜肚儿走进屋，叫声："我的儿！"她才回了回头，眨了眨眼，脸上看不见喜怒哀乐，眼里干巴巴没有一滴泪水。

小红兜肚儿上了炕，把她揽在怀里，她才哇的一声哭出来。

"龙蛋子……回来了吗？"花满枝干哭了几声，被一阵咳嗽噎住，"他一赌气……扔下我不管，我这条身子……可怎么能嫁到谷家去？"

那天夜晚在河边野麻地里跟龙蛋子相会，白天在水蜜桃树下也跟谷串儿见过一面。谷串儿吃了几个桃，嘴里更像拌了蜜，哄得花满枝心乱如麻、六神无主。

“满枝我爸拿刀动杖，逼我娶那个丑八怪，我胳膊拗不过大腿，肚子里的苦水比你多几瓢。”谷串儿一边吃一边哭，半斤大小的蜜桃堵不住嘴，“我不亲手给你挑个配得上你的人，进了棺材入了土，到死我也不心安。”

花满枝忍住心跳，问道：“你给我挑谁？”

“远在天边，近在眼前。”谷串儿抬手又从树上摘了个桃，“龙蛋子。”

花满枝假装不乐意，噘起嘴儿，说；“他穷。”

“咱们三人好比一母所生，我跟你俩有福同享。”谷串儿装满了一肚子水蜜桃，打出的饱嗝儿香喷喷甜丝丝，“等那个丑八怪进了门，房产地契到了我手，我保你俩白头到老吃穿不愁。”

花满枝感动得又摘下八颗大蜜桃，送给谷串儿带回家。

在河边野麻地里，她把谷串儿的这些花言巧语，整个儿端给了龙蛋子。龙蛋子听一句骂一句，骂够了谷串儿又骂她，眼皮子薄眼眶子浅，一身都是贱骨头。不欢而散，龙蛋子奔人市，一去不回头。

“老槐树下刘家的男人都脚野，只怕龙蛋子不是走南就闯北。”小红兜肚儿的眼圈红了红，“你跟龙蛋子，就像我跟他爹……你跟谷串儿，就像我跟我那活王八。”

花满枝从小红兜肚儿怀抱中挣脱出来，满脸正色摇了摇头，说：“我嫁到谷家，就死心塌地跟着谷串儿过日子；有朝一日龙蛋子回来，我不看他一眼，不说一句话。”

“男人是家花不如野花香，女人是亲夫不如奸夫牵肠挂肚心连心呀！”

“谷串儿不像您家大伯，眼里揉不得半粒沙子。”

“那你可就难过洞房这一关了。”

“干娘，救救我！”

“王宝钏敢跟她爹三击掌，出了相府住寒窑；你等龙蛋子十八年，我家的破庙也能给你避雨。”

“谷串儿十天之内不把我娶进门，张老砧子的土匪要杀光他一家老小，五禽六畜。”

“兔子还不吃窝边草，这个狗娘养的怎么乱咬街坊四邻？”

“不是我不等龙蛋子，只是不忍害得谷家满门抄斩，家破人亡。”

“谷家保命又不破财，就不该在你身上挑毛病。”

“我还想要个娘儿们家的名声呀！”

小红兜肚儿出溜下炕，到院子里转了几转，房上、墙头、柴垛、水沟眼儿，角角落落都过了目，插上门闩顶上门杠，这才返回屋里。

“我教给你个以假乱真，当场出彩的秘方吧！”小红兜肚儿指了指花满枝脐下三寸，“谷家的两个日子，哪一天你身上干净？”

花满枝满面通红，双手捂脸答道：“前一个日子压梢，后一个日子正好。”

“那就挑这个压梢的日子！”小红兜肚儿一锤定音，“他要一点红，给他几滴桃花水。”又咬着花满枝的耳朵，一阵嘁嘁喳喳。

花满枝连连点头，指缝里淌下了串串泪水。

三天以后，一顶花轿把花满枝搭走，两家虽是一墙之隔，却要吹吹打打满村行街，抬进谷家已经傍晌。

忙乱了一整天，半夜才宁静。

雪白的洞房朦胧的灯光，炕沿上低头坐着穿红袄的新娘子，一声不响偷眼儿看新郎。谷串儿早解下十字披红，脱下长袍马褂，只穿一件夏布汗禢儿。他眉清目秀像个文墨书生，却又铁青着脸没有喜色，坐在花满枝对面的春凳上翻眼皮。

花满枝困得身子打晃，却又不敢不挣扎着坐得端端正正；平日谷串儿一见她便春风满面，怎么今晚上冷冰冰像个白眼狼？

突然，谷串儿一个抢步跨上前来，托起她的下巴颏儿死盯着她的眼，喝道："说！龙蛋子啃破你几层脸皮？"

"你……你……"花满枝搽着红胭脂的脸一下子惨白。

谷串儿又掰开她的嘴抻舌头，逼问道："你亲过龙蛋子多少回，是谁亲的头一口？"

"串儿，串儿……"花满枝嘴角舌尖流了血。

"扒衣裳！"谷串儿把她搡倒炕上，龇牙瞪眼喘粗气。

"串儿，你吹了灯。"

"我要灯下看！"

花满枝哆嗦着双手脱下红袄儿，背转灯光啼哭道："串儿，给我留脸吧！"

谷串儿劈手扯断了她的兜肚襻儿，灯光下花满枝的胸脯上有几条紫痕，奶子上有几块青印。谷串儿尖声怪气叫起来："是不是龙蛋子抓的，龙蛋子咬的？"

"胸脯上出痱子，我自个儿抓破的。"花满枝拾起扯断的兜肚捂住胸口，“咂咂儿上……是前两天找了个小小子儿暖窝，叼出来的牙印儿，为的是……过了门……给你早生贵子。”

谷串儿哐啷打开箱子，掏出一块一尺见方的白绫子，平平展展铺在炕席上，扭曲着脸狞笑道：“见了红你人前显贵，在我眼里就是天女下凡的金身玉体。”

“串儿呀串儿，今晚上我算看透了你。你脸上喜眉笑眼，肚子里虚情假意。”

“天下谁不是阴阳两张脸？”

“人心换人心，四两换半斤；谁拿朱砂换红土，驴粪蛋子怎能换真金？”

“你还是闲言少叙，我要的是书归正传。”

“挑起灯芯子，我要灯如白昼！”

剪烛花添灯油，洞房灯火通明，映出了后窗上穷婆子的怪影。

15

听窗的张三姑一笑而去，骑上大青骡子回到肉票房子。

龙蛋子白天被戴上眼罩箍住嘴，关在肉票柜子里。黑夜被摘下眼罩嘴箍子，到张三姑屋里过堂。

问案的张三姑，每天换一身花衣裳，打扮得都像拜花堂的新娘子；只是坐没坐相，站没站相，满身的猴气。

从豆棚村回来，她亲手炒了四大盘菜，擀了两大海碗面条子，一葫芦酒蹾在炕桌上。

龙蛋子进屋一看，横眉立目问道："张三儿，这是送我上路吗？"

"死活就在今晚上，只等你的一句话。"张三姑把他扶上炕，倒了一盅酒，夹了一块肉，一前一后捅进他嘴里，只许他动口不许他动手，"龙蛋子，你一天三顿饭，都是三姑奶奶下灶，变着花样儿像是服侍月子人，一饭之恩千金相报才是大丈夫。"

"张三儿，你甭老虎挂念珠儿，假充善人。"龙蛋子不但不千金相报，反倒吃谁骂谁，"就说这做饭炒菜，你不过是拿我练手，不是咸就是淡，不是辣就是酸，我天天就像吃猪食。"

"罪孽，罪孽！"张三姑一边撕他的嘴，一边又灌了他一盅酒，"你们老槐树下刘家是挂千顷牌的大财主呀？天天吃的是龙肝凤胆，燕窝鱼翅？一把宰猪刀子开了你的膛，半肚子菜半肚子糠。"

龙蛋子三盅酒三块肉入肚，舌头舐着油汪汪的嘴唇，说："反正你包的饺子不如我干娘的菜团子好吃。"

张三姑火了，左右开弓给了龙蛋子两个嘴巴，啐道："我那些一个肉丸的饺子，都倒进狗肚子啦！"

"我不吃你就动刑呀！"

"软胎子！"

"张三儿，这几天你打了我多少回我都记着账，有一天我活着出去，不老尺加一找本算利，刘字儿倒着写。"

"我嫁了你就是你的胯下马，随你骑来由你打。"

"张三儿，你也不是不知道，我跟花满枝暗中早已是夫妻，怎么能撇了她娶你？"

"你就不想一想，她会不会撇了你嫁别人？"

“花满枝从小跟我情投意合，不会这山望着那山高。”

“龙蛋子，龙蛋子！你雾里看花，难免马失前蹄走了眼。”

“花满枝她……”

“今晚上咱俩脸对脸儿喝闷酒，她跟谷串儿颠鸾倒凤入洞房。”

“瞎话！”

“我站在后窗根下亲眼得见，花满枝解下兜肚，谷串儿一双锥子眼，看一处问一处。”

“住口，哎呀！”龙蛋子一声大叫，两眼翻白昏倒。

张三姑并不慌张，舀来一瓢凉水，兜头把龙蛋子浇了个透，笑骂道：“龙蛋子，鸡飞蛋打倒了歪脖儿树，拴在我的石榴红裤带上上吊吧！”

龙蛋子呻吟一声起来，满脸不知是水珠子还是眼泪，说：“满枝是被她爹娘逼的才走这一步。”

“我爹逼过你干娘多少回，你干娘怎么就守得住身子心不乱？”张三姑连啐三口唾沫，“花满枝是一只心眼儿活动的叫春猫。”

“天下的女人谁比得了我干娘？”

“我就跟她卖一个价儿，都是死心窟窿的浪母狗。”

“你吃屎长大，茅坑臭嘴。”

“你看，你闻！”张三姑龇着牙咧开嘴，“满口白瓜子，舌尖莲子香。”

“闭上你的狼牙虎口！”龙蛋子嘴上虽硬，心中却一动。

张三姑得寸进尺，又挨上他蹭脸儿，问道：“刚出锅的豆皮子，细嫩不细嫩？”

龙蛋子躲躲闪闪，说："一锥子扎不出血，三寸厚。"

张三姑解开红衫子扣儿，一手撩起兜肚，一手拧着龙蛋子的耳朵，说："你捆着双手不能摸，瞪大眼睛仔细看，你丢了口破锅捡了个金盆！"

"干娘是我头上一层天，她老人家说了算。"

"有你这句话，我就打发红媒讨回婆母老大人的御旨。"

"你甭想转个影壁就叫我上当，拿不来我爹给我买的长命锁，说死我也不当真。"

"龙蛋子，赌定你是我的杯中酒盘中菜啦！"

老尼姑主唱小尼姑帮腔，两只巧嘴八哥儿上门提亲，张三姑自以为十拿九稳。谁知，两个尼姑死说活劝天花乱坠，舌板子上起泡口角生疮，碰壁而归带回小红兜肚儿一句话："张老砧子的丫头想当刘黑锅的儿媳妇，嘻嘻！虎子焉能娶犬女？"她把关云长的戏词儿调换两个字，一句话把张家父女都骂下来。

张三姑脑瓜顶上的火星子冒起三尺多高，气得脸像白菜叶子，说："你俩喘一喘气，一会儿原路而回，替我给小红兜肚儿送个礼。"

她三步两步冲进肉票柜子，肉票柜子里一声惨叫。她手托着一张荷叶走出来，荷叶上是一只血淋淋的耳朵。

"龙蛋子的！"老少两个尼姑吓得面如死灰。

张三姑却已经消散了怒气，满脸喜色，说："这个荷叶包递到小红兜肚儿手里，叫她交出龙蛋子的长命锁。"

可想而知，小红兜肚儿气焰一落千丈，乖乖地把长命锁交给了两个尼姑。

龙蛋子的耳朵一个不缺，吃了一肚子酒肉，正在张三姑的炕上高枕无忧睡晌觉。

“喂，瞧这个！”张三姑拧醒了龙蛋子，手捏着长命锁的红绒绳儿，在龙蛋子眼前晃来晃去，“三姑奶奶能攀着云梯上天摘星星，你小小的龙蛋子还跑得出我手心？”

“干娘点了头，我打掉了牙也得咽进肚子里。”龙蛋子头一回真情实意笑出了声，“屋里的，赶快给你家掌柜的松绑呀！”

张三姑爬到龙蛋子身上解绳子，解一个绳扣儿啃龙蛋子两口，说“今晚上咱俩就拜堂成亲，我一时片刻都等不得了。”

“你还是重新把我捆上撕票吧！”龙蛋子端起架子沉下了脸，“老槐树下刘家的男子汉，自古以来没一个更名改姓当倒插门女婿的，姓张的丫头得梳妆打扮送上刘家门去。”

“嫁鸡随鸡，嫁狗随狗，我不跟你走跟谁走？”张三姑在龙蛋子怀里打滚儿，“三姑奶奶是位千金小姐，只怕一顶八抬大轿抬不动。”

龙蛋子捏了捏她的前胸后背，又掐了掐她的胳臂大腿，说：“算上头蹄下水，也不过一百斤出头儿。”

“我还有九百块大洋压腰哩！”

“一个子儿不要！”

“你跟财神爷有仇？”

“老槐树下刘家不取不义之财。”

“我这上身的衫子，下身的裤子呢？”

“凡是你家的，一条布丝儿也不许进刘家。”

“我光着屁股出门子呀？”

“等我挣了钱，给你买干净衣裳穿。”

“赤条精光我怎么走呀？”

“天黑下来我背你回去。”

“过了这个村，没有这个店；我进了你们刘家门儿，两口子免不了马勺碰锅沿，你可不许揭我这个短。”

“好男不吃分家饭，好女不穿出嫁衣，过了门我有半句反悔，你就骂我是小人。”

“骂你我不解气。”

“那就打。”

“打你我也不解恨。”

“杀！”

“杀人偿命。”

“随你的便吧！”

“偷汉子。”

“打开窗户敞开门，爱招多少招多少。”

“龙蛋子，我骂你、打你、杀了你，就是宁死也不当淫妇。”

“张三儿，你敬我一尺，我还你一丈；我亏你一尺，你罚我一丈。”

龙蛋子分文不取，张老砧子也就一毛不拔，不敢厚起脸皮送一送女儿，躲到他的狐朋狗友家喝闷酒。老少两个尼姑早已心怀二志，见他如此冷酷无情，便将他的元宝现洋席卷一空，勾搭两个肉票私奔天津卫。老尼姑人老珠黄，嫁给了那个被张三姑削下一只耳朵的肉票。

16

脱下褂子给光身子的张三姑穿上，龙蛋子背着这个野花娘子回家去。

鸡叫回到豆棚村，龙蛋子连喊三声干娘，小红兜肚儿开了门，又惊又喜，哭了声：“儿！”抱住龙蛋子的脑瓜转圈儿摸了个够，这才双手拧住龙蛋子的两只耳朵，口中呢呢喃喃：“不多不少，不多不少……”

张三姑在龙蛋子后背上捂着嘴偷笑。

“干娘，我把您的儿媳妇背回来了。”龙蛋子松开兜住张三姑屁股的双手，张三姑从他身上出溜下来落了地，“您赶快找一身衣裳，给张三儿装裹起来。”

“狗娘养的张老砧子，怎么连一张皮也舍不得给他女儿披上呀？”小红兜肚儿弦外有音，话中带刺。

龙蛋子忙嬉笑道：“是我叫她干干净净出张家，清清白白进刘家，免得您看着扎眼，心里呕吐。”

“像个男子汉大丈夫！”小红兜肚儿尖嗓子叫好，“没给你爹丢人，也没给干娘现眼。”

小红兜肚儿虽然跟她丈夫仍旧住在一个院里，却早不在一桌吃，不睡一条炕。正房五间她的丈夫开宝局，她和干儿子住西厢房三间。

龙蛋子把张三姑放到他睡觉的南屋炕上，到小红兜肚儿屋里给张三姑拿衣裳。

“原来他们没有割下你的耳朵，设下个骗局诓走长命锁？”小红兜肚儿嘟噜着脸蛋儿不开箱子，“这桩亲事，我不认账。老槐树下刘家的媳妇，没有一个是二婚改嫁，也没有一个是窑姐儿从良。”

“张三儿一不是二婚，二不是窑姐儿。”

“染缸里扯不出白布，土匪窝子还能有黄花闺女？”

南屋炕上的张三姑，进门就看小红兜肚儿的脸子，已经窝着一肚子火，忍无可忍像一支双响二踢脚蹦起来，跳塌了炕喊道：“小红兜肚儿，你挑三窝四狗血喷人，三姑奶奶是不是原封真货，你等着起早见喜吧！”

“那一套戏法儿人人会变，只不过各有巧妙不同！”小红兜肚儿吆喝龙蛋子道，“到院里找一只水筲，卸下梁子。”

龙蛋子把卸下梁子的水筲拎来，小红兜肚儿把一捧细箩面撒在桶底，薄如一层霜。

“干娘，您这是哪一路的戏法？”龙蛋子不知有何巧妙，憨笑着问道。

“这是一面照妖镜，真假虚实见分明。”小红兜肚儿提着这只水筲走进南屋，“张家三姑娘，你给我坐在筲口上！”

张三姑更摸不着头脑，问道：“你这是哪家的刑罚？”

“这是皇上娶亲天下选美女，官媒验身老规矩。”

“谷家也叫花满枝坐水筲吗？”

“谷家怎能跟刘家比，谷串儿怎能比龙蛋子？他们只过筛子不过箩。”

“当年你连筛子也没过。”

“我倒要问你敢坐不敢坐？”

“三姑奶奶不敬神不怕鬼，还怕你这个老狐狸精兴妖作怪？”张三姑一屁股坐在筲口上，齐腰陷了进去。

小红兜肚儿抽出一根笤帚毛子，捅了一下张三姑的鼻子眼儿。

“啊——嚏！”张三姑打了个响亮喷嚏。

“龙蛋子，挑灯观看呀！”小红兜肚儿像是揭开宝盒，喊叫干儿子。

张三姑把半截身子从水筲里拔出来，龙蛋子高挑一盏灯笼看了又看，耸起鼻子皱眉头，说：“晦气，晦气！”

“桶底的细箩面纹丝不动，这个丫头下身不漏气，铜帮铁底千斤闸的黄花闺女！”小红兜肚儿回到自己屋里，翻箱倒柜找出一套葱心绿的裤子粉莲花的袄，双手捧到张三姑面前，“儿媳妇，这是你公爹当年给我买的，我没舍得上一回身，命中注定该穿在你身上。”

张三姑穿上葱心绿的裤子粉莲花的袄，冲着龙蛋子嬉笑道：“我那公爹咱家老爷子，真是心有天地宽，眼看千里远，早就替你相中了我这个一鸟入林百鸟压音的好媳妇。”

龙蛋子也笑道：“谁知道你是不是一块碱地，下了种能不能出苗？”

张三姑一拍肚皮，说：“今夜晚你就开犁，过了十个月我不给你结出金瓜玉果，你扔给我一纸休书，我转身就走。”

龙蛋子撸胳臂挽袖子，摩拳又擦掌，说：

“那就一拜天地二拜干娘，夫妻相拜同入洞房；明年清明节给咱爹上坟，抱个孙子给老人家磕头。”

“慢着！”小红兜肚儿拦道，“等我找黄道吉挑选两个黄道吉日，头一天聘二一天娶；娶亲那天是正日子，你们结成了正宗夫妻才能同房。”

“什么正日子邪日子，你跟我公爹怎么天天都是好日子？”张三姑心急如火，出口不逊，“龙蛋子，你听谁的？”

“我不能娶了媳妇……忘了娘。”

“好儿子，顺者为孝。”

“不孝有三……无后为大，我又怕老祖宗骂我忘了大孝。”

“龙蛋子，咱俩可不能大篓洒油满地捡芝麻，哄笑了干娘，惹恼了祖宗。”

龙蛋子满脸堆笑，说：“还是干娘做主。”

“你们搬出了刘家老祖宗泰山压顶，我这个外姓旁人可不敢狗拿耗子！”小红兜肚儿的怨声带出一脸怒气，噗地吹灭了灯。

天上挂着又圆又大的月亮，小红兜肚儿深一脚浅一脚走到村外，一把鼻涕一把眼泪来到刘黑锅坟上；哭了一场便迷迷怔怔，恍恍惚惚，在老桑树下大兴土木，石、木、瓦、扎、土、油、漆、彩、画、糊，都是她一人。

太阳晒得烫屁股，头一个睁眼的是龙蛋子，他一脚踹醒了张三姑。小两口儿早有打算，天一亮就到爹娘坟上，烧香叩拜二老双亲。两人匆匆洗脸梳头穿戴齐整，空着肚子更见孝心；龙蛋子大步流星，张三姑一溜小跑。

他们看见，坟边老桑树下，小红兜肚儿披头散发满脸泥土草叶，满手是刺指甲出血拍窑窑。

“干娘！”龙蛋子心惊肉跳叫道。

“不长眼的逆子！”小红兜肚儿的声腔口气都跟刘黑锅一模一样，“我出外不到十年，你就不认爹啦！”

小红兜肚儿一年要闹几回迷症，龙蛋子连忙下跪，问道：“爹，您老人家是哪天回来的？”

“五月初五下界。”刘黑锅的生日，小红兜肚儿记得一刻不差。

“这一回您就别走了。”

“九月初九我得准时归天。”

这一天是刘黑锅的忌日，小红兜肚儿更是难忘。

“回来这么多日子，您怎么不见儿子一面呢？”龙蛋子诚惶诚恐，假戏真做。

“我忙着给你盖新房娶媳妇呀！”小红兜肚儿指指点点，比比画画，“这四道高墙三丈三，张老砧子的土匪踩着云梯也爬不上来；高门楼，上马石，十棵龙爪槐，敢比皇粮庄头的宅院，方圆百里独一无二。”

张三姑蹲在龙蛋子身后一看，三丈三的四道高墙，不过是手拍的四框沙土，高不过三寸三，上马石是一块土坷垃，十棵龙爪槐插的是十根猫尾草。她轻声咯咯一笑，说：“老婆子返老还童，一个人过家家。”

“不许多嘴！”龙蛋子回过头喝道。

“儿呀！走进门来更风光。”小红兜肚儿指着树枝围起的一道道栅栏，手挖的一个个小坑，“左有骡马成群，右有肥猪满圈。”

“看见了，看见了。”龙蛋子连连点头，锦上添花，“赤兔马日行千里，乌骓马夜行八百，一口口肥猪赛得过牤牛。”

“坐北朝南五间青砖大瓦房，你亲娘住东大屋，我跟你干娘住西大屋。”小红兜肚儿二目闪光神气活现，“东西厢房矮一头，也比豆棚村各家的正房高大宽敞。你跟你的媳妇住东厢房，西厢房都是五谷丰登的粮囤。”

张三姑愤愤不平，又在龙蛋子身后叨咕道：“老婆子装神弄鬼，把你的亲娘我的正宗婆母打入了冷宫。”

“龙蛋子，谁家的黄毛丫头藏在你背后？”

“您那刚过门的儿媳妇，给您老人家磕头来了。”

“我看她像口外赶来的马，活是一头野牲口。”

“您老人家息怒：儿子能给她戴上笼头咬上嚼子。”

“还是叫你干娘劳神费心，一招一式调理她有个人模狗样儿。”

龙蛋子朝张三姑挤眼努嘴儿，说：“赶快回爹的话。”

“我说什么呀？”

“遵命。”

“得令！”

小红兜肚儿打了长长的哈欠，两眼一翻咕咚倒地，沉睡了三天三夜。

睡醒爬起炕，还是找黄道吉挑日子，又雇了花轿和乐班，给已经同房数日的龙蛋子和张三姑办喜事。喜事的节目一应俱全，当然免不了有一个滚喜床的男孩儿助兴，才算圆满完善。

17

我这个人自幼有奶便是娘，串够了鱼菱村的百家门儿，跳过官道来到豆棚村，一头便钻进了刘龙蛋子家；也不知我身上长着招人爱的肉，还是天生有人缘儿，反正张三姑一见我的面，就收我当干儿子。这一来我跟她的儿子金秧儿也就情同手足，亲似一奶同胞。

刘龙蛋子比他爹刘黑锅更人高力大，也比他爹刘黑锅更神奇古怪，一辈子命犯驿马星，又走桃花运。扛长工跟东家一言不合就跳槽，打短工揍把头大闹人市，二十岁以后南下走船，北上赶马，一年回村趴不了几天窝。他听评书看野台子戏，一知半解入了迷。搭草台班能唱赵子龙大战长坂坡，薛仁贵独木关叹月，常遇春力夺状元印，大将风度，气吞牛斗，撂地摊会说三国、列国、征东、平西、伐南、扫北，声似洪钟，口若悬河，不知颠倒了多少水性杨花的女人。他在每个女人身上都是走个过场，不肯二马同槽拉帮套，更不打算借窑烧砖生儿女。评书和戏文故事装满了他的脑瓜子，他要明媒正娶，吉日良辰，八抬大轿把一位书香门第的千金小姐搭进门，不给他生个状元，也得给他养个探花。谁想事与愿违，他跳不出这个绿林女子张三姑的手心，只得三跪九叩拜了花堂，被草头王招了驸马。

花烛之夜张三姑就怀了孕，十个月不多一天不少一日生下金秧儿。

金秧儿这个名字，是他那个土匪的外祖父张老砧子在他满月那天给他起的，可见他在这位草头王的眼里是多么贵重。

张老砧子二十八岁扔下锄把子改吃刀枪饭，望乡台上不知打过多少回秋千，阴阳界上不知捡了几十个死。三个婆娘八个儿女，都死在了官兵和仇家之手，只剩下女儿张三姑独自一人。他自知树敌太多，冤孽深重，能落个五马分尸、大卸八块的下场，便是老天爷大发慈悲开了恩。裤带上拴脑壳，他早把生死置之度外，不怕碎尸万段一块一块喂狗，却怕的是他这一门的张家由于他的罪过绝了后。金秧儿的爹宁死不愿更名改姓当倒插门女婿，他只有在外孙子身上嫁树接桃。

金秧儿生不逢时，正是兵荒马乱的年月，卖国贼在通州建立傀儡小朝廷，钻到日本鬼子胯下当儿皇帝。国民党撤出了京东，殷汝耕的伪军只能驻扎在二十二座县城里，县城以外的乡村全被各路民团、伙会、杆子瓜分，乱世为王。张老砧子却最走时运，扯顺风的帆，走顺水的船，年高辈大当上了几路杆子的老龙头；用不着亲自出马打家劫舍，也用不着狡兔三窟曹操七十二疑冢，东躲西藏不敢站一站脚安个窝儿。大白天也可以抛头露面，人前显贵了。他不知撕了多少张肉票，生吞活剥了多少颗人心下酒，凿开活人脑浆子像吃刚出锅的豆腐脑儿。他心黑手狠，杀人不眨眼，是一头人面金钱豹子；偏在外孙子金秧儿身上，心肠柔软有如妇人，满脸杀气也化为慈眉善目。

阴历七月十五鬼节的夜晚，大河里放河灯谢神祭鬼。天上有多少颗星星，水上有多少片浮萍，河里便有多少盏河灯。天上的月亮像一面大玻璃镜子，水中的月亮像一只大白瓷盘子；河边一堆一堆烧纸钱，风吹纸灰像满天飞的蝙蝠。豆棚村的男女老少都到河边看放灯，半大小子沿岸追着河灯跑。五岁的金秧儿骑在张老砧子的脖子上，冲天伸出一根指头，尖着嗓子一团好音，抬头数一数天上的星星有多少颗，低头数一数水里的河灯有多少盏，一心想知道天上的星星比水里的河灯多，还是水里的河灯比天上的星星多。张老砧子端起肩膀架起胳臂，上半身像一张太师椅，四方步子下了河，下河踩水露出半截身子，在河灯丛中左弯右拐，穿梭而行，好像踩着高跷跑方阵。金秧儿一边跟着姥爷拜四方，一边口齿清脆叫着数儿，岸边堤上一片喝彩声。

忽然，一阵河风吹来，吹灭了河上几盏灯，吹落了天上几颗星，金秧儿一声惊叫，当时就像一摊稀泥，昏死在张老砧子的脖颈上。张老砧子从水中惊跳而出，脚踩着水皮儿飞跑上岸，直奔黄道吉家。

黄道吉是豆棚村的一大妖人，爹是不守清规的和尚，娘是思春偷情的道姑，生下小冤家难以在寺院庵观存留，便送给了豆棚村的一对夫妻膝下为子。这对夫妻男的是香头，女的跳大神。于是，黄道吉长大成人以后，装神弄鬼，捉妖拿邪，算命打卦，细批八字，无所不能；最拿手的要算给地下的男女孤魂冤鬼说媒拉纤，匹配良缘。张老砧子一不闹鬼，二不中邪，三不算命，四不打卦，也不想在八字上化凶为吉，死后有三个老婆在地下等着他，用不着黄道吉找几块女人的白骨给他填坟，他却一时片刻也离不开黄道吉，离了黄道吉就像脚丫子朝天倒吊歪脖儿树，寒鸭浮水挂在了房柁上。

那是因为黄道吉会拘魂儿。

张老砧子虽然杀人像踝死个蚂蚁，却又常常噩梦中惊吓丢了魂儿，魂儿一丢就像一具活尸，咬紧牙关，面如死灰，昏迷不醒，水米不进。这时，只有黄道吉施展他的法术，才能起死回生。黄道吉的法术十分古怪，只把张老砧子剥光了放躺在土坑上，朱砂笔在胸口窝上画一道符箓，然后便手拍着张老砧子的天灵盖，口中叽叽咕咕，嘟嘟哝哝，哼哼唧唧，咿里哇啦，念上一天一夜拘魂咒，直念得张老砧子睁开了眼，张开了嘴。不过，仍然瓷着眼珠儿，目光昏暗，张开的嘴像热锅爆鲇鱼。黄道吉停止了念咒，一手拈一根牛尾巴毛捅张老砧子的鼻孔，一手像老鸹爪子抓挠张老砧子的胳肢窝。张老砧子奇痒难熬，扑哧一笑打了个响亮的喷嚏，便神归了舍，魂儿附了体，鲤鱼打挺一跃而起，酒足饭饱之后又重操旧业去了。

黄道吉在豆棚村东南角，有一座四方小院，三间小房，是他的香堂。香堂里供奉的是如来佛、孔圣人、太上老君、观音大士、姜子牙、诸葛亮、关云长、岳武穆、李铁拐、刘伯温……真可谓杂牌队伍，无奇不有。有的是泥胎，有的是木主，有的是杨柳青年画，有的是从北京二酉堂石印绣像小说中剪下来的插图。还有一张评戏皇后老白玉霜的剧照，分明是思凡的陈妙常，他偏说是得道的何仙姑。

每年七月十五鬼节，黄道吉大开香堂，一天能做几十桩生意，丧夫的寡妇，丧母的孤女，丧子的妇人，都到黄道吉的香堂烧香拜影，跟地下的亲人见上一面。黄道吉十五六岁到二十七八岁的那十多年，驿马流星，云游四方，曾拜一名驴皮影戏的老艺人为师，从制作到表演学了个透，后来便把这一行的手艺运用到他的巫术之中。妇道人家想要求见的亲人，他都能在驴皮影中显形，并且能跟死鬼嘘寒问暖，谈心叙旧。

张老砧子怀抱金秧儿闯进小院，小院里跪满了一溜溜静候召唤的大姑娘小媳妇，香堂里金秧儿的干奶奶小红兜肚儿正在拜影。

小红兜肚儿的男人宋大吭哧活得有滋有味儿，小红兜肚儿拜的是死了二十多年的老情人，金秧儿的爷爷刘黑锅。

"黑锅兄弟，我想你想得根根肠子断三截儿！"小红兜肚儿跟刘黑锅相好，豆棚村无人不知，她却偏要搽胭脂入殓——死要面子，以干姐姐的身份跟刘黑锅相会。"你看你，还是豹头环眼，虎背熊腰，一点儿也不见老，可见你一走就没把我放在心上，干干净净忘到脖子后头了。"

"我死那年三十三，到了阴间不增寿。"刘黑锅的声音很像野台子戏里的铜锤花脸念白，只是粗中有细带着鬼腔儿，"一张蜘蛛网挂在了你的脸上，你可是个老帮菜啦！"

“眨眼之间，我……四十大几了。”小红兜肚儿鼻子一酸，啼哭起来，“我这满脸的褶子，都是……想你想得泪流满面，一行行眼泪冲出了一条条皱纹。”

“这我就放心啦！”刘黑锅呵呵笑道，“你要是还像个细皮嫩肉俏佳人儿，又不知招引了多少野汉子。”

“丧天良的黑心贼，阎王爷怎么不割下你的舌头？”小红兜肚儿哭中叫骂，“自从你一命归阴，我就没让一个男人沾过我的身子贴过我的肉，胸脯上留着的都是你咬出来的牙印儿。”

“多谢娘子！”驴皮影上的刘黑锅一拱到地，唱了个肥喏，“我给你买下的贞节牌坊，等你一死就在坟前立起来。”

“你还是多给我托几回梦吧！”小红兜肚儿破涕为笑，如醉如痴，“挂在树上的青杏酸枣儿，吃不进嘴里看上一眼也解渴。”

“你百依百顺听我的吩咐，我就梦中常来陪伴你。”

“张开金口吐玉言，你快脱了裤子放响屁吧！”

“你身为干娘，要多多管教龙蛋子，恭恭敬敬孝顺老丈人。”

“张老砧子是个人面兽心的两脚畜生，老想啃你吃过的肉骨头，喝我的涮锅水。龙蛋子恨不能一刀阉了这头大跑猪，怎能孝顺他？”

“我那儿媳还算是个贤妻良母，不许龙蛋子慢待她。”

“那娘儿们目无尊长，死活看不上我这个干婆婆，龙蛋子隔三差五揍她一顿，我才没得了气臌。”

“看在金秧儿的面上，你跟咱的老亲家和为贵，跟咱的儿媳忍为高。”

“那小娘儿们跟那两脚畜生，想割下咱孙子的半扇肉姓张，我怎能跟他们罢战言和，眼看着刘家丢了半壁天下？”

“小红兜肚儿，你这只掉了毛的老母狗！”张老砧子跨进香堂，拎起小红兜肚儿的一条腿，不费吹灰之力扔出门外，“黄半仙，快念拘魂咒儿，我的命根子断气了。”

“金秧儿，奶奶的眼珠子！”被摔得灰头扯脸的小红兜肚儿，忽然像一头咆哮的母老虎扑进香堂，从张老砧子的怀里把金秧儿夺到手里，“黑锅，你还没走远吧？快到黄泉路上把咱孙子的魂儿拦回来。”

丢了魂儿的金秧儿忽然睁开惺忪睡眼，甜甜一笑叫了声：“奶奶！”紧紧搂住小红兜肚儿的脖子撒娇耍赖。

“小活祖宗儿，你刚才……吓破了我的胆。”张老砧子虽然一块石头落了地，却仍旧心跳得像敲鼓，从头上一把一把撸冷汗。

“天上的流星砸在了我的脑壳上，水上的河灯一灭眼前发黑，飘飘忽忽挂在了半空中。”金秧儿又一头扎在小红兜肚儿的怀里，“奶奶，快背我回家睡觉吧！今晚上做梦，能梦见我爷爷。”

“奶奶的好孙子，奶奶的小主子！”小红兜肚儿背起金秧儿飞跑出门，“今晚上奶奶搂着你睡，沾你的光也做个好梦。”

张老砧子目送小红兜肚儿的后影，双眼射出两道凶光，说：“不杀了这个搅屎棍子，金秧儿就得变成白眼儿狼。”

“老当家的，放下屠刀，立地成佛吧！”黄半仙双手合十，一身道袍却念的是南无阿弥陀佛，“三十六计，攻心为上，你听我的神机妙算，金秧儿少不了有你一半。”

“快说快说少啰嗦！”张老砧子急不可耐，真想给黄道吉开膛破肚，一把掏出他的鬼点子。

黄道吉咬住张老砧子的耳朵，嘁嘁喳喳，张老砧子一句一点头，阴沉沉的脸色也像拨开了满天云雾。

18

张三姑生就的骨头长就的肉，一辈子男不男女不女。

她自幼跟她爹耍枪杆子，进了刘家门捏起了针线，狗熊耍扁担怎么也玩不转。身上见红好几年还剃光头，等留起了头发梳大辫子，不是松松散散像一条编花马尾巴，就是紧紧绷绷像背后挂着一根擀面杖。嫁给刘龙蛋子开了脸，一顿饭工夫梳了个圆髻，怎么看都像后脑勺上贴了个牛屎饼子。过去打家劫舍，常年一身乌黑墨染的夜行衣，当了新娘子便爆竹一声送旧，浓妆艳抹穿红挂绿，好像《十字坡》中卖人肉包子的孙二娘跳下了戏台；刘龙蛋子一照见她的影子就有气，话不投机半句多便唱武松打店。张三姑诱敌深入，从院里打到屋里，关上门就更打得难解难分，直打得土炕上坍塌十几块大土坯，砸出了碾盘大的洼坑。孙二娘骑在了武二郎身上，武二郎像被剔了骨头抽了筋，稀软得像一盆蒸包子的面；孙二娘揉来搓去叫阵，还能杀上三百回合，武二郎却是败军之将不敢言勇，甘拜下风挂起了免战牌。

这两口子，入洞房那天晚上就鸡吵鹅斗；三日一小战五日一大仗，刘龙蛋子没有胜过一回。不过，刘龙蛋子打了败仗却吃犒劳。张三姑鸡笼里掏蛋，给他煮着吃，炒着吃；到河边叉甲鱼，给他清蒸甲鱼汤喝；谁家杀牛宰羊，叫驴下汤锅，她就登讨取牛鞭、羊鞭、驴鞭，逼着刘龙蛋子甩开腮帮子张大了嘴，三鞭齐下补肾壮阳。她精心喂养刘龙蛋子，胜过服侍头胎月子人；刘龙蛋子这才从弱变强，转败为胜。

金秧儿银藤玉叶，两口子都怕惊吓这个小祖宗，对骂压低了嗓子，对打只是招猫逗狗，滚炕也不塌坯砸坑，渐渐地打变成了打情，骂变成了骂俏。张老砧子只当女儿服了软，小红兜肚儿只当干儿子变了心，一个在女儿背后刮阴风，一个在干儿子面前点鬼火，两口子被煽惑得就像吃足了枪药，碰上黑煞日便免不了恶战一场，摸着黑在院子里拳打脚踢，你来我往演的是哑剧，并不呼喝瞎哈的配音。有时难免张三姑一个扫堂腿，撂倒了刘龙蛋子像倒了堵墙，刘龙蛋子一个黑狗钻裆，放躺了张三姑像砸了口锅；这就惊动了屋里炕上熟睡的金秧儿，一声高叫爹，一声低喊娘，两口子马上收拳住脚，进屋上炕一左一右躺在儿子身边。一会儿两人便心平气和，等儿子又沉睡下来，一左一右就变成了一上一下。

鬼节这天晚上，刘龙蛋子带着张三姑到爹娘坟前烧香上供，烧完了纸钱磕过了头，又到河边看河灯。一条放灯的小船河上走，船头盘腿坐着个光膀子只穿花兜肚的船家女，过去曾跟刘龙蛋子相好了几年，从水上的船舱滚到旱岸的柳棵子地。后来刘龙蛋子娶了张三姑，船家女也嫁给了一个跑单帮的老客，两人一别几年没见面。跑单帮的老客一年四季驿马流星，船家女三百六十天有一多半的日子守空房，整天唱《王二姐思夫》消愁解闷儿；嘴上唱的跟心里想的不是一出戏，唱的是思夫想的是刘龙蛋子。鬼节回娘家，给她的老娘放灯超生，手里一盏盏放灯，眼睛却睃巡岸上看灯的人。她的两眼贼尖，一眨一亮远远地照见了刘龙蛋子，脱下衫子亮出花兜肚，船头上卖弄风情晃人眼。三晃两晃刘龙蛋子大吃一惊，一惊一喜抬起胳臂，刚要喊叫忽然想起身边有个母夜叉，张开了嘴又缩回了舌头。张三姑眼里不揉沙子，河上岸边的一动一静尽收二目，双手叉腰破口大骂，飞起一脚把刘龙蛋子踹下了河。

刘龙蛋子落入了水便沉了底儿，那条灯船也像惊弓之鸟向下游逃去。

张三姑一脚踢出去便后了悔。刘龙蛋子一个猛子能扎一篙深，水下蹲个三天三夜不露头儿。水上的灯船水中的人，她这一脚把刘龙蛋子踢到船家女的怀里。

气呼呼的张三姑转身回家，半路上巧遇她爹张老砧子。

“丫头，丫头！”张三姑正穿过一片柳棵子地，张老砧子从她背后的乱草蓬蒿中跳出来，“你怎么孤雁儿一只，龙蛋子呢？”

“那个杀千刀的，给水鬼拉替身了！”张三姑一腔怨声，满脸怒气，“爹，我的金秧儿呢？”

“给小红兜肚儿那个老骚狐狸叼走啦！”张老砧子一边溜瞅着女儿的脸色，一边长吁短叹，“爹把你嫁给龙蛋子，真该叫你抠出我的两颗眼珠子。”

张三姑一阵伤心一阵恼恨，骂道：“龙蛋子吃这个老狐狸精的奶水长大，老狐狸精的奶水沤透了他那颗黑心。”

“我把老骚狐狸一刀两断倒栽葱，拔出你的眼中钉！”张老砧子磨着牙齿咯喳喳，好像一只饿狗嚼死尸。

“龙蛋子是他干娘的孝子，碰那老狐狸精一根毫毛，他得跟我闹个鱼死网破。”

“我杀死了老骚狐狸，翻腕子又一刀，捅进龙蛋子那畜生的胸口窝。”

“老昏君，你嘴里会说人话，身上还有人味儿吗？”张三姑一口唾沫啐在她爹脸上，“你杀了龙蛋子，我这一辈子靠谁？”

“想改嫁我给你找个文武全才，不想改嫁我给你找个小白脸儿搭伙。”张老砧子一副哭腔泪调儿，“我看他不把你放在眼里搁在心上，不杀了他我难消胸头这口恶气。”

啪！张三姑一巴掌扇过去，张老砧子躲闪得快，半边脸上也留下了两道血印。

“只许他有三心，不许我有二意！”张三姑充满夫妻之情而又颇有哥儿们义气，“哪怕他是在我身上借窑烧砖，能叫我生出个金秧儿也是他的恩德。”

“你这个狗肉上不了上席的贱货，真跟那个畜生一夜夫妻百日恩呀！”张老砧子捂着脸骂道，“金秧儿是你那二亩八分地长出的苗子结出的瓜，老张家得收七成租子，长成了身子娶个媳妇算在张家门下，生下五男二女都姓张。”

“我早有这个打算了。”张三姑眼噙着泪花笑起来，“虽说是两头为大不分高低，张家门下的媳妇早到一步，也压刘家门下的媳妇一头。”

“丫头，你真是爹的孝女！”张老砧子心头一热，向女儿抱了抱拳，“起五更赶早集，我已经给金秧儿订下了亲事。”

“谁家的闺女？”

“花阴凉儿的小丫头红果。”

“她比金秧儿大五岁，女大五赛老母。”

“早开花早结果儿，我急着抱重孙子哩！”

“花阴凉儿的媳妇猫三狗四下崽儿，十个儿女都是一胎双生，穷命贱骨头。”

“我看中的就是她这门手艺！”张老砧子哈哈大笑，“红果儿过了门像她娘，咱们老张家就七郎八虎闯幽州了。”

这门亲事虽不是门当户对，却是有利可图，张三姑也就点了头，说：“那就请出个媒人，到花阴凉儿家要那个丫头的生辰八字。”

“黄道吉早就给合了婚，上上大吉！”张老砧子手舞足蹈摇头晃脑而去。

他吃了二三十年黑道饭，不但喜欢夜行昼伏，而且走路也不愿显身露影，爱钻草丛、柳棵子、青纱帐。张三姑还想叮咛老爹几句，张老砧子只留下一串笑声，人影却已不见。

张三姑回到家，小红兜肚儿怀抱着金秧儿，端坐在炕头，鼻孔里哼着小曲儿，哄金秧儿入睡。

小红兜肚儿那满脸恶婆婆的神气，张三姑一见就眼珠子通红，说出话来带着一团火气，就像吃下十八支双响二踢脚爆竹打饱嗝儿。

龙蛋子孝敬小红兜肚儿如亲娘，张三姑却一点儿也不讲尊卑长幼，开口就是当头炮，说：“金秧儿虽是刘家的种子，可是张家地里长出的苗儿，您为什么从我爹的怀里把金秧儿抢走？”

“你那个贼爹人面兽心，扛着金秧儿下水看河灯，吓丢了魂儿！我把金秧儿夺在手里，魂儿才归了位。”小红兜肚儿有龙蛋子撑腰，端起婆婆架子神气十足，“年年我给你公公拜影，你公公都叮咛我转告你跟龙蛋子，三万六千根汗毛都得长眼睛，看住刘家这条独根，小心你那贼爹下毒手。”

张三姑一听就知道这是小红兜肚儿假传圣旨，嘿儿嘿儿冷笑道：“老公爹只会怪罪儿媳妇，儿媳妇还要埋怨老公爹哩！金秧儿奶奶死后，他老人家明公正道娶填房，金秧儿他爹也有个三兄四弟，偏是贪爱破鞋烂袜子，刘家怎能不缺胳臂断腿四肢不全？”

“你……你……我……我……”小红兜肚儿虽没被张三姑明抓了脸，却也被暗刮了皮，扔下金秧儿跳下炕，“我把龙蛋子找来，一纸文书休了你！”

“铺多高盖多厚，亲不过肉挨肉！”张三姑跺着脚叫骂，“老娼妇你张嘴说得横流尿汤子竖吐白沫儿，也拆不散我们这一对欢喜冤家。”

小红兜肚儿鞋底抹香油，两只三寸金莲向村外飞走而去。

村外河边偷情，桑间陌上野合，小红兜肚儿是老手，草垛、树坑、苇塘、麦垄、坟圈子、高粱地，都留有她那不可磨灭的痕迹。张三姑那张脸子就像刷了告示，小红兜肚儿一看就猜中龙蛋子撇了她打野食儿。老马识途，轻车熟路，小红兜肚儿捉奸就像堵窝掏螃蟹。

河灯顺流而下，豆棚村外的河上已经不剩一盏，看灯的人也三三五五一群群，打着哈欠回村。河岸又是静悄悄，只有满河月色，水上星光。

小红兜肚儿人虽老却耳聪目明，放眼一看便捉住了一只小船躲在一个河湾子里。月光中的河湾子风平浪静，那只小船却荡着秋千转圈圈儿，隐隐约约还可听见一男一女你死我活的厮打和叫骂声。今人不见古时月，今月曾经照古人，小红兜肚儿触景生情，情不自禁忆往昔她和刘黑锅在小河汊子里不知翻过多少回船？故人不堪回首月明中，小红兜肚儿泪眼蒙眬。

直等到小船抽过了羊痫风，像一张枯荷败叶一动不动铺在河面上，她才有气无力喊了声："龙蛋子……该回家啦！"

19

小红兜肚儿一声呼叫，瞌睡的小船吓了一跳，颠了两颠，摇碎了河湾子的星光月影。刘龙蛋子像一只蛤蟆从船舱里蹿出来，两条嫩藕白胳臂没有扯住他的后腿。他跳下河浮水上岸，三蹦两跳到了小红兜肚儿身旁。

"娘，您怕这条白鲢子鱼把我生吃活咽吗？"刘龙蛋子嬉皮笑脸，满身水珠，拉开了刀枪架子，一身都是棱角，"娘们儿家那满口糯米牙，啃不破、咬不伤、叮不进我的铁布衫。"

"你家里那个娘儿们，可要一口把我吞进肚子里！"小红兜肚儿泪下千条线，"我刚才拜影见着你爹，你爹又骂你骨酥肉麻软胎子，屋里管不住媳妇，出门矮人一头。"

"您那儿媳妇是驴下的骡子，不值钱就在那张嘴上。"刘龙蛋子像哄三岁的孩子，"您心急吃不了热元宵，我是慢工出细活儿，一招一式、一板一眼调理这头野牲口。"

"你眼里有我这个娘，赶快一纸文书休了她！"

"是我爹下了圣旨？"

"明年鬼节拜影，我就讨你爹的这个口谕。"

"等到明年她还咬槽踢套尥蹶子，我就把她送汤锅，活驴死狗一锅煮。"

“甭跟我甜嘴蜜舌花言巧语，你这个丧天良的也是娶了媳妇忘了娘！”

“老天爷长眼，离地三尺有神灵！我把您顶在头上，把她踩在脚下。”

“休了她我给你娶个九天仙女。”

“她生下金秧儿，刘家老祖宗给她上了功劳簿，佛爷的脑壳我敢碰吗？”

“那就一心不二扑到她身上，叫她一年给老刘家孵一窝！”

“您的胳臂肘儿怎么又往她那边拐呀？”

“一想起你爹盼望儿孙满门，一看见金秧儿喜眉笑眼儿，我打掉了牙咽进肚子里，折断了胳臂吞进袖子里。”

“娘，委屈了您老人家，儿子亏情欠理。”刘龙蛋子趴下身子，手脚落地，“您骑上我这头畜生，我驮您回家。”

小红兜肚儿却不赏脸，说：“你野狗偷食跑断腿，我没你这个儿子，你也别管我叫娘。”

“张家的丫头上不孝婆母，下不顺丈夫，我采花折柳就为了气一气她。”

“你改邪归正，我就能劝得她桑木扁担变成绕树的藤儿。”

“娘呀！您这一口气能吹死六十六头老黄牛。”

“你那媳妇是一头顺毛驴子，我会一巧破千斤。”

“您降伏了这个母夜叉，我低下脑瓜子叫您戴上紧箍咒。”

“一言为定？”

“儿子跟您老人家说话，哪一回缺斤短两？”

“那就当着我的面，吆喝船上的野娘儿们，河漂子赶快仰面还家。”

“她是咱家的贵客，我得以礼相待。”

“你这个男子汉不够尺寸，算什么大丈夫！”

“您也不该慢待金秧儿的丈母娘呀？”

“你跟她结成了亲家？”

“爹娘是露水姻缘，儿女做长久夫妻。”

“她的女儿今年有多大？”

“刚灌了浆还没壮粒儿。”

“不知是男是女，你就指腹为婚？”

“我隔皮能看瓤子，赌定她十有八九坐的是女胎。”

“你比收生婆子还敢夸口。”

“她跟她那个男人是阴盛阳衰，软蛋孵不出公鸡。”

刘龙蛋子把小红兜肚儿背进了村，小红兜肚儿并不想回家安歇，却叫刘龙蛋子背着她马上跟张三姑见面。道高一尺，魔高一丈，姜是老的辣，口干舌燥不怕费唾沫，就能嚼烂张三姑这颗铁蚕豆。刘龙蛋子不敢有违母命，却又心怀鬼胎，踮着脚尖把小红兜肚儿背到自家门口，扔在门外扭头就跑。

窗外花好月圆，屋里独守空房，张三姑怀抱金秧儿面朝窗外，一阵气恼，一阵凄凉。咬破了嘴唇咽下了泪。她跟刘龙蛋子是一对欢喜冤家。吃饭一张桌子脸对脸儿，稠的给刘龙蛋子吃，稀的留给自个儿喝。睡觉钻一个被窝，一条枕头啃着脸，交颈叠股而眠。刘龙蛋子扛锄下地，她身背着金秧儿，手拎着绿釉子猫耳水罐，一前一后结伴同行。刘龙蛋子耪地她薅草，刘龙蛋子打鱼她扯网，刘龙蛋子砍柴她打捆。两人如胶似漆蜜里调油，却又过不了三句话就狗龇牙，骂起来恶语相加，打起来以死相拼。刘龙蛋子一怒之下离家出走，一天六神无主，两天七上八下，三天便丧魂落魄。眼巴巴盼望丈夫回来，久别胜过新婚，却又头一天晴，二一天阴，三一天便电闪雷鸣下雹子。

刘龙蛋子的那些姘头，张三姑猜个八九不离十，拿来跟自己相比，谁也没有她的头发黑，眉毛弯，鼻子直，嘴唇红，眼神亮，脸子俏，奶子大，身腰儿细，屁股蛋子圆……野花不比家花香，这个冤家怎么就有眼无珠瞎了心？一个肉丸儿的饺子吃着不顺口，偏要贪爱那些残汤剩菜馊饽饽？越想越生气，越想越委屈，越想越怨恨，此仇不报枉为人！你出门偷野娘儿们，我敞门招野汉子，你偷十个，我招五双，针尖对麦芒儿，铜盆铁刷子；刘家的小子是走食的狗，张家的丫头也是馋嘴的猫。想着想着扳起了手指头，本村的，外乡的，门前的，过路的，水上的，旱地的，高个儿的，矬矮的，傻大黑粗的，细皮嫩肉的，四方大脸的，眉清目秀的，野调无腔的，能写会算的……眼界之内见过一面的男人，她排成队列成行，一个又一个都过了眼。不怕不识货，就怕货比货，挨个儿跟刘龙蛋子比了又比，一个个都像鸡头鱼刺，泥猪癞狗，歪瓜裂枣儿，不是中看不中吃，就是中吃不中看。比不上刘龙蛋子的汉子，偷到手里又有多少滋味儿。张家的丫头只能凤凰落在梧桐树，不能脱毛落地不如鸡。想来想去，心乱如麻，这辈子只有在刘龙蛋子这棵树上吊死，才不算白来一世。刘龙蛋子虽是天不怕地不怕的狗食脾气，对待他那破鞋烂袜子的干娘小红兜肚儿却是百依百顺言听计从，看来要想拴住自己的男人，万万不能得罪这个垂帘听政的太后老佛爷。

这时，小红兜肚儿敲门喊道：“金秧儿娘开门来！龙蛋子叫我给你捎话。”小红兜肚儿虽然以婆婆自居，也自知名不正言不顺，心里畏怯张三姑三分，口气硬中透软；又怕张三姑开了门给自己一个下马威，后一句便带出刘龙蛋子，仗势壮胆旗鼓相当。

麻秆打狼两头害怕。张三姑正想讨好小红兜肚儿，不敢不礼下于人，开了门叫声：“干娘！”便扑到小红兜肚儿身上哭起来。

张三姑服了软儿，又敬上一顶高帽子，小红兜肚儿心满意足泪满腮，搂着张三姑叫了声：“我的儿！”

“干娘，龙蛋子伤透了我的心，长年累月受这个熬煎，我……”张三姑在小红兜肚儿的怀里哭成了泪人，“您慢到一步，我就拴绳子上吊不想活啦！”

“缺心少肺傻丫头！”小红兜肚儿慌忙捂住她的嘴，“你心窄寻了死，把龙蛋子白送给那些野娘儿们，她们还要得着便宜卖乖乖，骂你是命穷福薄小贱人。”

“我身上有的那些野娘儿们一样不多，那些野娘儿们身上有的我一样不少，龙蛋子为什么只爱半斤，不爱八两？”张三姑哭着问道。

“都怪你碾子撞磨盘，跟龙蛋子硬碰硬！”小红兜肚儿杵着张三姑的脑门子哼道，“当年你公公的脾气，我跟他硬碰硬他是一只虎，拴在了裤带上他就变成了一只猫。”

“您是怎么拴住了我公爹？”

“我有个九天仙女秘传的偏方，只是天机不许泄露外姓人。”

“您只当我是您身上掉下的肉，亲娘的手艺传给独生女儿。”

“嘻，我的肚子怎么能叫你那贼爹借窑烧砖？”

“我前思后想没有活路，您老人家不能见死不救呀！”

“三十年前我死了个头胎女儿，你只当是她借尸还魂。”

“是我公爹的？”

小红兜肚儿摇摇头，说：“我没有这个福气。”

“您家大伯的？”

“大叫驴的孽种，算在了他的名下。”

张三姑不敢恼怒，还得堆起笑脸，说：“干娘，偏方治大病，您快搭救我这个活驴女儿吧！”

小红兜肚儿牵着张三姑的手，走到葡萄架下，躲开皎洁的月光，黑影中咬着张三姑的耳朵，说：“那些野娘儿们身上有的你要一样不少，你身上有的要比那些野娘儿们多。”

张三姑莫名其妙，直眉瞪眼，反问道：“天下的娘儿们一个模子一路货，身上的零碎儿有大有小，没听说过有多有少。”

“榆木脑壳不开窍，倒挂秤砣敲不响！”小红兜肚儿见张三姑冥顽不灵，急赤白脸生了气，“你是龙蛋子什么人？”

“我是他三媒六证的原配媳妇。”

“你还得当他的野娘儿们！”

“明媒正娶坐花轿进门，怎么能……”

“我是你公公的什么人？”

“您是我公爹的……我不敢说出口。”

“我是他的姘头。”

“龙蛋子把您当亲娘哩！”

“你公爹更把我当他的原封正配。”

“我的死心窟窿……有点透亮了。”

“野娘儿们的身子原配媳妇的心，你那公爹的眼里心上只有我一个人。”

张三姑恍然大悟，喊叫道：“您会狐狸精变人，又会人变狐狸精！”

“儿呀，你出师了。”

从这一天起，小红兜肚儿和张三姑亲如母女。

20

一家子团团圆圆、亲亲热热过了七年时光，只因张老砧子和张三姑串通一气，安排十二岁的金秧儿迎娶花红果，夫妻婆媳之间又翻了脸。

日本鬼子占领着北运河西岸，八路军活动在北运河东岸，张老砧子当龙头的几支黑道人马，有的抗日在东岸当了八路，有的投敌到西岸当了伪军。他本来早已徒有虚名，这几支人马各保其主，隔河对阵，他就更成了孤家寡人。年过花甲咳嗽痰喘，虎老掉牙秃了爪子，风中烛瓦上霜秋后的蚂蚱，于是买了几十亩地，盖起一座宅院，只想安享几年晚福，到死落个完整尸首。他急着给金秧儿成亲，正是为了抢早传宗接代，子孙满堂，也就死可瞑目，含笑九泉了。

金秧儿和花红果订婚，张三姑嘴上一直铁将军把门，没给刘龙蛋子透过口风，更瞒死了小红兜肚儿。生米焖成了熟饭才揭锅，操办喜事择定了吉日，张三姑事到临头才先斩后奏。

刘龙蛋子以贩牲口为名，给八路军当交通员，常常别妻离子，一走十天半个月才回家。回家两口子一见面，闲言少叙书归正传，宽衣解带如饥似渴。张三姑一心想多生几个儿子，金秧儿算到娘家门下也就合情入理；闺女是爹娘贴身的小棉袄儿，刘龙蛋子有了儿子盼女儿。两口子虽是各有打算，却是一个心愿。谁想，七年坐过三胎，头一个小产分不出男女。二一个落地是男孩，呱呱哭了两声，鬼子进村抓八路，张三姑抱起孩子跳窗飞跑，钻进青纱帐一看，刚出娘胎的儿子早已惊吓受风而死，坑得她痴痴呆呆一年多。三一个粉红嫩白是个女儿，满月那天刘龙蛋子杀了一口猪，宰了十只鸡，买了两屉白豆腐，炸了两锅油豆腐，摆了八桌喝喜酒。小丫头儿喜眉笑眼只活了百日，忽然像一场寒霜打了蔫儿，身上热得像干柴浇油着了火。脸烧得摸一把烫焦了手。张三姑请来黄道吉救命，黄道吉拿出生满绿斑铜锈的照妖镜闪了三闪，便一口咬定这个小姑娘本是给王母娘娘看守蟠桃园的玉女，嘴馋偷吃了半个仙桃，畏罪私逃下凡到人间，被扛着青龙刀骑着赤兔马的巡天大元帅关老爷抓住，押回王母娘娘驾下治罪去了。黄道吉就像手里拿着判官生死簿，拈起朱笔就把小丫头一笔勾销。他前脚出门，后脚还留在门槛里，小丫头就伸腿瞪眼断了气。刘龙蛋子昏睡了七天七夜零一个早晨，挺直的手脚铺在炕上，不吃不喝不动窝儿活像一棵遭了雷殛又被龙卷风连根拔起的大树。张三姑的眼泪连阴天的雨，浇得他枯树发芽还了阳，醒转过来就把张三姑骑在胯下，大喊大叫："你得赔我女儿！"张三姑也不想吃亏，哭着笑道："你得还我儿子！"

为了一胎双生，两口子月月都拆炕搭炕，不知道的只当他家的炕洞窝烟，灶膛里闷火，揭锅蒸出了夹生饭，不得不拆炕改火道。

从炕头滚到炕脚，从炕脚滚回炕头，穿梭拉锯七十二回合，两口子都已经人困马乏，这才鸣金收兵，武戏换上了文唱。

“我一走半个多月，你的肚子不见鼓出个锅脐儿，怎么反倒塌了坑？”刘龙蛋子亲热够了便找碴儿吵架。

张三姑绵里藏针，不急不恼，淡淡一笑，说：“我的薄碱沙洼地，你的陈谷子烂芝麻；一个巴掌拍不响，我一个人也不能旱涝保收。”

“够不够你还不到四十六，八十八我也得叫你结了瓜！”

“金秧儿好汉娶九妻，咱俩少不了儿孙满堂槽头兴旺。”

“拳头大的爹娘鸽子蛋的儿女，金秧儿成亲还得过几年。”

刘龙蛋子打了个哈欠翻了个身，枕着张三姑的一条胳臂扯起了鼾声。

一觉睡到日上三竿，阳光晒焦了屁股也不醒，院里墙外的喜鹊飞来飞去喳喳叫，惊不醒这个沉酣梦里人。一只火蝎子悄悄爬到了大腿根，尾巴钩子狠狠蜇了他一口，火辣辣一阵疼遍全身，哎哟一声打个滚儿爬起了炕。

“你这个……傻吃闷睡……蒙在鼓里的……窝囊废！”火蝎子原来是小红兜肚儿，一边啼哭一边啐骂。

刘龙蛋子揉开眼睛，伸着懒腰问道：“我一走半个多月马不停蹄，您应该儿行千里母担忧，怎么见面就唱《三娘教子》？”

“金秧儿叫恶狼叼走啦！我怎么不急得像火上房？”

“我昨晚上还问过您儿媳妇，金秧儿住在他姥爷家……”

“那个老贼就是一只恶狼！串通了他的女儿，给金秧儿娶花阴凉儿的闺女红果，明天就是办喜事的正日子。”

“好个吃里扒外的汉奸娘儿们！”刘龙蛋子蹬上裤子跳下炕，“我一刀连伤二命，砍死她跟她那个贼爹，喜事变成丧事，娶亲变成出殡，八抬大轿换成六十四人扛。”

“你一辈子是个胆大包天武老二，成不了智勇双全赵子龙！”小红兜肚儿喝住两眼通红的刘龙蛋子，“杀人偿命，欠债还钱，你刀伤二命犯下死罪，老槐树下刘家没有顶门立户当家人，死了的你爹骂你，活着的儿子也怨你。”

“我咽不下这口恶气！”刘龙蛋子坐在炕沿上呼哧呼哧拉风箱，“金秧儿是我的儿子，姓刘！”

“你是不是张老砧子的女婿？”

“我当了他的女婿一辈子脸上无光。”

“女婿是不是老丈人的半个儿子？”

“我他妈的不认这壶酒钱！”

“你的儿子有老张家的一半骨血，老张家沾点儿光也是合理应当。”

“您胡同逮驴两头堵，刚才为什么又拧我骂我？”

“害人之心不能有，防人之心不可无，我恨的是你有眼是个瞎子，长着耳朵是个聋子，没有先下手为强，给老刘家抢个上风。”

“说一千道一万，也是马后炮了。”

“干娘我能败中取胜，你听不听我的神机妙算？”

“我爹都一辈子听您吆喝，儿子我更是磨道上的驴。”

“那就赶快给金秧儿另找一房媳妇，你跟张老砧子同年同月同日给金秧儿办喜事。”

“我给金秧儿订下的那个小丫头，今年才五岁呀！”

“换个大的。”

“这个小的归谁？”

“算在你死了的叔叔门下，还是金秧儿的。”

“我叔叔死的那年才八岁，没有进祖坟呀！”

“十万火急，草船借箭，你就别死心窟窿钻牛角尖啦！”

“诸葛亮气死周瑜骂死王朗，也比不了您老人家这张嘴。”

小红兜肚儿转怒为喜，咯咯笑起来，说：“我给金秧儿相中了一个能争风抢上，替老刘家压老张家一头的姑娘。”

刘龙蛋子忙问道：“这位姑娘哪点儿取贵？”

“属虎。”

“属虎的女人命中主凶呀！”

“娶到张家的花红果是属羊的，刘张两家就成了虎吃羊。”

“请问谁是我的亲家，儿媳妇又是哪家的女儿？”

“你的亲家谷门花氏叫满枝，儿媳妇本是她的头胎女儿叫双秀。”

“我的干娘，您老人家饶命吧！”刘龙蛋子从炕沿上出溜下来，跌了个屁股坐子，“花满枝恨不能砍我的头，扒我的皮，喝我的血，吃我的肉，嚼碎了我的骨头，她怎么能跟我结亲？您这是给我瞎马骑。”

“我这是叫你将功补过。”小红兜肚儿苦口婆心劝道，“你们父子，她们母女，两辈子的缘分儿，亲上加亲。”

刘龙蛋子心虚胆怯，蹲在炕沿下抱着脑瓜子，说：“自从我娶了金秧儿娘，我跟满枝儿十三年没见过十三回面，走碰了头也是转身扭脸翻白眼儿，今天我冷不防闯到她家去，您说我这头一句话可怎么开口呀？”

小红兜肚儿冷笑一声，反问道："当年你把她哄骗到高粱地里饿虎扑食，也是我一招一式教给你的吗？"

"不是高粱地，是在麦垄里。"刘龙蛋子急忙更正，"不是我哄骗了她，是她勾引了我。"

"你他妈的吃了人家的鲜桃，还要倒打一耙反咬一口！"小红兜肚儿火冒三丈，"你亏情欠理，就得父债子偿。"

"满枝儿的闺女，比咱们金秧儿还小哩！"

"娶到家里好草好料喂着，一年长个儿，二年发身，三年就能挂驹儿。"

刘龙蛋子惹不起干娘的一条舌头两片嘴，只得洗脸刮胡子，换上逢年过节的穿戴，硬着头皮找花满枝，替儿子求婚。

半路上他想变卦，心中微然一动，就觉得后背上被香火头子烫了两下。回头一看，原来是干娘目光灼灼，跟在身后不远不近盯梢。

21

花满枝假充黄花闺女，嫁给谷串儿，洞房之夜没有露出破绽，十三年脚正鞋不歪，一心不二守妇道。穷门小户的女人虽不能大门不出二门不迈，豆棚村的人却难得看见她穿街过巷抛头露面，更看不见她倚着门框踩着门槛卖呆儿。她不串门子也不招引三姑六婆，不赶集不逛庙会也不看野台子戏。推碾子上磨坊，下地拔苗薅草，都逼着谷串儿跟她结伴而行，寸步不离。谷串儿虽然浑身上下每根汗毛梢上都有贼心眼子，十三年寒来暑往花开花落，花满枝的一动一静都看在他眼里，也不能不一块石头落地放了心。

谷串儿念过二年私塾，在豆棚村算得上识文断字精细过人，掂斤簸两拨弄算盘珠子，丝毫不差分文不短，自以为聪明伶俐却不懂得男欢女爱小过节儿。跟花满枝做了十三年夫妻，只知道防身却不知道攻心；花满枝躺在炕上冷冷淡淡，僵直挺硬，随他翻转而不兴风作浪，他却觉得妇道人家理当一本正经，身子起火那就犯了淫戒。

花满枝身上冰冻三尺，心里却哪一天都是沸汤滚水开着锅，夜夜想的是刘龙蛋子，咒的是张三姑。

八路军封锁河面，截断河道，河西岸的日用百货到不了河东岸，河东岸的五谷杂粮也不能卖到西岸去。谷串儿贪财忘了死，铜墙铁壁上钻空子，把花满枝扔在家里，黑更半夜往返偷渡，做起贩私生意。跑一趟买卖三五天，赶上行市能赚回一大捆票子。财迷心窍的谷串儿红了眼，马不停蹄风雨无阻，一个月难得回家站一站。站一站也不过是蜻蜓点水，不想沾一沾花满枝的身子，怕的是浮水过河受阴风，上岸腿软没脚力。

白花花的月光清凉凉的风，一间屋子空着半边炕。孤单单的花满枝闭上眼睛一入梦，刘龙蛋子就像一只偷鸡的黄鼠狼，跳墙下院子，踹开窗户进了屋，挟起了她飞身上房，直奔河滩麦田横躺竖卧。突然，一声断喝两声吼叫，不是谷串儿捉奸，就是张三姑拿双，吓得她失声哭喊醒过来，却只有她一人像轧场的碌子，在炕上滚了一圈又一圈。

心生邪念，鬼祟进门，刘龙蛋子扒开篱笆钻进后院菜园，给她圆梦来了。

这天夜晚，花满枝做了三个噩梦吓醒了三回，出了三身冷汗闹腾到五更天，打了个盹儿爬起炕，女儿双秀早熬得了菜粥，热了饽饽，到河滩上打青柴去了。她的胸口窝像坠了个秤砣，不想吃也不想喝，洗了洗脸梳了梳头，就到后院浇园。

谷串儿很有心算，远地种粮，近地种菜。后院的菜园二亩多，几十片菜畦，四围夹着篱笆，有一眼土井。早晚打水浇园，晌午拔苗捉虫，都是花满枝一人包揽下来。这些日子花满枝心烦意乱身子懒散，又接二连三下了几场雨，篱笆根下的青草半人高，菜畦里乱爬疯秧子；花满枝多长出两只手也忙不过来，一阵阵犯愁就更怨恨谷串儿。她来到土井旁，头上是葡萄架，扒下小褂儿光起膀子，甩了鞋光着脚丫子，裤脚卷到了大腿根子，放开辘轳落下柳罐斗，摇着辘轳打起了满斗水。一筲又一筲，上下几个来回，前胸挂上了黄豆粒大的露珠子，后背上淌下了一条条汗汤子，一肚子怨恨大热的天，一个鼻子两个烟囱口，呼呼喷烟冒火气，嘟嘟囔囔咒骂谷串儿死外丧，死了外丧喂野狗。

骂得岔了声，气得咬碎了牙，扔下了辘轳把，抱着葡萄架的立柱呜呜哭起来。

“良心喂了狗的刘龙蛋子，该死的杀千刀的刘龙蛋子，你可把我这一辈子坑苦啦！”花满枝淌着哗哗的眼泪，岔了声离了题儿，改口骂起刘龙蛋子这个狠心的冤家黑心的贼。

刘龙蛋子正走到篱墙外，一字一句都听进了耳朵扎心窝子。

死盯着背后的干娘像一名解差，他就像绑赴刑场的犯人下汤锅的驴，一步一步走向花满枝家，脑瓜子里一团乱麻，肚子里七上八下，想不出见面该说的头一句话。看见了花满枝家的门楼，心跳得像要蹦出了嘴，一条腿像灌了铅，一条腿像挑了筋，迈出了前腿提不起后腿，只怕叫开了门迎面飞来一口唾沫，花满枝啐破他的脸皮摔个大仰巴跤子。他从前门转到后院，打算沉住了气想个万全之计；在篱墙外正听见花满枝怒气冲天怨气盖地的自言自语，心如刀割乱了方寸，一眼看见菜园西北角有个狗洞，便不顾宽窄钻进去。

“谁？”花满枝一声惊叫，双手护着胸前的两只奶子。

“满枝，我……”刘龙蛋子觉得甜言蜜语不如效犬马之劳，“我来……替你浇园，你……到菜畦里掐枝打杈儿。”

“滚滚滚！”花满枝拎起刚才打上的一柳罐斗水，向刘龙蛋子兜头浇过去。

刘龙蛋子有进无退，冷水浇头也拦不住他猛虎撞笼子；一个虎扑把狗洞撑出个大窟窿，收不住横冲直撞又把花满枝压在身下。

“满枝儿，我一肚子……都是好心肠儿……”刘龙蛋子想爬起身子，也把花满枝扶起来，“没有……没有一寸一节儿的脏心烂肺。”

花满枝却一口咬住他的肩膀子，凶狠恶毒骂道：“好马……不吃……回头草……我是个……有主的身子没你的份儿……你占不着便宜……偷不了嘴，我咬不死你……也得生吞一块肉。”

刘龙蛋子疼痛难忍大叫道：“你这条母狗快撒嘴！”一只铁钳大手掐住花满枝的脖子，那一只蒲扇大手狠抽花满枝的脸，全没有怜香惜玉的温柔多情。

“救人呀！……”花满枝张开了嘴，双手却又乱抓刘龙蛋子的脸皮。

花满枝像一只疯猫，咬了抓，抓了咬，火上浇油逗起了刘龙蛋子的歹意，一手攥住花满枝的手腕子，两腿夹住花满枝的下身，满脸凶相狞笑说："我本想给你下跪磕头赔情告饶，你他妈的是小庙的神仙受不起大香火，那就怪不得我如狼似虎下毒手了。"

花满枝踢蹬着两脚叫骂着："刘龙蛋子，你不杀了我就不是刘家的根、你爹的种儿！"

冤打仇杀你死我活，两人在水浇的青草上一场恶斗，撕碎了褂子扯破了裤子，赤条条几起几落花满枝僵直了胳臂挺直了腿。

"串儿……串儿……快回来吧！"花满枝一声一声呻吟哀叫，眼里却没有一粒眼泪疙瘩。"你撇下我……孤身……一人……采花淫贼……偷营劫寨……钻狗洞……你可怪不得我……水性杨花呀！"

"烂嘴嚼舌头的娘儿们，刚才是你自个儿扒下的裤子！"

"人家闭门家中坐，没下帖子请你来呀！"

"我找上门来，是想跟你结亲。"

"十三年前早该说这句话，眼下我跟谷串儿是恩爱的夫妻百年好合，割不断拆不散，你想吃后悔药也晚了。"

"我求的是你的女儿双秀，给我那金秧儿做媳妇。"

"你仄歪身子睡觉想偏了心！我吃了哑巴亏后悔一辈子，还能叫我的女儿再受你们刘家的害？"

刘龙蛋子忙搂住花满枝说软话儿："咱俩本是天生的一对，却没有地配一双，难道不该叫儿女结良缘，替咱俩还了愿？"

花满枝嘴硬身子软，心里已经有八九分愿意，却仍然冷声寒气哼道："你那个娘儿们是个母老虎，我的女儿不能羊入虎口跳火坑。"

"我跟那母老虎不一条炕上睡觉，一口锅里搅马勺了。"

"你这是为了把我女儿骗到手，给我嘴头子上抹蜜。"

“那娘儿们跟我肉挨肉可不心连心，串通她爹合伙把我装进闷葫芦罐里，瞒着我给金秧儿娶媳妇，你说我怎么能跟一个汉奸在一张桌子上吃饭，钻一个被窝儿睡觉？”

“你是想叫我的女儿给你儿子做小呀！”

“一子双祧，两头为大，你女儿是堂堂正正刘家的媳妇，名分上怎么也比你那进错了庙门的丫头侄女高一头。”

“你那个母老虎娘儿们能不炸窝？”

“她有初一，我就有十五。”

“你得给我赌咒！”

“说瞎话的今晚三更三点死，活不到鸡鸣五更天。”

两人回到前院屋里，刘龙蛋子换上谷串儿的一身新紫花布裤褂，花满枝打开墙柜掏出包袱，挑出十三年前的嫁衣穿在身上。一对旧情人，两位新亲家，精心打算巧安排，要跟张家父女唱一出对台戏。

哐啷一声街门被撞开，身背一捆青柴的双秀儿蓬头乱发哭喊着跑回家来：“娘……娘！金秧哥娶媳妇……吹吹打打花轿到了村外。”

“龙蛋子，快把花轿领到我家来！”花满枝虽是个足不出户的妇道人家，却最懂得兵贵神速事不宜迟，扯起刘龙蛋子搡出了门。

然后，花满枝便风风火火吆喝双秀儿洗脸梳头，穿花衣裳换新鞋。

“娘，咱们随份子喝喜酒呀？”双秀儿问道。

“金秧儿娶的是你！”花满枝又给女儿搽胭脂抹粉。

22

一顶花轿娶两个新娘子，谷双秀拜花堂在前，入洞房在后；花红果拜花堂在后，入洞房在前。

刘龙蛋子从花满枝家跑到村口，正迎上喜气洋洋进了街的花轿，他当胸抱拳拱了拱手，连道了几声辛苦，便转身头前引路，把花轿带到花满枝家去。轿子房掌柜的只当是事主儿礼貌周全，男东家亲自出马接轿，高兴得脸上放光，哪里会疑心刘龙蛋子偷梁换柱？全班人马紧随东家身后，踩着鼓点走的是梅花步，直奔花满枝家门口亮了轿。不等娶亲的叫门，花满枝已经把女儿搀出来，装进轿子便喊了一声：“起！”两名扛旗的执事敲起了开道锣，紧跟着两支号筒，四面大鼓，一对唢呐，一对九音锣和一对红伞。打执事的和吹鼓手头戴红缨帽，身穿绿色绣红喜字短大褂，轿夫头戴红缨帽，身穿镶红边的蓝短大褂，在《喜迎春》《小过年》《绣荷包》《拴娃娃》《百鸟朝凤》《丹凤朝阳》的鼓乐声中，向刘龙蛋子家移动。娶亲的刘龙蛋子和送亲的花满枝都怕夜长梦多，不但免了行街，而且吆喝打旗敲锣的执事加快脚步一溜小跑，早到男家便抢了头功。

难得的是小红兜肚儿尾随刘龙蛋子身后，刘龙蛋子钻进菜园子她也躲进篱墙外的豆角秧中，亲耳听见两人见面之后的来言去语，又亲眼看见狠打恶斗滚成了一团，便断定金秧儿和双秀儿的这门亲事已经十拿九稳，拨转马头又来到张老砧子家，只见金秧儿身穿长袍马褂十字披红，头戴四块瓦的红疙瘩青缎小帽，站在门外恭迎前来贺喜的贵客。小红兜肚儿打了个手势，金秧儿赶忙跑过来。

“奶奶，您怎么不进门呀？”这些日子金秧儿一直住在姥爷家里，看见干奶奶亲热得像一只欢蹦乱跳的山雀儿，“我爹睡醒了吗？”

小红兜肚儿扯着金秧儿的胳膊，三寸金莲两步并作一步走，说：“你爹要的是花开两朵，不能光折一枝。”

“怎么叫两朵，什么叫一枝？”

“见着你爹，后事如何便能分解。”

金秧儿顽皮淘气，捣蛋闹事，不怕干打雷不下雨的娘，不怕唠唠叨叨念头疼咒的干奶奶，也不怕吹胡子瞪眼瞎咋呼的姥爷，只怕他那喜怒无常、手下无情的爹，一听他爹在家中等着他，三魂虽没出窍，四肢却已发软。

“奶奶，没等我爹点头我就娶媳妇，我爹是不是要打我？”金秧儿觉得自己就像两军阵前私娶穆桂英的杨宗保，一见老爹便要推出辕门问斩。

“你爹可不是那个死要面子活受罪的杨六郎！”小红兜肚儿见四外无人，满面喜色压低了声音，“你娶一个媳妇你爹嫌少，他要一天给你娶两个媳妇，双喜临门才是大吉大利。”

“那个媳妇是谁？”提心吊胆的金秧儿一下子兴致勃勃起来。

此地乡俗，未婚男女成婚之前的头天晚上，双方家长都要请人给儿女口传房事。张三姑怕儿子头天晚上开了窍，胡思乱想走身子，直到今晨起早才找了个拙嘴笨腮的老大哥，三言两语转授了金秧儿几招儿，并没有精批细讲，指明点透。然而，金秧儿聪明过人，举一而能反三，虽然似懂非懂莫名其妙，却也一知半解产生浓厚兴趣。

小红兜肚儿故意拴个书扣子，笑道："天机不能路上泄露，你到家就知道了。"

金秧儿心痒难熬，急着先睹为快，甩开干奶奶的手飞跑起来。

一进家门，冷冷清清，金秧儿猫咬尿泡扑了个空窝，大发脾气跳脚蹦高："奶奶，您这是调虎离山计！"

这时，南风吹来阵阵鼓乐声，小红兜肚儿虽然不明究竟，却能急中生智糊弄孩子，说："听！给你送媳妇的花轿来了。"

"轿子里是谁？"

"你想要的是谁？"

"我爹给谁我就要谁。"

"你猜一猜我听听，你们爷儿俩是不是父子同心。"

"老谷家的双秀儿！"金秧儿灵机一动，脱口而出。

"自古姻缘天注定，正是那丫头！"小红兜肚儿已经看见刘龙蛋子的身影，乐得拍着响脆的巴掌，"你在门前迎轿，我招呼乡亲们捧场。"

小红兜肚儿神通广大，一阵风连串几家门，男男女女老老少少，二三十口子嘻嘻哈哈走出来。有的搬桌子，有的扛板凳，有的放鞭炮，还从一对新婚夫妻那里借来几样红漆家具和双铺双盖的三新被子。

花轿到了门，金秧儿抢上一步叩拜他爹。

"为娶媳妇先拜丈母娘！"刘龙蛋子把儿子推给花满枝。

花满枝把金秧儿揽在怀里，左瞧瞧右看看，称心如意瞟了刘龙蛋子一眼，亲了金秧儿脸蛋一口，说："亲家，父债子偿我够了本儿，陈年旧账一笔勾销了。"

这出戏匆忙上演，缺东少西只能一切从简。新娘子下了轿，一没有跳火盆，二没有跨马鞍，新郎官儿也没有连射三支箭，进门按倒就拜天地。

一拜天地二拜高堂，喜倌的口令刚落，满脸杀气的张三姑带领一大帮人，气势汹汹冲进门来。

“刘龙蛋子，小红兜肚儿！”张三姑大喊大叫大骂，“你们一个劫走花轿，一个拐骗我的儿子，男盗女娼算是哪路的毛贼？”

喜倌忠于职守，照本宣科：“夫妻相拜……”

“不许入洞房！”张三姑跳到天地桌前，像一尊凶神恶煞。

花满枝当年吃过张三姑的苦头，慌忙躲到刘龙蛋子背后，小红兜肚儿也乱了手脚，闪到里屋藏身。

刘龙蛋子大将风度，面无惧色，野台子戏里关云长的派头儿，红净的嗓子高声叫道：“来人，请纸笔！”

谁也不知道他的葫芦里卖的是哪家子的药，围观看热闹的人群中有个戏迷，有板有眼搭腔问道：“请来纸笔何用？”

“我要亲笔写下一纸休书！”刘龙蛋子二目圆睁寒光闪闪，手指张三姑冷气森森，声震屋瓦高腔嘎调儿，“把这个贼性不改、欺宗灭祖的汉奸婆娘，赶出老槐下刘家的大门！”

张三姑跟刘龙蛋子文打武斗不知多少场，没有一场不是胜在阵前败在马后。她瞒着丈夫私自做主，给儿子娶媳妇却是为了娘家得利，自知理亏犯了大忌，本想当头一炮先声夺人，打掉了刘龙蛋子的威风再各让一步，心平气和办好两桩喜事。谁知刘龙蛋子熟透了她那有口无心的脾气，识破了她那以攻为守的三斧子半招数，不但不吃她的当头炮，反倒祭起了降魔杵。

丈夫当众休妻，不管真假也是女人的奇耻大辱。

“你敢！”张三姑一头向刘龙蛋子撞去，“张家姑奶奶是八抬大轿抬进刘家门的，没有六十四人扛你也别想叫张家姑奶奶出刘家门。”

刘龙蛋子挺起胸脯像一堵铁影壁，不怕张三姑以卵击石，说：“屋里有麻绳子，院外有歪脖儿树，你一命归阴我不光要雇六十四人扛发丧，还要请来僧道两棚经超度你转世投胎，下辈子别变成疯狗。”

“姐夫，笔下留人！”这时，一位身背大刀腰挎双枪的大高个子满面春风走进来，给刘龙蛋子深施一礼。

这位大高个子原是张老砧子手下的一员勇将，归顺了八路改邪归正，褪净了匪气可没有忘了老礼，听说老当家的娶孙子媳妇，从八十里外赶来随份子。

刘龙蛋子是个外场人，马上改变了口气，说：“兄弟，响鼓不怕重槌，青红皂白你给评个理。”

“两口子打架不用劝，放下桌子就吃饭。”大高个子和稀泥，两头都不得罪，“大姐，您跟姐夫赶快受新媳妇一拜，马上带领金秧儿到那边接唱下一出呀！”

“兄弟，一张纸画个鼻子，你的面子大！”张三姑绿林女子出身，为人爽快并不死心眼儿，“两房儿媳妇在我这个婆婆眼里不分先后大小，谁有孝心我疼谁；两门亲家我也不分高低上下，谁敬我一尺我就还他一丈。”

小红兜肚儿一见局势好转，忙从里屋走出来人前显贵，说：“两位亲家母见面认亲吧！”

大喜的日子，又在众人面前，花满枝和张三姑这一对活冤家死对头儿，只得心里咬牙脸上强笑，一个喊姐姐一个叫妹子，甜腻腻中带着山西老醋的酸味儿。

23

花轿打了个旋转，从刘家门外开拔，张三姑不知是何居心，死乞白赖请花满枝当娶亲太太，花满枝不敢得罪这位刚刚化干戈为玉帛的亲家，肚子里十五只吊桶打水，也只得做个顺水人情答应下来。

一到张家门外花满枝就明白了，张三姑这是存心羞辱她。

张家门外悬灯结彩起牌楼，大门两旁贴着喜联和双喜字，院里高搭席棚，摆放着茶座。正房堂屋的天地桌上，供着黄纸彩印的银脸天地爷，面前一个装着小米的木升当香炉，一对蜡扦上插红蜡烛，下压黄钱、元宝等全份敬神钱粮。天地桌上还摆放着弓箭、宝瓶、胭脂。洞房里四白落地，地上陈列着女方的四抬陪嫁，炕上是大红被褥绣花枕头。白窗纸上贴着红对子纸剪成的鸳鸯戏水并蒂莲，喜鹊登枝二度梅。花满枝见此情景，想到女儿的洞房，不像狗窝，也是寒窑。

张三姑和刘龙蛋子招待客人，花满枝在喜房里如坐针毡，浑身冒汗口干舌燥，喉咙里像塞进一把鸡毛，一声一声嗽嗓子。大门口，鼓乐声一阵比一阵高，一阵比一阵紧。窗根下，张三姑、刘龙蛋子和总管包办喜事的大知客，喊喊喳喳，嘀嘀咕咕。

“老爷子到哪儿去啦？该请娶亲太太上香了。”大知客唉声叹气，急得嘬牙花子。

“他给河西的老弟兄下了帖子，一个不照面儿，没人来道喜，一怒过河找他们去了。”张三姑心慌意乱，六神不安，“再等一会儿吧！也叫金秧儿歇口气，反正早晚出不了今天入洞房。”

大知客一连串摇头，舌头打嘟噜，说：“吉日也不能错过良辰呀！”

“起轿！”早已不耐烦了的刘龙蛋子，恨透了河西的汉奸走狗，不想叫几粒老鼠屎搅坏了一锅汤，给双喜临门的好日子带来晦气，斩钉截铁一声令下。

大知客赶忙拿着鸡毛当令箭，拔高了嗓音向大门口喊道：“娶亲太太上香啦！”

对锣一阵猛敲，鼓乐齐鸣中又爆竹声声。

花满枝虽然是头一回当娶亲太太，没吃过猪肉却见过猪跑，娶亲演礼的场面不知看过多少回，一心要在张三姑面前大显身手。这时茶房托着一只铜茶盘，铜茶盘上放着一束芝兰香、一朵红灯花和一面小镜子。她不慌不忙端端正正上了香。然后走出喜房来到门口，四平八稳坐在轿内，不放轿帘叫压轿。新郎官金秧儿、提盖头的小男孩和几名护驾，坐上一辆花轱辘车，大吹大擂奔向花阴凉儿家。

张老砧子主使黄道吉，给金秧儿和花红果说媒合婚，张三姑难违父命暗中过了龙凤帖，打了一只镀金戒指放小定。为了把刘龙蛋子蒙在鼓里不破这门婚，连娶亲之前的放大定也神不知鬼不觉，偷偷摸摸进行。悄悄把一只鹅笼，两坛子酒，四季衣裳，龙凤喜饼，猪羊肘子，干鲜果品，送到女方家中。花阴凉儿当场就把猪羊肘子送给黄道吉，这叫媒人跑断腿，赔他牛羊腿。那些茶食点心分份儿送给亲族近亲，换来给新娘子的压箱子钱，或是给新娘子添点衣料、鞋袜、嫁妆。花阴凉儿是个缩头男子夹尾巴的汉子，又是穷家儿女多，连四抬嫁妆也陪送不起。张老砧子怕他雇个扛肩儿或是窝脖儿，肩膀上斜扛一根木棒，扛来脸盆、脚盆、尿盆、梳头匣子，丢人扫兴，便又送去一笔钱，叫他专款专用置备嫁妆，八抬陪奁十分风光，一来一去不赔本儿，又赚了面子。

娶亲的行列来到花阴凉儿家百步之外，鸣锣一声报喜，女家听见锣声紧闭街门。花满枝下轿，手牵着金秧儿双双叫门连叫三声，鼓乐连奏三支喜庆曲子。新娘子梳洗穿戴齐整，女方的送亲太太喊了声："合叶开门！"街门打开，顺手捋一把铜钱和一个红纸茶包抛撒门外，取的是天女散花满天星（兴）的吉利。花满枝和女方的送亲太太见面，互道万福，然后走进女家的喜房，给男女亲家道喜，男女亲家回答同喜。女方在娶亲太太和送亲太太面前各放一张小桌，名曰摆酒，碗筷却被红头绳捆着，不能解开，也就不能吃喝，只不过是走个过场。茶房一喊："话到礼到，娶亲太太告辞啦！"便撤桌起席。鼓乐又起，凤冠霞帔百褶裙的新娘子，拜别了亲生父母，在送亲太太搀扶下上轿。一路上，花红果的一兄一弟扶轿杆，花满枝降了一格改坐花轱辘车。路过水井、沟汊、坟茔地，忙捋一块红毡子遮住轿帘，以免阴魂妖气侵入。碰见出殡的，更要齐声欢呼："今日吉祥，巧遇宝财（棺材）啦！"

喜轿临近家门，花满枝和金秧儿提前下车。金秧儿手执雕弓迎立门前，花满枝入内安排大礼。喜轿从门外的炭盆上徐徐抬过，小两口儿婚后的日子越来越红火。进了门新娘子手抱宝瓶下轿，宝瓶里装满了金（小米）银（白玉米），瓶口蒙着红布，扎系花红线。金秧儿比比画画射了三箭，新娘子跨过马鞍，从红毡子上步入喜房。洞房里早有一个小男孩敲了三下大锣响房，凡是跟新郎新娘犯属相的人都要回避，赖着不走的要被扫地出门。拜过天地便进入洞房坐帐，金秧儿早已得过高人指点，揭下了花红果的盖头压在自己的屁股下面，这叫杀杀女方的威风压一头。又把花红果头上的红绒花摘下来，高高插在门楣上；插上方生男，插下方生女。金秧儿坐帐之前，张三姑借花满枝的嘴当传声筒，咬着他的耳朵递过话儿，不可忽略这两大举动。吃过子孙饽饽长寿面，回答了窗外小男孩的问话："生不生？"花满枝给他们铺得了大红褥子合欢被，大红褥子上铺一块一尺见方的白绫子，明天起早要敬呈婆母验看元红。花满枝又在炕上撒了一圈的红枣、花生、栗子，把小男孩叫进来滚了床，捻小了灯芯屋中幽暗，带走了小男孩反扣了门。

张老砧子有去无回，乱乱哄哄的婚礼收了场，三合院天黑冷清下来，一整天心乱如麻的张三姑更发了毛，席不安枕出了屋，在院子里走来走去阵阵起急。

洞房里灯花跳三跳，一团漆黑却听不见鱼水交欢的动静。

"红果！"张三姑怒气冲冲走到窗根下，"你大他小，他不开窍你怎么不下手？"

"娘，您老人家歇息去吧！"花红果是个孝顺媳妇，"我……我……这就给他领路。"

张三姑不想回屋滚钉板，远离了洞房走到大门口，跟两位门神爷做伴。

金秧儿身不由己被折腾了一整天，人困马乏早忘了清早得过的传授，脑瓜子一挨枕头就睡觉了。花红果叹了口气，脱下衫子褪下裤儿，钻进被窝把金秧儿揽到怀里，金秧儿任她揉搓而全无知觉。她想起这儿天被口传心授的几套招数，把金秧儿翻转过来乘船上马，金秧儿却仍然是比一根木头多两个鼻孔出气。她捏鼻子揪耳朵，金秧儿还是死睡不醒，气得她伸手在大腿根上狠拧一把。

“哎哟哟！……”金秧儿在睡梦中痛叫一声。

“金秧儿，你饿了吧？”花红果把金秧儿的一只手放在乳房上，“细箩面蒸出的白馒头，两个都给你一人吃。”

“桑葚儿，桑葚儿……”金秧儿的手指碰了一下花红果的乳头，呢呢喃喃说梦话。

“要吃桑葚儿爬树摘呀！”花红果两腿夹住金秧儿，两手上下拉锯。

“前边……前边……柳棵子地……”金秧儿在花红果身上挣扎起来。

“你这杆不通气儿的死楦子烟袋！”花红果满肚子怨气嘟嘟哝哝，“咱娘恨不能猫三狗四抱孙子，驴、马、牛、羊、鸡、鸭、虫、鸟都比你懂门道。”

“放开……我，放开我！”金秧儿口中大叫身下哗啦啦响，一大泡热尿决堤而出，合欢被里发大水，大红褥子受了水涝。

“你这个小冤家，我前世造了孽！”花红果把金秧儿从身上掀下去，“尿种软胎子的儿子不如看家狗，你对不起祖宗我脸上也无光。”

尿炕丢人现眼，金秧儿放声大哭遮羞脸儿。

“红果，反了你这个小娼妇！”张三姑像一头母老虎护犊子，从门口一步三跳扑到窗根下，“金秧儿，小娼妇刚才怎么欺负你？”

金秧儿很会随机应变，收住哭声笑道：“我做了个噩梦吓哭了。”

张三姑却不上当，追问道："儿呀，你做了个什么梦？"

金秧儿本想一句瞎话堵住他娘的嘴，没想到他娘刨根问底，慌乱之中想起了评书和戏文中的故事，说："我梦见……姥爷……马跳檀溪……泥马渡康王……身陷淤泥河……"

"哎呀不好！"张三姑一听大惊失色，"儿呀，我背你到那边去，叫醒你爹把你姥爷接过河来。"

花红果含着眼泪，摸黑给金秧穿衣裳，碎嘴子小声叨唠道："小没良心的，你到了那边就忘了这边。"

金秧儿嬉皮笑脸，说："我脚踩两只船，哪头炕热睡哪头。"

"你喜欢大的，还是爱小的？"

"西瓜大的甜，饺子小的香。"

"小娼妇，过门刚一天就三盘六绕缠汉子！"张三姑心急如火大骂起来。

花红果的眼泪像断线珠子，忍泣吞声把金秧儿抱下炕，在金秧儿的脸蛋上亲了一口又一口，一直抱到屋门口才放下来。

24

刘家陪伴新娘子的是小红兜肚儿。在这双喜临门的大好日子里，刘龙蛋子又找花满枝欢度良宵去了。

张三姑叫开了门，小红兜肚儿开门心中一惊，约定了头遍鸡叫刘龙蛋子到那边接金秧儿过来，没想到张三姑出其不意攻其无备。张三姑进门看不见刘龙蛋子，免不了一场大吵大闹。

“哟！你们……”小红兜肚儿一眨眼就能编出个瞎话，“龙蛋子也过那边去了，你们擦肩而过没有走碰头呀？”

“哼！谁知道他走到半路钻进了谁家的狗洞？”张三姑把金秧儿背进喜房，放到炕上捻亮了灯。

双秀儿正睡得香甜，人声和灯光惊醒了她，被窝里睁开眼睛，像一只受了惊吓的麻雀骨碌着圆溜溜亮晶晶的眼珠儿。

金秧儿在炕上马驹子打滚儿，一滚就滚到了双秀儿身边，像一只泥鳅钻进了被窝。

“活像他爷爷，比得过他爹！”小红兜肚儿把张三姑扯到西屋去，“桃三杏四梨五年，一棵金秧儿秀双穗，五年之内我保你背着一个孙子抱着一个孙子。”

金秧儿和双秀儿从七八岁到河畔堤边割草剜菜，过家家拜花堂不知有多少回，两小无猜想不到弄假成真。

一开头，双秀儿身背浅筐手拎柳篮，来到河畔看见金秧儿的影子就扭头而回。金秧儿是个娇哥儿脾气拐孤，双秀儿越是躲躲闪闪他越围追堵截；河畔堤边团团转，半天割不了一捆草剜不了两把菜。金秧儿不怕回家交不了差，双秀儿回家却要挨她娘的臭骂暴打，抓住小辫子敲笤帚疙瘩。

花满枝没有儿子，拿女儿当儿子使唤，一不许口馋，二不许手懒，棒下出孝女，不打不成人。

“你们老刘家没一个好东西！”双秀儿被逼得走投无路，摔了篮子扔了筐，跳着脚儿尖着嗓子叫骂。

金秧儿三岁就学会了跪拜之礼，演习的头一场就是模仿大人的四起八拜，给玄德公的神主磕头。骂刘家没有一个好东西，岂不是连老祖宗玄德公也骂了下来？金秧儿怒从心头起，恶自胆边生；他虽是个刚脱下开裆裤的黄口小儿，门里出身也懂得三招两式，双风贯耳劈面门，枯树盘根扫堂腿。双秀儿顾头顾不了尾，闪开了上身躲不开脚下，跌了个落地开花四脚拉叉。

“你还敢不敢说老刘家没有一个好东西？”金秧儿满脸霸气，脚站丁字步，双手叉腰问道。

双秀儿牙咬着嘴唇不吭气，小眼睛越瞪越圆，越瞪越亮，突然一声号叫，猛扑过来叼住金秧儿的脚脖子。

“疼死我啦！”金秧儿像被蛇咬蝎子蜇，头上淌汗眼里流泪喊哑了喉咙。

双秀儿松了嘴，吐出一口血沫子，哼道：“宁叫你打死，也不叫你吓死！”

“谁说……老刘家……没一个好东西？”金秧儿抹着眼泪，抽抽搭搭。

“我妈没有一天不骂你爹，咒你娘！”双秀儿伸出舌头，舐净金秧儿脚脖子上的伤口，又嚼烂一把车轱辘菊，糊在伤口上。

夕阳西下，金秧儿的脚脖子止了血封了口，跳跳蹦蹦回了家。不打不成交，两人河滩割草，堤边剜菜，偷个瓜掰开两半吃，摘把枣儿你扔我嘴里一颗，我扔你嘴里一颗。双秀儿把金秧儿带到她家，花满枝一见金秧儿开口乐，疼得像胸口窝儿里的心头肉，就像当年小红兜肚儿疼刘龙蛋子。金秧儿有奶便是娘，花满枝一喂就熟。这几年双秀儿已经听不见她娘骂刘龙蛋子骂张三姑。所以，刘龙蛋子登门求婚，正是瓜熟蒂落，虽然萝卜快了不洗泥，匆忙成亲如同儿戏，花满枝也不计较。

小红兜肚儿和张三姑离开喜房，金秧儿在被窝里唱起了孙猴子闹天宫。

“我饿了！”金秧儿跟双秀儿脸对脸儿，嘴角满口水。

双秀儿伸出一只手，指了指挂在房柁上的吊篮，说：“吊篮里还剩下几个子孙饽饽，半碗长寿面。”

“我想吃你的馒头。”说着，金秧儿便动手动脚。

啪！双秀儿打了他一巴掌，低声喝道：“我剁下你的狗爪子！”

“那……我爬树……摘桑葚儿吃。”金秧儿得过花红果的言传身教，又要把双秀儿骑在胯下。

双秀像一条翻筲的鱼，挓挲着两手，说：“我拧断你的脖子掐死你！”

“你比花红果早生儿子，我娘疼你不疼她！”金秧儿强攻失利，便又晓以利害。

双秀儿上轿之前，花满枝来不及请人给女儿口传房事，只得亲自指点几句又不能说破，便从远到近打比方，说：“夫妻入洞房，就像做豆腐的两扇子小磨，一上一下团团转。”金秧儿在她身上上窜下跳，叫她想起了芦花公鸡追赶花翎子鸡婆儿，生出儿子也就像下个鸡蛋。捅破这层窗户纸，逆水行舟便不如顺水推船。

却在这时，街门被擂得山响，花红果门外哭叫：“娘呀，娘呀！快……回家……家里……妖魔鬼怪乱了营。”

张三姑从西屋跳到院子，又一个箭步到门楼下，骂道：“小娼妇争风吃醋，装神弄鬼吓唬人！”

“十几条狗……二十多只猫……一团一团的绿豆蝇……”花红果哭得上气不接下气，“娘，我害怕……害怕。”

“神鬼怕恶人，我去看看！”张三姑回屋从墙上摘下鬼头刀，开了街门风风火火而去。

金秧儿和双秀儿也钻出被窝，小红兜肚儿拦挡不住，他两人一人手持一根烧火棍，紧追老娘助一臂之力。

月光下，张家大院烟尘四起，十几条红了眼的恶狗咬成一团，房脊墙头上的二十多只馋猫，吹胡子龇牙疯叫，嗡嗡叫的绿豆蝇像蛤蟆吵坑。张三姑挥舞着鬼头刀冲入狗阵，左砍右剁，前斩后劈，一条条恶狗掉了头断了腿，惨叫着四散奔逃。金秧儿和双秀儿及时赶到，一个上房，一个爬墙，打跑了疯猫，绿豆蝇也从烟尘中逃走。

张三姑看见一个被撕烂的红纸喜字蒲包，扯开捆扎蒲包的麻绳，张老砧子的人头滚了出来，吓得她失声惊叫昏死过去。

金秧儿和双秀儿拜堂的时刻，账房先生收下一份份礼品。有的是红包现金，有的是糕点匣子，有的是叠得四四方方的衣料，混乱中也收下了这个蒲包。他低头写账，只听送礼的人报了姓名，没有留神送礼人的相貌，就把这个蒲包跟所有的礼品堆放一起。深更半夜人头发臭，招来了猫、狗、绿豆蝇。

张老砧子单枪匹马过了河，找他那些投敌的老弟兄登门问罪。这些家伙当了汉奸狼心狗肺，只当张老砧子跟八路设下圈套，以办喜事为名将他们诓入十里埋伏，一网打尽。张老砧子过河便被砍了头，装在蒲包里送回来。

25

《公羊传》里写着，西周天子娶十二女，诸侯只能一娶九女。这个金科玉律并不是一成不变，每一代的皇上都随心所欲，巧立名目，层层加码，突破编制。《礼记·昏义》中就写的是天子立六宫、三夫人、九嫔、二十七世妇、八十一御妻。后妃之外，还有大量侍妾，称为宫女或宫人，她们是后妃的二梯队。宫女虽是内宫的使唤丫头，倘被皇上兴之所至一眼看中，传诏侍寝受到宠爱，那就一夜之间行情看涨，地位上升进入嫔妃行列。如果碰巧了一籽落地发了芽，开花结果给皇上养个大胖小子，母以子贵而一步登天，破格提拔为正宫国母皇后娘娘的，历史上也有不少。上有所好下必甚焉，顶梁不正底梁必歪，君王好色，诸侯效尤。《孟子·尽心》说当时大人侍妾数百。《管子·小匡》说齐襄公陈妾数千。从不言过其实的墨子，也在《辞过》中写道："当今之世，大国拘女累千，小国累百。"嫔妃和宫女的数量越来越多，必须划分等级，拉开档次，才能多而不乱，杂而有序。秦朝建立，嫔妃八品，宫女千人。汉承秦制，只是把皇后以外的嫔妃改称夫人。武帝不但好大喜功，而且嗜色上胃口也大，嫔妃十四等，侍妾宫女几千名。王莽改制，破旧立新，确定嫔妃定员一百二十。到了三国时代，皇后之下设五等爵，没过几年便增至十二等，一个连扩充为混成旅。东吴孙皓，后宫女子有名目的数千，没有名目的数万，更是盛况空前。晋武帝司马炎灭吴，把这数万数千女子全部接管收编，从金陵迁往长安，一路上司马炎乘坐羊车，随时随地淫乐，整个儿是一支野战军。这有《晋书·后妃传》可考。隋文帝是个妻管严，后宫又恢复了一百二十人的编制，大多数还得待业。然而，醋缸皇后严管丈夫却放纵儿子，隋炀帝在荒淫残暴上与孙皓不差分毫，后宫嫔妃不计其数。唐朝初年两次遣散隋后宫美女六千人，可见多如牛毛。唐太宗后宫设六局二十四司一百九十人，女史五十余人，不多不少两个连。但是，到了他的曾孙玄宗李隆基的天宝年间，便又后宫佳丽三千人了。这不是诗人白居易的想象夸张，而是确有此数，跟李白喝多了神侃的“白发三千丈”，不是同出一辙。谓予不信，请看《唐书》。玄宗的儿子肃宗，宝应元年放宫人三千，就是铁证。宋、元、明、清与唐朝大同小异，都是开国初期实行精简，坐定了天下便变本加厉。

历代淫风陋习，无不是从宫中流毒民间；蓄婢纳妾裹小脚儿，便是如此。所以，不但民间财主富户一妻四妾，就连枕着自己大腿睡觉的穷光棍儿，做梦娶媳妇也想好汉占九妻。因此，不根除上行也就难禁下效。今人不见古时月，今月曾经照古人；史镜高悬，就在头上。

北周有过五后并立，元朝初年也有过并后之制，一个皇上可以有两个以上甚至多达五名大老婆。于是，民间一门几房只有一个男子，每一房都可以为他娶个媳妇，生下子女便归这一房，都不绝户。这几房媳妇不分先来后到，无论年龄大小，各自独立，地位平等；丈夫是麻绳串草珠子，实行邦联制。

金秧儿比我只大一岁，我俩是同辈，又是同一天上学，从小学到中学十二年同窗。直到升入大学，不是一个学校也不是一个专业，这才分手。当年他一身二娶，馋得我垂涎三尺；后来看到二马闹槽叫他吃尽了苦头受够了罪，我才心平气和。

同年同月同日娶来的花红果和谷双秀，远日无冤近日无仇却成了死对头。谷双秀是他爹选中的，住在自家门里，近水楼台先得月，自认为正宗本脉高出花红果一头。花红果是他姥爷张老砧子和亲娘张三姑所定，虽然住在张家，但是比谷双秀早一个时辰入洞房，先入为主也不肯屈居人下。两个女人别见面，见了面便昏天黑地啐骂，你死我活厮打，金秧儿谁都镇唬不住，哪个也惹不起。

那时，我和他都在运河中学念初一。运河中学是北运河东岸八县的最高学府，是共产党的民主政府开办的中学，想跟北运河西岸通州城里的潞河中学唱对台戏，比个高低上下。北运河古称潞水，潞水今称北运河，很像我和金秧儿，一笔写不出两个刘。潞河中学在国民党占领下的地面，为美国教会所开办，学生十有七八是少爷小姐，运河中学却清一色的都是农家寒门子弟。当时虽没有土改划成分，但是运河中学已经拒收有钱人家的儿女。

初一班二十多人，男多女少。女生年龄偏高，她们百分之百都结了婚，小的十八九，大的二十六七，丈夫不是专署的首长，就是县里的领导，官衔最小的也是个区长。男生虽然年岁较小，成亲的也占百分之九十，所以金秧儿早婚不足为奇，反倒是我这个小童男子却十分稀罕。

这个环境，恰似孵豆芽的罐子，生红薯秧子的火炕，不能不早熟而又好奇，梨子是什么滋味儿很想尝一尝。

运河中学办在一座破落的寺院里，这座寺院原来左半边住和尚，右半边住尼姑，现在是左边男生右边女生。运河中学唾弃潞河中学的礼拜休息制，实行十日休息一天，每年放麦收、秋收假和寒假。男女生全部住宿，平日严禁外出，所以一到节假日，大家就像出笼的鸟，欢呼跳跃着从庙门里蜂拥而出。休息一天返校，女生就像抽了筋，一个接一个伸懒腰；男生就像剔了骨头，哈欠连天蔫如一摊泥，金秧儿更是一副乏相。只有我回家连吃三顿好饭食，睡了子午两个觉，就像雨露滋润的禾苗，压满了子弹的机枪，上课钻桌串位子，招猫逗狗精神饱满，金秧儿怎能不在我身上打算盘?

这天又是假日，我和金秧儿结伴回家，一路同行。

青纱帐已有一人高，我们出村没有下交通沟，一前一后沿着交通沟岸的小路走。正是桑葚红了变紫的季节，我急着回家摘桑葚吃，一马当先一溜烟。

“慢点儿，慢点儿，没有鹰抓你！”金秧儿连蹿几步，揪住我的校服腰带。

运河中学的男女生统一着装，校服军装化，军分区被服厂出品。紫花布泡进皂荚灰水染一遍，黄不黄灰不灰，日晒雨淋一阵子，便深一块浅一块，很像伞兵的迷彩服。腰带也是布的，系上没几天便搓成了绳。

我被紧急刹车，满头冒火星子，大嚷大叫道：“别人放了假，回家跟爷们娘们儿唱天河配，都乐得像抢蜜蜂屎吃，怎么就你一个人愁得像懒驴下汤锅？”

金秧儿仰天长叹一声，眼泪扑簌簌滚落下来，说：“我每趟回家……都是二虎相争……不死也伤，一人难过两道鬼门关呀！”

“唯女子与小人难养也！”我十分同情金秧儿的不幸，陪着他叹气。

“兄弟，哥哥眼下像崇祯爷叫王承恩，只差一步就煤山上吊啦！”金秧儿一把鼻涕一把泪，两个眼圈儿揉出两团黑，活像转碾台的毛驴戴上了眼罩，“千尺悬崖，万丈深渊，只靠兄弟三只金镖甩头一子，打虎救驾保住哥哥这条命了。”

我是个评书迷，金镖黄三太的故事烂熟于胸，满肚子的侠肝义胆，便拉开了刀枪架子，摆出一副包打天下的神气，说：“干哥，只要你一声号令，看我收拾这两个小贱人！”

“兄弟，此话当真？”

“敢立军令状。”

“言而无信呢？”

“死无葬身之地！”

“这才是打虎亲兄弟，上阵父子兵！”金秧儿跟我击了掌，愁眉苦脸一扫而光，“我怎么能把千斤重担压在你的双肩上？咱俩还是分工合作协同作战，你算是援军给我打下手。”

“我如何支援你，你就吩咐吧！”

“这两个女人，一个是母大虫，一个是河东狮子，你任择其一，给我拉帮套。”

“啊——！”

26

花红果和谷双秀，这两个女人我都了如指掌。

我是张三姑的干儿子，三天两日就有走动，跟花红果磕头撞脑常见面；我是金秧儿的把兄弟，交情深厚亲密无间，串门脱鞋就上炕，跟谷双秀见面的机会更多。北运河的乡风民俗，女人能在小叔子腿上坐，不在大伯子面前过；我是花红果和谷双秀的小叔子，打牙逗嘴，抬手动脚，百无禁忌，随便占便宜。不过，这两个女人在我眼里，一个五八，一个四十，我都不远不近，不偏不倚，要不是为朋友两肋插刀，我这辈子都不会在她俩身上产生邪念。

这两只母老虎左右夹攻，金秧儿只有招架之功，并无还手之力，变成了一头货真价实的黔之驴。

他见我答应拉帮套，破涕为笑问道：“你要哪一个？”

我只是逢场作戏，不必挑肥拣瘦，说：“反正是二五减租，合理负担，你给哪个都行。”

金秧儿从兜口里掏出一个大铜板，说：“字儿是双秀，面儿是红果，看你的时运了。”

说着，他把铜板抛到半空，铜板金光一闪，落在了地上。

“字儿！”我的眼尖。

“你的运气好。”金秧儿好像有点懊丧。

我并无偏爱，君子不能掠人之美，说：“你舍不得谷双秀，我就要花红果。”

“这是天意，我不能逆天行事。”

“是不是双秀儿比红果可爱？”

“两人各有所长，各有所短。”

“怎么个长又怎么个短？”

“花红果劲大，谷双秀口甜。”

“我听不明白。”

“明天一起早，你就一通百通了。”

金秧儿苦笑了一下，一副哭相儿。

快到金秧儿家，我忽然心虚胆怯而又害臊，正想鞋底抹油临阵脱逃，不想早被金秧儿一眼识破，拧胳臂掐脖子，搡进了他家门口。

金秧儿一身二娶两个窝，他爹和他娘却不得不分居两处，有如各立一国；老两口儿越来越生分，天长日久更形同路人。自家这边可算大营，一家之主的金秧爹刘龙蛋子本应帅不离位，却不安于室差不多天天唱空城计，只要双秀儿的爹谷串儿一出门做买卖，刘龙蛋子就去陪伴双秀儿的娘花满枝，日夜片刻寸步不离。双秀儿一人独守空房，难免黄、白、狐、柳、灰作祟，刘龙蛋子便把她交给干娘小红兜肚儿代管。

娉娉袅袅十三余的双秀儿，跟我同岁只不过生日大几天，可是结了婚开了脸，梳起圆髻妇人打扮，就像早熟的五月鲜蜜桃，个儿不大味儿足。她正在冷灶锅台，手上包饺子，鼻孔里哼小曲儿。接风的饺子送行的面，她掐算金秧儿今天放假，包得了饺子盼郎归。

我被搡得破门而入，金秧儿却没有马上相跟着出场。

"兄弟，是你！"双秀儿抬头看见是我进门，热辣辣的目光眨眼之间冷下来，"你干哥呢？"

"就在我身后哩！"我回头一看，却不见这个家伙的人影儿。

金秧儿心中有鬼，像一条泥鳅闪躲到影壁后面。

"杀千刀吃黑枣儿的，又拜那边的娘娘庙去啦！"双秀儿个头虽小却像一口老醋缸，"这边是他的家不落脚，却像野狗串骚窝儿，祖传的不走正路。"

"那边住着他的亲妈，我的干娘，你的婆母。"我不由自主充当金秧儿的代言人，"游子还乡，进门先拜高堂，才是孝行。"

“他的亲妈是你的干娘，不是我的婆婆！”双秀儿把擀面杖当啷一声扔在地上，跳着脚尖着嗓子叫嚷，“她只想叫金秧儿给那边的娘儿们点籽，生下狗崽子姓她那个张，我眼里不映这个刘家的汉奸。”

“住口！”金秧儿一听双秀儿骂娘，急忙从影壁后面跳出来。

“原来你跟我藏猫儿！”双秀儿瞬息万变，转怒为喜，豆荚眼笑得像月儿弯弯，“贼头贼脑，越大越没个人模狗样儿。”

“我跟你和红果有没有口头君子协定？”金秧儿喜欢在他的文盲妻子面前卖弄学问，老鼠咬胆瓶——口口都是瓷（词）儿，“逢单在这边，逢双到那边，板上钉钉雷打不动。我晚到一步你就贼心多疑，骂我是野狗，你还讲不讲一点儿妇德？”

“骂你是野狗倒也无妨。”我要表现出严守中立脚踩两只船，可又不知哪一脚轻哪一脚重，“千不该万不该，骂我干娘是汉奸。”

“出口不逊，以下犯上，应该掌嘴！”金秧儿比双秀儿大一岁，自以为她年小可欺，越发装腔作势借以吓人。

双秀儿不但不低头认罪，而且嘴硬不服软，说：“那边那个娘儿们，还骂你爹是跑猪叫驴大种马哩！”她不提花红果的名姓，怕的是腌臜了自己的嘴。

“放肆！”我抢嘴吆喝道。

张三姑是我干娘，刘龙蛋子也就是我的干爹，虽然干爹不如干娘亲，我也不允许任何人在我干爹头上洒狗血。而且，我怕双秀儿如此不给金秧儿留面子，抓破了脸的金秧儿也许动手打人。我替金秧儿吆喝一声，消一消他的火气可免双秀儿的皮肉之苦，正是我怜香惜玉，慈悲为怀。

谁想金秧儿非但不恼，反而噗嗤一笑，说："花红果骂的这些话，不过是拾我娘之牙慧而已。"

双秀儿眼盯着我问道："兄弟，什么叫十牙坏（拾牙慧）？"

"也就是捡人家说过的剩话。"我比金秧儿更爱人前显贵，赶快注解自显才能。

双秀儿被火上浇油，气得发疯哭骂道："金秧儿你烂肠了，滚出去！"

金秧儿正想找个台阶退场，嬉笑道："我把干兄弟留给你，告辞了。"

"留下他陪我睡觉呀？"双秀儿见金秧儿挨了骂也不生气，又想羞辱他把他惹恼。

没想到金秧儿更令人大出意外，不急不火，龇牙一乐，说："正是为了给你解闷儿。"

"你那脸皮一锥子扎下去不出血！"双秀儿带着哭声跑进屋里。

金秧儿扮了个鬼脸，向我眨眨眼，说："我劝她回心转意，你耐心等候。"

看他蹑手蹑脚进屋去，我也悄悄走到东屋窗外的葡萄架下，坐在高粱叶子拧成的蒲团上听声。

"谁？"屋里，双秀儿厉声喝道。

金秧儿奴颜婢膝，低声下气，说："双秀儿，自古道忠言逆耳，我刚才话粗理不糙，只求你暂息雷霆之怒，且听我掰开揉碎慢慢讲来。"

"你是狗掀门帘全靠一张嘴，我捂住耳朵不听你的巧语花言。"

"我跟你一夜夫妻百日恩，真心疼你，才叫兄弟给你拉帮套。"

“还是拉那边那个娘儿们去吧！”

“花红果不配。”

“咱们这位兄弟，哪些地方出奇？”

“一目十行，过耳不忘，大考小考都拔尖儿，文曲星下界。”

“你比起他呢？”

“望尘莫及。”

“追不上他？”

“道高一尺，魔高一丈。”

“你把我输给他啦？”

“乘肥马，衣轻裘，与朋友共！”

“怎不把我整个儿给了他？”

“给他这一半，我就心疼得像割下自个儿半扇肉。”

“拿刀来！”

“你砍谁？”

“我自个儿动手，拦腰一刀两段，上半身下半身，你俩平分。”

屋里的金秧儿一声鬼叫，窗根下的我抱头鼠窜。

27

我一口气逃到那边，也就是村西头张三姑的娘家，她老人家和花红果的住处。

我这个绿林女子出身的干娘，自从嫁到豆棚村老槐树下刘家那一天起，就一心想死后挣一座贞节牌坊，不搽胭脂抹粉，不穿红挂绿，一年四季一身青，二十八岁就梳起了冠髻，万紫千红的季节也不在冠髻上插一朵花。丈夫三百六十天拈花惹草睡姘头，她可是没有偷过一回野汉子。人的名儿，树的影儿，豆棚村的男女老少夸奖这位土匪头子的女儿，是粪堆上长出的香蒿子，那意思跟出污泥而不染差不多。

于是，干娘张三姑越发变本加厉，把她修身正己的这一套，牛不喝水硬按头，百分之二百强加在儿媳妇花红果身上。

花红果忍无可忍犟一句嘴，张三姑便臭骂毒打。她舍不得捅金秧儿一指头，打起花红果来却狠过了审贼，人家是棒下出孝子，她却要棒下出贤媳。

红花果一点不丑，也一点不蠢，就是黑。她的皮肤荞麦面色，厚嘴唇又噘着，很像美国的黑白混血女子。

这个女人大大咧咧，能吃苦又肯卖力气，不像双秀儿那么娇嫩和小心眼儿。不过，她又粗野蛮横，不懂规矩方圆，张三姑打得她皮开肉绽，也听不见她半句服软讨饶的话。我虽然并无邪念，但是在花红果和谷双秀之间，我更愿跟花红果接近。

我跟花红果是不打不成交。

上高小那年放麦收假，有一天我到干娘家串门，正碰见干娘打算管教花红果。前两天干娘炖鱼吃，被鱼刺扎了手，右手的五根手指肿得像五根胡萝卜；改用左手攥笤帚疙瘩，打起来不顺手，也不解气。干娘见我走进门来，喜出望外，欢叫道，“儿呀，你来得正好，快替老娘掌刑！”

“杀鸡焉用宰牛刀，有事弟子服其劳！”子曰顺者为孝，我正想在干娘面前讨俏，答应得十分干脆。

花红果身穿一件补丁摞补丁的旧花褂子，不知干娘是怕我打碎了衣裳，还是怕隔着衣裳打不疼花红果，突然又一声断喝：“小娼妇，把褂子脱下来！”

“娘，我里边没穿着兜肚。”花红果面带难色，嘟哝了一句。

干娘却令出必行，黑虎着脸喝道：“他是你小叔子，你就是在他眼前脱裤子也不算失礼。”

花红果一笑，说：“那就打我屁股吧！”

“骚货！”干娘啐道。

“打肿了后背，我砍青柴怎么背捆呢？”花红果不慌不忙，说出一番道理，“打肿了屁股，我坐不能坐，干活偷不了懒儿。”

“那就……在屁股上打四十笤帚疙瘩！”干娘说完便走出屋去。

婆婆何等尊贵，岂能看儿媳妇的屁股而脏了眼睛。

干娘一走，花红果便放肆起来，挤眉弄眼地说：“我趴在炕沿上，你扒吧！”

我连忙摆手递眼色，咬着她耳朵压低声音，说：“我不扒你也别脱，咱俩假戏真唱。”

花红果似懂非懂闹不明白，我刻不容缓地把她压倒，骑在腰间，挥起笤帚疙瘩，打在炕沿上，啪！

“哎哟！”花红果恍然大悟之后，跟我配合得天衣无缝。

我打秃了这把新绑的笤帚，花红果也叫哑了嗓子。“四十！”我的喊声刚落，干娘便随声进了屋，花红果赶紧假装系裤子，这出戏便圆满收场。

干娘从头到脚把花红果看了个仔细，又说：“死罪能免，活罪难饶，拿起镰刀麻绳，打青柴去！”

花红果真会做戏，眼泪汪汪点着头，说：“是。”

“儿呀，你跟着她！”干娘又委我重任，“不许帮她砍柴背捆，防她跟那些歪毛淘气飞眼儿吊膀子。”

“干娘您放心，我是马王爷三只眼！”为了把干娘哄骗得沉酣迷醉，我更加巧言令色，大耍小聪明。

花红果到院里磨镰刀找绳子，干娘从荷包里掏出一张毛票，说：“儿呀，你渴了买酥瓜吃，饿了买麻花嚼。”

我嫌钱少，说：“只够买一条酥瓜，一根麻花，红果嫂子吃什么呢？”

“她没这个口福！”干娘沉下脸，“你敢给她吃一口，我揭下你两层皮。”

干娘这般厚此薄彼，我脸上不敢反感，心中暗道：“撒手不由爷，将在外君命有所不受，出了门就由不得您老人家了。”

于是，我接过这一毛钱的犒赏，像八路军战士押解伪军俘虏，前脚踩着花红果的后脚印，把她押送到河滩上。

一到河滩野地，花红果就像炸了窝的马蜂，狂跑疯叫起来。

她钻进乱草蓬蒿丛中，挥舞着闪光的镰刀，一溜溜青柴迎刃而倒，砍倒了一片又一片，突然四脚拉叉躺下来，呼哧呼哧喘得像拉风箱。我头戴柳圈儿，手叉着腰站在一旁观看，像个监工。

“兄弟，兄弟……”花红果一口一口倒气，“我饿……饿……”

“不是刚吃过晌午饭吗？”我拧着眉头，不为所动。

“你过来……过来听听……我的肚子……”

“肚子里有三班鼓乐呀？”

“……咕噜咕噜响得像豆腐开锅。”

“我跑回家给你拿个菜团子。”

“咱娘不是给你钱了吗？”

“那是给我买酥瓜解渴，买麻花压饥的。”

“你就眼瞧着我饿死吗？买两根麻花咱俩吃。”

“那我就吃不上酥瓜了。”

“你买来两根麻花，我就摘来两个香瓜。”

河滩上的草丛树棵子里，常有野瓜秧子爬满盘绕，层层密叶中窝藏着颗颗野瓜。偷瓜人躲进草丛树棵子里吃完瓜肉，瓜子洒落一地；打青柴的人在草丛树棵子里解溲，瓜子穿肠而过排泄出来。一场露水一场雨，粪大水勤瓜秧茂盛，野瓜分外香甜。

花红果砍青柴，野瓜水落石出。

我跑到村头的小酒馆，买了两根麻花跑回来，花红果又砍倒了一大片，站在一棵伞柳下吹凉风，满头大汗像挂满露水珠子。

“麻花买来了吗？”她扯着嗓子喊我。

“你摘的瓜呢？”我反问她。

“我吃了你的麻花，就叫你吃我的香瓜。”花红果从我手中抢过一根麻花塞进嘴里，咔嚓一口，齐刷刷咬下半截，硌嘣嘣嚼得响脆震耳。那一副吃相，有如风卷残云，更似狼吞虎咽，一根麻花转眼入了肚。

我忍不住把那根麻花又给了她，说：“把你的瓜给我吧！”

“等一等。”她一搂肚子，挺起胸脯，“你瞧，怀里揣着，少不了你的。”

我瞪圆眼睛，只见她破花褂子下面藏着两个瓜，圆滚滚而又尖溜溜。

“掏出来！”我迫不及待。

吃饱了肚子的花红果，刚解开破花褂子的两个扣儿，我就看见她胸脯子上挂着两个黑绷筋的西瓜蛋子，情不自禁一阵眼晕。

从这以后，我跟花红果结下了解衣推食之交，花红果说我比金秧儿心善，更比金秧儿知趣。如果金秧儿的铜板掷了个面儿，我不会落得个落荒而逃。

“此处不留爷，自有留爷处。”我跑进干娘家门口，脑瓜子里突然像闪过一个亮闪，“进屋跟干娘商量商量，我跳槽给花红果拉帮套，岂不皆大欢喜？”

“儿呀，你来得正好！”我还没来得及向干娘张口，屋里的干娘已经令下如山倒，“你从院里把懒驴愁鞭子拿进来，替我掌刑。”

天呀！又打。

28

母命难违，我不敢不拎着懒驴愁鞭子走进屋去，却又倒背着双手，把鞭子藏在背后。

一身青的干娘，满面怒容，一脸杀气，端坐在八仙桌旁的座椅上，像阴了半边天。我想，当年她吃刀枪饭，一怒之下撕肉票，可能就是这么一副令人望而生畏的神气。花红果披散着头发，吸溜着鼻子，抽泣着双膝跪倒在干娘脚下。

“干娘，红果嫂子又惹您老人家生气啦？”我以耍笑的口吻，轻松一下眼前的紧张空气，然后和稀泥打圆场。

“回你兄弟的话！”干娘向花红果高叫道。

花红果侧过身子，我看见了她的脸蛋子，肿得黑紫像猪头。

“兄弟，我不该……爱小贪便宜，丢了咱娘的脸。”花红果说着，又左右开弓打自己的嘴巴。

我耳不忍闻，目不忍睹，扯住了她的手，问道：“你怎么个爱小，又怎么个贪便宜？”

花红果低着头像蚊子哼哼，说：“我白收了那个货郎一盒官粉……”

“黑不溜秋锅底脸，搽上官粉好比狗屎上下霜！”干娘冷笑着骂道。

“还有两绺彩线。”

“你那一双熊掌，扎得了花，绣得了朵吗？”

我觉得干娘未免吹毛求疵，小题大做，便婉言相劝，说：“干娘，您不许儿媳妇枉拿别人一针一线一草一木，纪律严明治家有方；不过，红果嫂子只是初犯。您还是教育为主，宽大处理吧！”

“儿呀，你刨根问底审她，那个货郎为什么白送她官粉彩线？”

我像京戏《三堂会审》里的蓝袍，向花红果喝道：“嫂子，坦白从宽，说！”

花红果咬了咬嘴唇，答道：“他想……摸我一把，亲我两口。”

干娘没恼，我先起了急，急赤白脸追问道：“你叫他摸啦，亲啦？”

“他做梦娶媳妇吧！”花红果撇着嘴吃吃笑道，“好事不出自家门，肥水怎流外人田，我要偷汉子，就找兄弟你。”

干娘怒气冲天，大喊道：“儿呀，给我打这只浪母狗！”

我虽愿当个百依百顺的孝子，但是吾爱吾师吾更爱真理。干娘苛政猛于虎，我不能盲目服从助纣为虐，便扔下手中的懒驴愁鞭子，说：“打人犯法，我不能犯法打人！”

“你过去不是打过她四十笤帚疙瘩吗？”

“过去我是高小生，眼下我是中学生。”

“豆腐一碗，一碗豆腐。”

“高小生只不过是个平民百姓，运河中学的中学生可就是半个民主政府工作人员了。”

“半个民主政府？”干娘怪笑两声，两声怪笑，“你半个，金秧儿半个，民主政府整个儿是我儿子。”

要想跟干娘吵架拌嘴，我还没有长齐牙齿。这时金秧儿垂头丧气走进来，我就像捞着了稻草得了救。

“哥，快掏出你的万能钥匙，打开咱娘这把生了锈的锁。”我知道金秧儿是他娘的心肝肺叶眼珠子，他想吃活人头，干娘也心甘情愿把自个儿的脑瓜子砍下来。

金秧儿翻了翻眼皮，瓮着鼻子问道：“怎么回事儿？”

干娘虽然已经威风大减，但是在我面前还不想全塌了架，噘着嘴冷着脸儿，说：“你问你的娘儿们吧！”

金秧儿踢了花红果一脚，花红果怯怯生生站起来。

“我……我……”花红果低头看脚，手卷着衣角，嘴里像含着个热元宵，“一盒官粉……两绺彩线……”

“一盒官粉叫货郎摸一把，两绺彩线叫货郎亲两口。”干娘添油加醋，从旁煽风点火。

我忙替花红果喊冤：“哥，干娘歪曲真相，言过其实！”

啪！金秧儿却不问青红皂白，叉开五指张开手，打了花红果一个满脸花。

“打得好！”干娘像给戏台上的名角儿拍掌，“这才是从我肚子里下出来的男子汉大丈夫。”

啪！金秧儿又给了花红果一个耳光。

“不许打人！”我抢上一步，插在金秧儿和花红果之间，“你身为运河中学学生，怎能知法犯法？”

金秧儿耸耸鼻子，说：“我打的是我的老婆，又没有伤害外人。”

“还得打！”干娘这个啦啦队又给儿子加油。

金秧儿刚抬起手，啪啪！我抢攻在前，掴了他两个锅贴儿。

“兄弟……你……真下黑手。”金秧儿被我打得头昏眼花，捂着火烧火燎的腮帮子掉眼泪儿。

“你打红果嫂子，我就揍你，这叫替天行道，除暴安良！”

我正得意忘形，噼啪噼啪！花红果突然像护犊子的母老虎，一边打我一边乱啐：“你敢打我男人，你敢打我男人！”

“红果嫂子，你怎么狗咬吕洞宾呀？”我蹦跳躲闪，连连叫屈，“我不许金秧儿欺压妇女，是为了你的翻身解放。”

“我是他娶来的媳妇买来的马，不让他骑（欺）叫谁骑，不让他压叫谁压？”花红果半张脸给金秧儿看，一副媚态；半张脸给我看，一副凶相。“你想骑我我尥蹶子，摔你鼻青脸肿半个死；你想压我我左脚蹬右脚踢，蹬出你整挂下水，踢得你开膛破肚流黄汤子！”

我倒不是好男不跟女斗，只因被花红果气得头脑和手脚麻木，才打不还手，啐不还口，秋毫无犯不以暴力抗恶。

“你他妈的仰巴跤子撒尿——溅（贱）上脸来啦！”金秧儿一脚把花红果踢开，“三天不打，上房揭瓦，一天一顿，欢天喜地！惹翻了我剁下你的两只爪子。”

花红果热脸碰了个冷屁股，委屈得哭了，说：“你怎么也把好心当驴肝肺呀？”

“兄弟如手足，妻子是衣服！”金秧儿生搬硬套我家先帝爷刘玄德的陈年旧货老观点，“宁可叫你当个屈死鬼，也不能亏负我兄弟。”

“你那兄弟贼心烂肺花花肠子！”花红果贼喊捉贼，大哭大闹，“别看他个儿没有拳头大，半斤面能把他包个菜团子，可有好几回要替你拉帮套，想偷吃我怀里的西瓜蛋子。”

我哀其不怨，怒其不争，更恨她贼咬一口入骨三分，悲愤交加骂了声：“一身奴颜媚骨的活驴，这一辈子你就戴着眼罩听吆喝，围着磨台转吧！”

我破门而出，夺路而走。

“兄弟，兄弟，你到哪儿去？”金秧儿在后面紧追不放。

我一步更快一步，回过头冷笑道：“我又不是孤魂野鬼，有自个儿的家。”

“双秀儿还眼巴巴地等着你哩！”

“那也是一杆不通气的烟袋。”

“兄弟，你以天下为己任，别忘了唤起民众呀！”

这句话扯住了我的后腿。

我沉吟了半晌，才说：“干哥，我一不自觉二不自愿，你还不如请那个货郎给花红果拉帮套，自个儿一心扑到双秀儿身上。”

“货郎勾搭花红果，也是我的一步棋。”

“你是何居心？”

“花红果不偷上野汉子，我娘宁死也不许我休妻；等她跟货郎一相好，不用我操心费力气，我娘就把她扫地出门。”

“干哥呀干哥！”

“兄弟，有什么吩咐？”

“你真是占全了阴、奸、坏！”

“量小非君子，无毒不丈夫！”金秧儿把我拧了个陀螺打转，“你看我干奶奶前来接驾，就替我跟双秀儿春风一度吧！”

果然，小红兜肚儿奶奶在向我连连招手。

29

小红兜肚儿奶奶在老槐树下刘家，身份上虽然一直是个外姓人，但是谁都知道她是垂帘听政的太后老佛爷。从刘龙蛋子和金秧儿身上论辈分儿，我也该管她叫一声干奶奶，她却另有主张，偏从她娘家那边拐弯抹角，让我叫她姑姥姥，跟金秧儿内外有别。

“姑姥姥！”我无路脱逃，只得硬着头皮迎上前去。

“你可来了，我正拿你！”小红兜肚儿奶奶开口就寒风扑面，令人如坠五里云雾。

这是阴曹地府那个专跑外差的白无常，来到阳间追魂索命，挂在嘴边吓人的两句话，我听着怎能不浑身起鸡皮疙瘩？

“姑姥姥，您把我装进闷葫芦了。”我一边擦着冷汗，一边察言观色。

“你得给双秀儿偿命！”小红兜肚儿奶奶又吓人一跳。

“她死啦？”

“多少还有一口气儿。”

“我看您还是给我偿命吧！”

“怎么？”

“您存心不把我吓死，也得叫我丢了魂儿。”

小红兜肚儿奶奶咯咯一笑，说：“小子，我给你报喜来了。”

我哭笑不得，说：“我已经成了惊弓之鸟，喜从何来？”

“你不是想给双秀儿拉帮套吗？姑姥姥替你把她劝得回心转意了。”

“那是金秧儿打鸭子上架。”

“双秀儿气得要抹脖子上吊。”

“该给她立一座贞节牌坊。”

“我一句话就点醒了她。”

“您怎么掐诀念咒？”

“我说你本是给送子娘牵马的童儿，下凡人间广结善缘，不出十个月就能叫她抱个大胖小子。”

“望梅止不了渴，画饼又怎能充饥？”

小红兜肚儿奶奶是鱼儿入网不放生，她像牵着毛驴儿上碾台，扯着我那搓得像烟绳的腰带，二进双秀儿的门户。

双秀儿端正了态度，梳妆打扮笑脸相迎，说："兄弟，你进屋去，愿躺躺着，愿坐坐着，等一会儿吃我的饺子。"

小红兜肚儿奶奶陪我进屋，咂着嘴儿笑道："双秀儿多么疼你。"

"礼下于人，必有所求。"我并没有见煮饽饽就乐，"收秋割麦打短工，头一天也得吃顿犒劳。"

"傻小子，你这是跟双秀儿见外？"小红兜肚儿奶奶伸手点着我的前额，"等你拉上了帮套，连媳妇都不想娶了。"

"难道拉帮套像抽大烟喝老酒，能上瘾？"我想起小红兜肚儿奶奶噎得打嗝儿。

"戒得了烟也戒得了酒，就是戒不了拉帮套。"小红兜肚儿奶奶肚子里能撑船，我顶撞她也不上火，"你看金秧儿的爹龙蛋子，跟双秀儿的娘花满枝，好得胜过三媒六证的两口子。"

我举一反三，说："您跟金秧儿的爷爷，好得……好得……"我想说好得"穿一条裤子都嫌肥"，又觉得不够贴切，便结巴起来。

小红兜肚儿奶奶见我说不到点子上，便大言不惭像说快书，手拍着巴掌像敲鸳鸯板："我跟金秧儿爷爷好得活着一条炕上睡，死了一座坑里埋，转世投胎变兔子，也要一个窝里卧着。"

"您家那位姑姥爷往哪儿埋呀？"

"他孤坟、野狗、一棵树吧！"

"到了阴曹地府，阎王爷要把您一锯两个半截，判给您家那位姑姥爷一段呢？"

“判给他上半截，我双手爬回金秧儿爷爷身边；判给他下半截，我双脚蹦回金秧爷爷身边。”小红兜肚儿奶奶一边说着，一边手舞足蹈。

“您跟您家那位姑姥爷结下了不解之怨。”我变化一字，用字如凿，“跟金秧爷爷却是结下了不解之缘。”

小红兜肚儿奶奶眼里闪着泪光，说：“你那个姑姥爷，前世欠我八辈子还不完的债，我前世欠金秧爷爷十辈子补不齐的情。”

我嬉笑道：“人死如灯灭，情呀债的也就两清了。”

小红兜肚儿奶奶摇摇头，说：“钱能还，仇能报，就是情难补呀！”

这时，双秀儿端着一大蓝花海碗饺子，笑嘻嘻走进来，说：“干奶奶，下辈子您跟我家爷爷一定是美满夫妻结良缘。”

我忙插话：“姑姥爷可就落了行市，只配拉帮套了。”

“我跟金秧爷爷做夫妻，谁也别想夹楔子！”小红兜肚儿奶奶站起身，叮嘱双秀儿，“好草好料喂足这个儿马驹子，别使唤得伤了元气。”

双秀儿点点头，瞟我一眼，脸红了红，送小红兜肚儿奶奶出门。

我的前胸后腔早饿成了两层皮，双秀儿送小红兜肚儿奶奶回来，半海碗饺子已从我的口腔鱼贯而入。

双秀儿回来一看，笑吟吟问道：“香不香？”

我大口吞咽，答道：“猪八戒吃人参果。”

“够不够？”

“垫下底儿了。”

“敞开肚皮吃，我还留着半碗哩！”

“你怎么不吃？”

“我有菜粥。”

“咱们男女平等，不能我吃小灶，你吃大灶；那半碗饺子你吃了吧！不用给我留着。”

“本来也不是给你留的。”

“留给谁的？”

“金秧儿。”

正钻在嗓子眼的一个饺子忽然变酸，我放下了筷子，说：“这半碗我不吃了，把你留着的那半碗端来。”

“一个样。”

“换！”

双秀儿端来那半碗，我捏起一个扔进嘴里，细嚼慢咽咂摸滋味儿，好像比我刚才吃的那些饺子香得多。

双秀儿面带愧色，说：“金秧儿十天才回一趟家，我得叫他吃顿顺口饭。那边的婆媳俩是一对夯货，手都比脚丫子笨，有好东西也不得好吃，我这才给金秧儿单做了这半碗饺子。”

吃下去的那个饺子窝在我胸口，吐不出来咽不下去，也就倒了胃口不想吃这半碗饺子。

“双秀儿，金秧儿出卖了你，你还忠心保主，未免太没血性了。”

“我进他家三年多，没给他生下一儿半女，心里愧得慌，有血性的早就没脸活着了。”

“花红果比你大，不是也没生吗？”

“那娘儿们更是占着茅坑不拉屎，应该一纸文书休了她。”

“双秀儿，难道你活着就是为了给老槐树下刘家下崽儿？”

“人家娶我进门，要的就是人丁兴旺。”

“我帮不了你的忙。”

“那就把我的饺子一个一个吐出来！”

“我要带你冲出牢笼。”

“飞到哪儿去？”

“到镇上念书。”

“念了书就能生儿子？”

“有了学问你就能独立自主，完全自立。”

“你当我是母鸡哩！没有公鸡也能下蛋。”

“女人一有文化身价十倍，成百上千的男人巴结你。”

“谁愿要个二婚？”

“我们的女同学里，好几个过去是财主家的少奶奶，河西岸那边的官太太，参加了革命又上学，嫁给了县长、科长、区长、队长，一年四季都有坐月子的。”

“我嫁谁？”

“金秧儿跟你郎才女貌正是棋逢对手，天生一对地造一双。”

“原来你还是不想要我？”

“到那时金秧儿也舍不得把你给我。”

“我得念几年？”

“少说也得小学六年，初中三年。”

“九年大牢呀！”

“怎能把念书跟坐牢相比？”

“我念过两天民校，脑瓜子疼得要裂成八瓣儿，情愿挨罚多做了十双军鞋，才免受这个罪；你开口就叫我念九年，还不如搬一座五行山压在我头上哩！”

“你这个文盲睁眼瞎，真是个凿不开缝的榆木疙瘩！”

“等一会儿上炕你就凿吧！看我是不是榆木疙瘩，开缝不开缝？”

趁双秀儿出去关街门，我蹬着板凳上了墙柜，推开后窗钻出去，双脚落地正踏在听窗的金秧儿身上。

我落下个柳下惠的美名，名垂村史。

30

北运河西岸也成了民主政府的地面，运河中学跟潞河中学合并，校园风气城市化。

城市化的校园风气，三角恋爱很盛行，三角婚姻却不允许。作为一名新社会的青年学生，金秧儿未经自由恋爱，全凭封建包办，占有两个妙龄女子，不能不被视为淫棍色鬼，入不了团更进不了党。我虽不过是他的盟弟，并无一夫多妻的丑行，也觉得陪着他丢人背兴，而且受到许多不应有的怀疑，入团时被审了好几场才通过。一般候补期是三个月，我的候补期却是半年。

金秧儿在校遭到孤立，回家两头受气，蔫头耷脑没有一点青春气息和生活乐趣。我于心不忍，劝他狠下心来硬起肠子，快刀斩乱麻，两个老婆至少扔下一个包袱，才能踏着时代的脚步，轻装前进。

他点点头，又掏出了那块铜板。

字儿是谷双秀，花红果还是面儿。

铜板抛向空中，落地滚了几步，躺下来面朝天，裁减的是花红果，谷双秀留用。这二年花红果在干娘张三姑的严管下，已经车入辙驴入套，跟金秧儿也亲爱得像蜜里拌油，但是铜板掷出了天意，金秧儿哭出半洗脚盆的眼泪，也只得忍痛割爱。

天生的红鸾星照命，金秧儿步步都走桃花运，上大学以后本来心如枯井，却不料同班一位男同学的女朋友爱上了他，于是枯井牛波，桃汛决堤，又跟谷双秀离了婚。

这个同班的男同学，原是农村中学的一名教员，有个女朋友在师范学院念艺术系，原是他教中学时的入室弟子。正如金秧儿是农家子弟出身，这位女大学生本来也是个村姑；正如金秧儿走红运上了大学，她也福气不小，考进了略低一等的学院。将来走上工作岗位，便不分高低，挣同等的工资。柴火妞子艺术化的风韵最富有魅力，好比刚长出珠子粒儿的嫩玉米，剥了皮留着花红穗儿，托在一张碧绿的荷叶上，系上一条红绒线，起个名儿叫玉笋；摆在菜市场上出卖，一下子就令人刮目相看，身价抬高了十倍甚至几十倍。

这位村姑和大学生合成的女子，很会利用自己那天然的优势和特色，丑小鸭变成了白天鹅。她是大学生合唱团的歌星和舞蹈团的台柱子，金嗓子一曲令人为之倾倒，婀娜的舞姿更令人如醉如痴。光是从邮局寄来的双挂号的情书，她每天至少能接到五六封，平信和明信片一概拒收，原路退回或扔进垃圾箱，看也不看，不屑一顾。有一位风流才子而且擅长丹青，是个崭露头角、前程似锦的青年诗人，凡有她的演出，每场必到，坐在前排，目不转睛，看两眼画一笔，画一笔看两眼，失魂落魄迷上了她。不久，集诗画于一身的才子出版了一本诗集，连同七十二幅亲笔速写画，装在一只粉红色锦匣里赠送给白天鹅。白天鹅收下来打开一看，内藏一封押韵的求爱信，比诗集中的得意之作更为香艳华丽。她却不为所动，锦匣装进木匣，通过邮局完璧归赵，不但大扫才子的面子，而且掀起一场轩然大波。原来，才子家里早有一头河东狮，合欢床上岂容他人插脚？

春风吹得马蹄香，一大群狂蜂浪蝶追逐着白天鹅的芳踪倩影。男同学打翻了醋缸，气得眼里冒火鼻子喷烟。他勒令那个金嗓子女大学生，每个星期日都要前来向他汇报一周动态，接受他的盘查审问，而且要准时正点，不得迟到早退。他过去是金嗓子的班主任，已经是一对恋人便改变了身份，他却改变不了班主任脾气。金秧儿跟他住在同一宿舍，而且是上下床，他抢占了上床压金秧儿一头，开口说话便像发号施令，金秧儿心中骂他是狗不理。星期日金秧儿很少外出，不是躺在床上就是躲到校园僻静角落里看书。遇金秧儿床上看书的日子，金嗓子前来汇报受审，那就不可避免地打个照面点点头，然后金秧儿赶快躲出去。有时恰巧狗不理到锅炉房打水，或是到小卖部买香烟，金秧儿也不能不略尽地主之谊，陪一陪客。狗不理并不怀疑金秧儿会加入追逐金嗓子的狂蜂浪蝶的队列，因为他知道金秧儿已经家有娇妻。

即便在柴火妞子堆里，金嗓子也算不上美人儿：小眼睛，淡眉毛，黧黑的脸儿，本不出奇；偏是眉目多情，俏中带媚，头上脚下一身清秀。清秀的是体态而不是风骨，眼角眉梢，一笑一颦，抬手动脚都难脱俗气，走起路来像蹿跳的花翎小鸟，美妙而又轻狂。她穿的都是布料衣裳，衬衫、裙子、罩衣、小袄儿，亲手缝制，花色悦眼，式样新颖，手工精致。三毛多钱一尺的印花布，她做成连衣裙，穿在身上不但不显得寒酸，反倒更衬托出她那俏丽而又妖媚的风姿。

狗不理是个道貌岸然的正人君子，不懂怜香惜玉，不会温柔体贴，见着金嗓子便装腔作势，脸色像狗屎上下霜，大声呵斥，生硬说教。金嗓子只能垂手站立，低头看脚，大气也不敢出。金秧儿哀其不幸，怒其不争，更憎恶狗不理的粗暴残酷。金秧儿从宿舍躲出去，听见身后“咔嚓”一声锁了门，心上像压了块大石头，害怕狗不理对金嗓子拳打脚踢，进行体罚，便像丢了魂似的在校园内外游来荡去，心七上八下，忐忑不安。

又过了一年的一个星期日，金嗓子没有来，狗不理收到一张汇票和一封信。他刚看了开头几句，便突然大叫一声，掀翻了宿舍的桌椅，摔碎了暖壶茶杯，倒地口吐白沫，大抽羊痫风。金秧儿叫来几个同学，绑了一副担架，把他送到校医院。过了两天，听说他从校医院逃走，在什刹海南岸柳荫下捅了金嗓子一刀，被过往行人扭送公安局，公安局验证他是突发性精神失常，没有移交法院判刑，递解原籍治疗，学校也只给他个勒令退学处分。

金嗓子失血过多，需要大量输血，艺术学院不愿承担这个风险，她在呢喃呓语之中说出了金秧儿的名字。金秧儿被紧急传唤到医院外科病房，见她已经处于濒死状态，不忍见死不救，便冒名顶替签了字。她出院以后，他们坐在她被刺的什刹海南岸，有过一回掏心窝子的谈话，才知道她本是狗不理的童养媳。那年她才七岁，狗不理已经十四，在县里师范读书。狗不理是个孝子，不敢违抗父母之命，只求父母送这个童养媳上学。六年之后她考上初中，狗不理也被分配到这所中学教语文，夫妻俩又成了师生。从她十三岁起，她的肉体便受到狗不理的百般蹂躏，但是狗不理并没有奸污她，怕的是她一旦不是处女，跟别的男人通奸便不能检验。上大学以后，每个星期日的会面，最难受的并不是聆听狗不理的呵斥和说教，而是锁门之后的身体检查。狗不理见她被成群结队的男人追逐，害怕失去了她，便逼迫她退学回乡当音乐教员，两人正式结婚。她再也不愿忍受这种没有止境的凌辱，便写了一封信，谎称自己已经失身，而且不止失给一个男人，同时借了三百块钱寄给狗不理，作为另娶新娘子的费用。她没有想到竟一下子把狗不理气疯，自己也挨了一刀，险些丧命。

金秧儿和金嗓子的姻缘，可说是狗不理一手撮合的。

两人毕业以后结了婚，金秧儿被分配到援外公司当翻译，金嗓子在一个区的少年宫教音乐。那时我已被划右，发配回乡务农，跟金秧儿久已不通音信。有一回，我进城探望家中二老，黑天逛王府井大街，在新华书店门口跟金秧儿不期而遇。这才知道，金秧儿虽没戴上帽子，内部也给他定了个中右，出不了国也得不到提拔。金嗓子政治上胆小如鼠，过日子又嗜钱如命，所以他不敢把我带回家去看金嗓子的脸色，甚至不给一口水喝就下逐客令。金秧儿在工作上悒郁不得志，家庭生活中又很少温存，心情恶劣，意气消沉，外观上又不修边幅，越发是落魄景象。

我们坐在东单公园土山的绿椅上，我买了一瓶二锅头，一包大肚一包小肚，两只口条两只猪耳朵，直喝得滴酒不剩，各自才坐末班车回家。

老友久别，酒逢知己，喝得多话更多。金秧儿淌着眼泪向我倾诉衷肠，他想念花红果，也常梦见谷双秀。

金秧儿两番休妻，在家乡落下了骂名，也就无颜见江东父老，十多年不敢回村。花红果离婚之后改嫁，谷双秀走得更远。刘龙蛋子和花满枝旧情复发，死灰复燃，张三姑得了气臌，金秧儿又跟她选中的花红果离婚，一怒之下气绝身亡，金秧儿就更恶名昭著。他甩了花红果刘龙蛋子并不恼怒，撇了谷双秀却惹火了刘龙蛋子，当众折断一根桑木扁担，今后不认金秧儿这个逆子，到死也不见金秧儿一面。父死母亡金秧儿不奔丧，名声越发臭不可闻。

三十一岁那年金秧儿才回乡。那是因为金嗓子被扣上鼓吹白专道路的罪名，她花心血最多的学生领头造她的反，七斗八斗她心窄钻了牛角尖，跳下少年宫后面的筒子河寻了短见。金秧儿给金嗓子收了尸，也丧失了活下去的力气，便逃回生身之地，寻找葬身之所。

31

这正是那个天上下着血雨，地上刮着腥风的年月。一日，暮色苍茫，北运河东岸的柳丛蓬蒿中，奔行着从牛棚里逃亡的刘金秧。他穿得十分齐整，上身是咖啡色的确良长袖汗衫，下身是浅灰色弹力呢裤子，为的是掩盖遍体鳞伤，避免形迹可疑。他头戴一顶新买的大草帽，低低地压到眉梢，隐蔽脸上那无形的刺字，以免暴露身份。他的手里，还提着一只鼓鼓囊囊的皮包，皮包里有他的长篇绝命书。肉体的残酷折磨，人格的百般凌辱，使他决心走两千多年前屈原走过的老路，投水自沉，留书明迹。

虽然人世沧桑，而运河的风光景色依旧。两岸的绿柳垂杨，田野上的青纱帐，天空的白云和鸟影，地上的流水和虫鸣，还是那么令人心醉。这一切，都引起了他对童年和少年时代的美好回忆。

但是，昔日渡口的遗迹，却很难辨认了。他寻找了半天，终于从记忆的深层中，挖掘出这个昔日渡口的方位和标志。他断定，在那个丛生着水柳和野麻的河湾，残留着一座土台，就是当年的渡口；而那一大片丛林，正是他儿时嬉戏的柳棵子地。

丛林浓荫蔽日，但是从繁枝密叶的空隙间也能漏下点点阳光，斑斑驳驳地洒在林间的白沙地上，因而也生长着一簇簇的野花和野草。忽然，他感到一阵肺腑大恸，扑倒在一片花草丛中，两手抓着土地，无声地啜泣起来。

这一片温馨的白沙地，多么像小红兜肚儿奶奶的怀抱。小红兜肚儿奶奶那慈爱的笑脸儿，在他的眼前清晰地浮现起来。父母双亡，金嗓子又被造反小将逼得自寻短见，世上只剩下小红兜肚儿奶奶这个亲人了。于是，他站起身，向村里走去，临死拜别小红兜肚儿奶奶。

然而，他还没有走到村口，村里忽然浓烟升起，高呼口号，锣声阵阵，鸡飞狗咬。他侧耳一听，听出是中学里的学生们正在操场上烧书，斗争他们的老师。他看见池塘边有个打青柴的小姑娘，连忙走过去打听小红兜肚儿奶奶眼下的光景，这才知道，小红兜肚儿奶奶被剪成了花毛秃子，脖子上挂着一只烂帮漏底的陈年老破鞋，游斗好几天了。

虽然他已经不怕死，但是却不愿死前再受一次皮肉之苦，于是慌忙离去，返回河边的昔日渡口。

他把皮包挂在河柳上，然后走到那一座残留的土台，痴呆呆低头站立，凝望着波平如镜的河面。望着望着，碧水中仿佛出现一围柳篱，篱角一株红杏，院中三间茅屋，迎门站立着一位老太太，手搭凉棚伫望着迟迟不归的游子。他呜咽着喊叫一声：“奶奶！”扑向老太太的怀抱，扑通投下河去。

但是，他像被一只大手托擎而起，又冒出水面。他是个有水性的人，投水是死不了的。

于是他水淋淋地爬上岸来，想找一块石头，拴在脖子上，转来转去找不着；想找一条绳子，捆住手脚，绕了两圈也找不到。

天色已晚，河风一吹，遍体发冷，不得不找个栖身之处，再做下一步的打算。

他在岸边徘徊，像一只绕树三匝，无枝可依的乌鹊。

月亮悄悄升起来，挂在了柳梢上，河面上月色朦胧；一阵风像是吹落了满天繁星，河面上跳动着闪烁的星光。月影星光中，他的眼前一亮，发现稻田东南角上，有一座小小的看水窝棚。这时，他才感到身上滚烫，四肢一阵阵不寒而栗，急忙踉踉跄跄地向窝棚走去。

小小的窝棚只有半人高，铺着一块席头，席头下是厚厚的蒲草。他两手扶住窝棚入口的支柱，大口大口喘气，两眼冒着金星，一头栽倒在窝棚的地铺上。

醒来的时候，他还以为仍旧躺在稻田东南角的窝棚里。但是，他一睁眼，却发现自己躺在一间充满阳光的大房里，身下铺着一床大厚褥子，身上盖着一床大花被子。

墙柜上，小闹钟在嘀嗒嘀嗒走个不停。

这是哪里，这是谁家？他感到惊奇，感到迷惑，想坐起来。但是还没有坐直，只觉得浑身酸软无力，呻吟一声，又倒了下去。

“你醒过来啦！”院里一声惊叫，跑进来一个中年妇女。

他眨了眨眼，直盯盯看，只见这个妇女三十多岁，一头浓密蓬松的头发，黑红的脸庞，眼角已经布上了鱼尾纹，鼻梁上两块蝴蝶斑，嘴唇还很红润，笑起来露出满口雪白的牙齿。她的身体丰满茁壮，上身那洗得褪了色的柳条格褂子，胸前一大块奶渍，下身的黑布裤子，有一大片被婴儿尿湿的痕迹。

“大嫂，你是……”他不好意思地问道。

这位中年妇女的嘴角挂着一丝冷峭的微笑，说：“好个贵人多忘事！”

他的眼睛突然放光，喊道：“红果！”

“总算你眼里还有我！”花红果那热辣辣的目光凝望着他，“别再喊我八百年前的旧名儿，管我叫满意娘吧！”

“怎么叫满意娘呢？”

“今年开春我好不容易养了个胖丫儿，起名叫满意。”

“想不到，想不到……”他百感交集，喃喃地说，“我还不明白，我怎么会到了你这里？”

“鬼使神差，冤家路窄呀！”花红果大笑道，“你躺在我们那块稻田的看水窝棚里，烧得满地打滚儿，顺嘴说胡话。亏得我跟东院的金簪儿妹子一大早去浇水，救了你的命，不然你早烧得变成骨灰了。”

“事隔多年，你难道还认得我？”

花红果垂下了眼睛，说：“我是贱人，不爱忘事。你就在我这里躲起来，我当你的堡垒户。”

他摇头说：“我怎么能连累你跟着我遭殃呢？”

“谁敢太岁头上动土！”花红果冷笑一声，“我是响当当十八辈儿的贫农。”

正在这时，一个穿的确良花汗衫的姑娘慌慌张张跑进院来，气喘吁吁地喊道：“红果嫂子，从城里下乡造反的红卫兵，到咱村抓当权派来啦！你在咱村，算不上刘少奇，也够得上邓小平，赶快躲一躲。”

“兵来将挡，水来土掩，我不走！”花红果口气虽硬，嘴唇却发了紫，脸色大变慌了神儿，“我……我……怕……过谁？”

“红果，造反的有理，你还是三十六计走为上吧！”他走过来劝道，“你赶紧把值钱点儿的东西，该疏散的疏散，该坚壁的坚壁，带着孩子找个安全的地方，躲避一时。”

“我怎么舍得离开这个家呢？”花红果坐在房檐下发呆。

“红果嫂子，你放心走吧！”穿的确良花汗衫的姑娘说，“你的鸡呀猪呀，我天天来喂。”

“可是……”红果眼泪汪汪，“我这位客人就要无依无靠了。”

穿的确良花汗衫的姑娘嫣然一笑，说：“请他到我家做客。”

这个姑娘叫金簪儿，十七八岁，鸭蛋脸，杏子眼，笑吟吟轻声细语；但是在眼角眉梢，一瞥一颦之间，却流露出无比深沉而又坚韧的风采。

“不，不！”他感到跟这个姑娘不过萍水相逢，却叫人家为自己承担重大的风险，于心不安。

金簪儿的黑眼珠儿一动不动盯着他，问道：“红果嫂子说你是豆棚村的刘金秧，你可认得嫁到鱼菱村的黄连树？”

“她是……我娘的干妹子。”

“我就是她的女儿。”

“那就一家人不说两家话了。”花红果忧心忡忡，坐立不安，“金簪儿，你没见过这么大的阵势，知道怎么掩护他吗？”

金簪儿抿嘴儿一乐，侧过脸去，说：“我敢当你的替身，就能假戏真唱。”

花红果泪眼蒙眬地看看金簪儿，又看看他，说：“他不见老，可到底没有你年轻，搜查的人问起来，你就说你是填房。”

金簪儿的脸一阵通红，呸了一口低下头，轻轻说了一声：“我懂。”

花红果并没有走远，只不过住了一趟娘家，到豆棚村躲藏了几天，便又全须全尾地大摇大摆回来。这个痴心不死的弃妇，外逃几天日夜牵挂着刘金秧，进村直奔金簪儿家里，才知道负心贼也旧情复发，却是过河寻找谷双秀去了。

32

谷双秀是五十年代反右之前改嫁的，那时只有入党和当官看重出身成分，平民百姓在人际和婚配上，对于出身成分的观念已经日渐淡薄，何况谷双秀还是个二婚，所以便改嫁了个地主儿子。这个地主儿子性情和顺，心灵手巧，虽也是土里刨食，却眉清目秀很文气，待谷双秀之温柔体贴，酷似蒋玉菡之疼爱花袭人。然而，下乡造反的红卫兵小将却不管这一套，只因他儿时吃过剥削饭，便被打翻在地，乱棒之下惨死。吓得谷双秀带着八岁的儿子留根儿，逃进村外芦苇塘中的一个泥鳅背上，砍出一片空地，水柳支架，绿苇搭棚，暂时安身。白天，谷双秀回村劳动挣分，留根儿便在窝棚中留守。

留根儿是个手脚闲不住的孩子，他不愿在窝棚里呆坐，就到泥鳅背四外的苇丛中摸鱼，煮一煮也能充饥。

他抓住一条鱼，便穿在一条柔细的柳枝上，转来转去不知不觉离开窝棚已经很远，又迷了路；他心慌起来，急忙提着这一柳串鲜鱼寻路而回。风拂苇叶沙沙响，忽然听见绿苇深处一声微弱的呻吟，吓得他失声要叫，忙又捂住了嘴。

留根儿奓起胆子，蹑手蹑脚走过去，拨开苇丛一瞧，只见一片狭窄的沙渚，倒卧着一个蓬头垢面的中年人。眼窝深陷二目紧闭，全身血渍斑斑，两只光脚打满了水泡，已经气息奄奄了。

他想唤醒这个垂死的人，又不知如何开口，正拿不定主意，突！从密苇中飞出一只色彩斑斓的红脖儿水鸡，吓得他的心怦怦跳，也惊醒了这个只剩下最后一口气的过客。

那人睁开眼，目光蒙眬暗淡，但是瞳孔渐渐张大，盯住了他手中的鱼串迸发出饥饿的光芒，一边挣扎着爬起来，一边乞讨地说："给我……一点吃的，给我……一条鱼。"

"你是干什么的？"留根儿怀有戒心地问道，"从哪儿来，到哪儿去？"

"我姓刘，叫金秧。"那人又补充一句，"也是运河岸上的人。"

留根儿一听是乡亲，忙说："我扶你到窝棚里躺一躺，给你炖几条鱼，只是缺油少盐没作料儿，不好吃。"

他搀架着刘金秧，回到窝棚，把刘金秧轻轻放躺在铺垫得厚厚的芦苇地炕上。

然后，他拿起卷了刃的镰刀，刮掉鱼鳞，清水洗净；折断三根柳杈，搭起支架，挂起一只打水的洋铁桶，放进鱼去，添一瓢水，捏一撮盐，倒一点酱油，便点着干柴炖起来。

刘金秧是那么疲惫，躺下来被鱼香一呛，便昏睡起来。

"留根儿！"谷双秀收工回来，挎着个柳篮走进苇塘，"我从家里捡来几个鸡蛋，给你煮一个吃，炒两个吃。"

"正好待客！"留根儿笑道。

"待客？"谷双秀走上泥鳅背，这才发现窝棚里躺着一个人，放下柳篮过去一看，忽然发出一声尖叫，"怎么……是他！……"

"他是谁？"留根儿恐惧地问道。

"快舀点鱼汤来！"谷双秀心慌意乱地说，"他……饿昏了。"

留根儿拿了一只碗，从洋铁桶里舀出半碗鱼汤，端了过去。谷双秀接过碗来吹着，眼泪扑簌簌地滴落在碗里。

"他是谁？娘！"留根儿害怕而又疑惑。

"掰开他的嘴……"

留根儿动手掰开刘金秧的嘴巴，眼睛却紧盯着母亲的脸色。谷双秀小心翼翼地喂了刘金秧一口鱼汤，鱼汤里有她的眼泪。

刘金秧的喉咙里咕噜一声响；一口，一口，一口……刘金秧呻吟着苏醒了，又睁开了暗淡无光的眼睛，喃喃地说："谢谢……大嫂救命……"

谷双秀抬起一只手，抹下一把泪水，把碗交给儿子，说："你喂他……"像是摆脱一副重担，躲到炖鱼的柳架那边去。

鱼炖熟了，留根儿盛满一碗，又拿过一张大饼和一双筷子，送到窝棚里，说：“娘，您也吃吧！”

“我去洗野菜。”谷双秀叮咛说，“把大饼撕成小块儿，泡鱼汤里给他吃，他饿得肠胃软了。”说罢，提起柳条篮子，逃跑似的走向绿苇深处。

刘金秧喝下半碗鱼汤以后，缓过了气，坐了起来，看见面前一碗鱼，问道：“你们娘儿俩吃什么呢？”

留根儿忙说：“我们还有一张饼。”

刘金秧仍然不肯动筷子，说：“请你母亲一起来吃。”

“我去找她。”留根儿正放心不下，赶紧到绿苇深处去找母亲。

一洼清水边，谷双秀洗着菜，哭得很伤心。听见脚步声，她连忙撩起衣襟擦泪，泪水擦不干，就蒙住了脸。

“娘，您吃饭去吧！”留根儿走到母亲身边。

谷双秀摇摇头。

“您不去，客人也不肯吃。”

“我……不想见他……”

“娘，您认识这个人？”留根儿从母亲的脸上揭下衣襟。

谷双秀不敢接触儿子那怀疑的目光，闭上一双泪眼，点了点头。

“只怕您眼花了！”留根儿只当母亲连日伤感，神思恍惚，“我问您，他姓什么，叫什么？”

“姓刘。”

“对！”

“叫金秧。”

“对。”留根儿的心上布满了疑云，“您怎么知道他的根底？”

“别问了！”谷双秀摆了摆手，“等他吃饱了，叫他赶快走。”

“您到底为什么不愿见他？”留根儿急得起火，“憋闷死我！”

“他是个……”谷双秀欲言又止。

“是个什么？”

“……没良心的人！”

“怎么没良心？”

“他撇下了……原配媳妇，没看过一眼……自己的亲生儿子。”刘金秧上大学，头两年还常回家，第三年回家就稀少了，第四年竟没有回家一趟。谷双秀不放心，到北京去看他，在他们那个有运河滩大的校园里，谷双秀寻找了半天，才发现他跟一个撑着旱伞的女大学生，在湖上划一叶轻舟，你一言我一语，不时发出亲昵的调笑声。谷双秀是个傲性的人，扭头就走。刘金秧在船上也看见了她，跳下水，上岸追赶。他们在校外的小客店里住了一夜，谷双秀没有哭泣，也没有叫骂，只要他第二天把那个女大学生找来见一面。那个女大学生就是金嗓子，来到小店与谷双秀相见，面不更色地说：“大姐，我爱金秧，你跟他是包办婚姻，我跟他是自由恋爱，他是我的。”谷双秀不吵不闹，从北京回到家，当天就开了一封信，跟刘金秧离了婚。

留根儿听完这个令人心酸的故事，霍地跳起来，一阵风跑回泥鳅背，刘金秧还在窝棚里木雕泥塑地呆坐。

“你快吃吧！”留根儿怒喝道，“吃饱了快走。”

“啊……”刘金秧大吃一惊，“你母亲呢？”

“她不愿见你！”留根儿满脸阴云密布。

“我惹恼了她吗？”刘金秧迷惑地问道。

“不必问了！”

“那么……我去见一见她。”

“她不愿见你这个没良心的人！”

“我跟她远日无冤，近日无仇……”

“你撇下原配媳妇，没看过亲生儿子一眼！”

“谁说的？”

“我娘！”

“她……她叫什么？”刘金秧脸色灰白。

“谷双秀！”

“啊！”刘金秧惊叫一声，抖抖索索站起身，“请转告你母亲，我一辈子都对不起原来的妻子；那个女大学生到死都没忘成全了她的大姐。”然后，踉踉跄跄地走了。

留根儿把刘金秧没有吃的那碗鱼送到绿苇深处。母亲已经不再悲哭，却也像一座木雕泥塑似的呆坐在那里。

“娘，我把那个没良心的家伙撵走啦！”留根儿笑嘻嘻地说。

谷双秀的身子一震，声音微弱地问道：“他吃饱了吗？”

“我揭穿了他的老底儿，他哪儿还有脸吃饭。”

“你……你把我给你讲的故事，告诉了他？”

“他说：‘我一辈子都对不起原来的妻子；那个女大学生到死都没忘成全了她的大姐’。”

“快去追他！”谷双秀忽然又泪如雨下，“把这碗鱼给他送去。”

“您为什么又可怜这个没良心的人？”

“他……他是你的爹……”谷双秀一字一泪，“我跟他离婚之后，过了两个月，才知道怀了你……村里风言风语，说我不正道……我才迫不得已，改嫁到……”

留根儿没有把他爹追回来。金秧儿脸皮虽厚，此时此地，此情此景，他也厚不起脸皮再见故人。

金秧儿二反投唐，又去投奔花红果，花红果喝了陈醋，闭门不纳，只得又到金簪儿家暂避一时，匿居乡里苟全性命的我，也在金簪儿家跟金秧儿秘密见了面。

梁园虽好，终非久留之地。金秧儿最后还是返回原单位投案自首，斗倒斗臭之后，下放农村接受再教育。那里距离运河滩一百零八里，一个月放一回假，我差不多每月都在金簪儿家遇见金秧儿。金秧儿在北京城里的住处已是鸠占鹊巢，放了假要改善改善伙食，换一换空气，金簪儿家便成了他的落脚之地，这并没有引起我的多疑。

直到金簪儿出嫁，金秧儿才绝迹。

33

我的乡土小说，虽不敢说是字字有来历，句句有出处，但是敢保不是亲历便是目睹，不是目睹也是耳闻。只不过运用写小说的手艺，改头换面，张冠李戴，挖东墙补西墙，添枝加叶或添油加醋，一只葫芦画出两个瓢。人名和地名，真中有假，假中有真，虚中含实，实中含虚。尤其是对我笔下的乡女村妇，或合二而一，或一分为二，有的也难免五马分身，七拼八凑。似是而非，似非而是，是那座庙不是那尊神，是那尊神不是那座庙。我中有你，你中有他，他中有我，谁也不能对号入座，可又谁都照得见自己的影子，写了这么多的小说还没有一个人找我打官司。戏法人人会变，各有巧妙不同。我这三斧子半的功夫，都是从村妇乡女的舌尖子上一招一式学来的。舌尖子能螯人的一些村妇乡女，大都会看花说草，指桑骂槐，当着秃子咒和尚。说得你无地自容，骂得你体无完肤，咒得你断子绝孙，你挨了螯只能忍气吞声，一还口反倒坐实了她的咒骂。我学会了乡女村妇的手段而写村妇乡女，正可谓即以其人之道，还治其人之身。

比如，我马上就写的金簪儿，就是我的乡亲妹子，而且要写她的一些不可告人的隐私。人要脸树要皮，揭人家的短应该割舌头剁手。半年前我就写了一封挂号信，将我的这个阳谋通知了她，勿谓言之不预也。过了几天，收到她的回音，却是以毒攻毒：“你写得不像，敢羼一点儿假，我见了面就啐你！”这种挑战的口吻，公开性的气魄，反而给我戴上了橡皮手铐又五花大绑。一点不许弄虚作假，严禁以假乱真，我这个写小说的老手也好比笼中鸟有翅难展，又好比浅水龙困在了沙滩。

无可奈何，我只好下乡登门乞教。

这个不饶人的妹子，费了我六缸唾沫，磨短我三寸舌头，才舒展了倒竖的柳眉，柔和了圆睁的杏眼，轻启朱唇开了恩：地名可以近似，人名可以谐音，时空可以颠倒，但是事实必须准确无误。

她的隐私我多少知道一点儿，知道多少写多少，宁缺毋滥而不能羼糠兑水，强不知以为知。即便如此，我仍然十分小心，百般谨慎，脱稿之后又恭请她从头到尾过目，一字一句审定。谁想，热脸挨了个冷巴掌，兜头浇了我一箭凉水。这位只有初中文化水平的金簪儿妹子，看完我这篇颇为自鸣得意的小说，撇了撇嘴儿淡淡一笑，说：“我不会横挑鼻子竖挑眼，鸡蛋里挑骨头，你又没写我的真名实姓，假语村言真事隐，我不啐你就是了。”

我虽傻了眼，但仍不耻下问：“你看……我该怎么修改，才……像那么回事儿，是那么回事儿？”

陡地她冷笑三声，三声冷笑，说：“我借给你几个钱下关东，生吞三斤熊心，活咽两颗豹胆，回来再写才带劲儿，才够味儿。”

冷嘲热讽把我惹火了。古今中外文人的老脾气，集大成于我的身上，文章是自个儿的好！我这篇小说好得“前不见古人，后不见来者”，你这个小丫头片子要想品尝我这字字珠玑的珍肴美味，那得重新长一副好牙齿。文章千古事，妇人之见其奈我何？曹雪芹的《红楼梦》，生前没卖出一文钱，死后一字千金，成了中外书商的大摇钱树，有多少专家学者靠这本书吃饭？卡夫卡活着的时候不过是个缩头耸肩夹尾巴的小职员，没有一部长篇小说不是断尾巴蜻蜓。一死全身都成了唐僧肉，多少信士弟子把他的断尾巴小说奉为《圣经》？他一辈子没娶上媳妇，搞了几回对象都吹了，可见女人家头发长见识短。

金簪儿的妈，我那位乡亲老婶子，是一棵十八辈儿贫农出身的黄连树，虽然当了个名存实亡的贫协主任，村革委会的大小新贵却都不敢得罪这位“佘老太君”。金簪儿没有念完中学就回村劳动，村革委会马上便把一顶最时髦的乌纱帽送上门去，委任她为铁姑娘队的队长，泥里滚水里爬，苦力的干活，挨骂的差事。小丫头片子只知逞强好胜，不懂仨多俩少，接过这顶高帽儿就扣在了头上，旱地拔葱成了本村的一名高干。

我虽然摘下了铁帽子，却仍旧头戴紧箍咒，右字号的贱民本不该乱说乱动。然而，黄连树老婶子另有自个儿的眼尺心秤，咬定我是忠臣孝子遭了谗害。我一回村她就打发金簪儿把我叫到家里，我没掉眼泪她倒哭了。从这天起，我不但是她家的座上客，而且是她独一无二的地下军师。她在政治活动中的一言一语都是我的传声筒，一动一静都被我牵着线儿，我们合演了好几年双簧。老娘退位，女儿上台，我仍被留用，充当金簪儿的阴间秀才。金簪儿出马上阵，登台亮相，能干还得会说；每一场的讲用稿都是我挖空心思，绞尽脑汁，搜索枯肠，捉刀代笔的。虽不过是将两报一刊的假、大、空词句剪接堆砌，但是经过我的巧手补缀，好比将碎皮块缝成了整筒子，蒙得了老当铺的行家利眼。金簪儿并不照本宣科，早已把我那颇具骈俪文和台阁体风味的废话背得滚瓜烂熟，张口一泻如注，有如大珠小珠落玉盘。于是，金簪儿博得了文武全才的美名。

母女俩给我的待遇，算得上是当时的最高规格。她家每吃顺口的饭食，我都享用头一份儿。比如黄鼠狼咬死一只老母鸡，鸡大腿归我一人独吞，鸡胸脯子肉切成丝儿拌黄瓜或白菜心，供我自斟自饮下酒。金簪儿啃两只鸡翅膀，鸡翅膀状似拢梳，姑娘吃了会梳头，能把满头青丝梳得像游丝抻面。黄连树老婶子喝一碗稀哩咣当的荤汤，便算享了口福。

金簪儿当了几年铁姑娘队长，为这个小村挣下几十张花花绿绿的奖状，可算立下了汗马功劳。村革委会的头头脑脑哄着她，捧着她，明面上不给她小鞋穿，可就是招工没有她，上大学也没有她。一晃过了二十五年，破不完的天门阵，累得她吐了血，趴了炕，坐了病，她才如梦方醒，恍然大悟，摘下纸糊的桂冠跺了三脚，不再上当受骗了。

女大不可留，黄连树老婶子一心想把女儿赶快嫁出去。那时候，柴火妞子挑对象，好打高射炮。头等对象是军官，二等对象是干部，三等对象是工人，末等的才是土里刨食的泥腿子。谁想这位泄了气的铁姑娘，却一不高攀二不低就，不知跟哪个暗中相好，失了身怀了孕，躲到她那个嫁到外村的姐姐家里，假冒她姐姐的名字开了个证明，到县医院打了胎。碰巧本村有个长舌妇嘴上长疔，到县医院开刀，正看见金簪儿被叫进妇产科手术室。于是，长舌妇回村之后便挨家串门下臭雾，黄连树老婶子气出一场大病，金簪儿也从芳草变成了萧艾，母女俩在村中的名声地位都一落千丈。

金簪儿不得不出嫁。成也萧何败也萧何，媒人竟是那个嘴上长疔的长舌妇，使了个闻香上马的老手段，金簪儿是以黄花闺女的身份嫁过去的。

何谓闻香上马？说的是旧社会老年间，有个烂鼻子的姑娘，却想找个相貌出众的如意郎君，又有个根半腿的小伙子，也想找个如花似玉的大美人儿。巧嘴儿媒婆子满口答应，心中却要瘸驴配破磨，把这各有残缺的一男一女撮合成夫妻。两人都怕吃了亏，眼见为实耳听为虚，偏要当面相亲，却又要掩盖自己的残缺，不被对方发现。媒婆儿眉头一皱，心生一计，她叫根半腿小伙子牵一匹马等候在烂鼻子姑娘家门前，一条瘸腿搭在马镫上，摆出一副倚马而立的姿势，又叫烂鼻子姑娘采一大朵丁香花，一边闻香一边从院内走出来。二人匆匆一面，姑娘转身而回，小伙子上马而去，谁都没有看出谁的破绽。直到洞房花烛夜，双方暴露了庐山真面目，才知道媒婆子那一张巧嘴诓骗了两个蠢货，连呼上当，悔之晚矣。

金簪儿嫁到几十里外的一个穷村，头等壮劳力每天的工值还不如一只老母鸡下个蛋。金簪儿的婆家，更是穷村中的穷户。老公公瘫在炕上半死不活，小脚的婆婆又是个双眼瞎，丈夫外貌傻大黑粗，却从小得了心脏病，受不了风寒，卖不了力气，一入冬就得在热炕头上趴窝。金簪儿骗得一时面子上好看，过了门才明白自己走了一步瞎棋，为了四张嘴吃上半饱，她要比当铁姑娘队长还得卖命。

没有不透风的篱笆，看不见摸不着的臭雾更是无孔不入。金簪儿嫁过来不到半年，臭雾便钻进了丈夫的七窍。这个无能之辈，却是个头号醋缸，一天三更半夜，他关门闭户堵被窝，手提着烧火棍夜审金簪儿。金簪儿问心有愧，死气不吭，挨了三棍子也没有叫唤。不想无能的丈夫蹬鼻子上脸，他见金簪儿打不还手，发了狂像一条疯狗，扔下烧火棍又找菜刀，要把金簪儿大卸八块。金簪儿忍无可忍，先下手为强，一个饿虎扑食，猛撞丈夫的胸口，丈夫心脏病发作，躺倒在地上呻吟连声。

“你这条扶不直的井绳，少在我面前混充硬汉子！”金簪儿一边穿衣裳一边啐骂，“姑奶奶要不是残花败柳处理品，怎能贱卖给你这个空有一副臭皮囊的乏货？”

她连夜回了娘家。

打了两年离婚官司，换了几个法官，有男的，有女的，有高的，有矮的，有胖的，有瘦的，几位法官都是一个腔调一本经，宁愿扒倒十座少林寺，也不能拆散这对捆绑的夫妻。金簪儿一怒之下，离开了娘家，也不回婆家，下落不明，不知去向。

34

我的错划问题得到改正，金秧儿的冤案也被平反。

当差不自在，官身不由己，有关部门不等金秧儿喘一口气，便塞给他一张护照和一张机票，把他打发到一万八千里外的某国，官衔是劳务出口公司代表，说白了就是华工头儿。这个某国，开放边界，出入随便，青壮年男女都跑到邻近的富国打散工，挣大钱，本国的土地扔了荒，便雇用廉价的中国劳力填空补缺。他们的一个青壮年在富国打散工的一年收入，相当于他们雇用十个中国劳力的一年支出，大占便宜。不过，咱们为了换取难得的硬通货，也就姜子牙钓鱼，自愿上钩吃这个亏。

金秧儿带领的这支人马，头一年投石问路，只有三十五人，都是清一色的二十刚出头儿的棒小伙子。个个五官端正，膀阔腰圆，初中以上文化水平或同等学历，身高最低标准是一米七五。在国内百里挑一，出了国才不给中国人丢脸，这叫翻穿皮袄毛朝外，搽胭脂抹粉儿是给路人看的。

三十五名劳力挣某国的钱，金秧儿一个人拿自己国家的双份工资。正是为了节省外汇开销，金秧儿才一个人唱独角戏，文、武、昆、乱，生、旦、净、丑，都要他一个人。他是这支人马吃喝拉撒睡的大总管，还是他们的夜校教员，每天晚上教他们几句某国的日常用语。这些聪明伶俐不呆不傻的小伙子，一句外国话不会说，半句外国话也听不懂，一出国门都变成了聋子哑巴，渴得嗓子眼儿冒烟，想买瓶汽水都张不开嘴。语言是社会交际工具，到了外国不会说外国话，寸步难行，愁闷死人。

最不可掉以轻心的是政治思想工作，一时一刻也不能马虎大意。

某国的社会风习，跟中国迥然不同，差别最大的是男女之间不设防。两厢情愿，合则同居，不论身份地位；另有新欢，不合则散，绝不拖泥带水。即便萍水相逢，只要两心相悦，也可春风一度，天明起床便挥手而别；也许从此一辈子见不着面，见了面谁也不认谁，没有死皮赖脸纠缠个没完没了的。所以，某国的桃色故事虽多，桃色案件却极少，金秧儿在该国生活了二年，没听说过发生强奸或情杀案。

咱们的出国人员，有个铁的戒规：无论男女，有谁胆敢跟外国女人或外国男人勾搭成奸，一被发现，马上勒令回国，回国之后还要受到严厉处分，甚至判刑坐牢。金秧儿统领的这三十五个人，都是身体强壮而未婚的青年男子，不严加提防，难免出事。同时，雇用他们的这个地方，坐落在三国交界的一个湖畔，左边是个穷国，右边是个富国，穷国跟某国敌对，富国跟某国友好。湖那边的穷国枪上膛刀出鞘，严阵以待；这片湖泊三国共有，穷国在他们那一方的水界，往返疾驰架着机枪的巡逻快艇。富国这一边，湖上只见红男绿女浮水荡舟，女人都只穿三点式的比基尼游泳衣，爬上岸更全裸体仰躺在沙滩上，进行青春日光浴，令人触目惊心，眼花缭乱，金秧不得不给每个队员配备一副墨镜。到了夜晚，三国电视都能互相收看，穷国播放的节目，气势汹汹而又枯燥乏味，不由自主便使人想起十年动乱中的八个样板戏，刺眼扎耳朵。富国播放的节目，都是吃喝玩乐，打斗凶杀，灯红酒绿，纸醉金迷，十点半以后为成年观众播放黄片；星期五和星期六晚十点半以后播放性片，成年观众可以在床上一边欣赏一边动作。某国的电视节目，三分之一与穷国类似，三分之二跟富国相同。为此，这支劳务队严禁队员偷看电视。

这里的农村，不叫公社，也不叫农庄，而叫联合公司。这个联合公司共有三百公顷土地，相当四千五百市亩，划归各家各户独立经营，但是每户经营的土地不得超过十公顷。户主对承包的土地享有耕种、收获、销售产品的自主权，但不能出租或转卖，公司直属的经营单位有拖拉机站、汽车运输队、加工厂、兽医站、信贷社、批发部、综合商店和良种肥料供应站；这些单位为各家各户提供服务，各自也都独立核算。公司拿固定工资的只有三个人，一个是经理，一个是秘书，一个是农艺师；经营得好盈利多，年终能得一大笔奖金。此外，会计师和法律顾问，都是聘任的兼职人员。联合公司像一条无形的纽带，把分散经营的各家各户紧密地联结在一起；各家各户都是出于心甘情愿，公司一不说服动员，二不强迫命令，也是合则留，不合则去。

全公司共有三十八户，有十九户缺少男劳力，直属单位的拖拉机站缺少六名助手，汽车运输队缺少八名搬运工，加工厂缺少两名勤杂工。金秧儿的三十五名队员，一个萝卜一个坑，分配到十几户和三个单位。

这是一块十平方千米的盆地，四外是绵延起伏的丘陵，丘陵上一座果园连接一座果园，果园里有一箱箱蜂房。蜜蜂嗡嗡像教堂里的风琴声，为云雀的花腔女高音伴奏。一条高速公路将这块盆地一分为二，三十八户农家，公司和各单位办公楼，沿着高速公路一字排开，互相之间被花木和草地隔离。阳光照亮，风很柔和。高速公路下有一条嬉闹的小河，流水潺潺，水清如镜，欢笑着跑进三国交界的湖泊。

三十五名劳务队员，免费居住在路边一座倒闭的旅馆里。金秧儿身为官方代表，不能享受同等待遇，只因他们到达某国时正巧赶上周末双休日，要等到星期一才能另作安排。

劳务队一到某国，顶头上司是大使馆的经济代办处。代办处的首长是参赞，下设一秘，二秘和三秘；直接跟金秧儿打交道的一位大胖子科长，相当于二秘而不亨有外交人员待遇，属于借调性质，所以仍然沿用国内的官衔。大胖子科长找金秧儿谈了三小时的话，千叮咛万嘱咐，再三再四强调，某国跟中国十分友好，可以广交朋友，但是在两性交往中却不可深入，以免有失国格人格，言下之意就是严禁玩女人轧姘头。这个公司的大多数人家，男子出国做工，女人在家留守，住私房要每天跟女主人低头不见抬头见；乔太守乱点鸳鸯谱，说过一句大实话："移干柴而近烈火，无怪其燃？"金秧儿虽已四十挂零儿，并非莽撞小子，然而丧妻多年，是个单枪匹马的鳏夫，虽懂非礼勿动，难保坐怀不乱。即便能够做到洁身自好，一尘不染，那三十五个年轻光棍儿，免不了也要东猜西疑，指指点点，飞短流长，捕风捉影，无中生有更是百口难辩。

金秧儿本想跟三十五名小伙子同吃同住，但是吃了两天住了两夜，才知道食宿费用昂贵，而且必须支付硬通货。某国也外汇紧缺，制定若干规定，迫使外国人从腰包里掏出金票。

要想租私房，拿某国货币交房租，只能找女经理柳波瓦。

柳波瓦是个难缠的女强人，金秧儿虽然闻其名而未见其人，心里已有几分怵她。

这个女人的背景，金秧儿从大胖子科长嘴里了解到一个轮廓。某国共有十二个民族，柳波瓦家的每一辈人，都不跟本民族的男子或女人生孩子，所以柳波瓦是名副其实的十二个民族的混血儿。她身高一米八二，体重九十一公斤，曾是击剑运动员，眼下还是柔道国手。她念过几所大学，都因为兴趣多变，半途而废，至今也算不上是哪一行专家。她经营过餐馆、舞厅、美容院和百货商店，都干得很出色，却又很不专心。两年前她应聘到这个联合公司当经理，只要完成公司的年利润指标，每月工资折合人民币两千五百元，跟副部长的月薪一般多，年利润超额，她可以提成百分之十五，听说她这两年的年收入是三万美元，最喜欢在休假期间周游列国，把三万美元花个精光。

柳波瓦结过三回婚，离过三回婚，曾跟两个男人长期同居，又两次尽兴而散，眼下虽是独身一人，但不排除有相好的。柳波瓦公私两面都能公开，只是今年芳龄几何，绝对保密。

35

金秧儿睡了个觉，调整了时差反应，穿着睡袍走下路边旅馆的石阶，穿过一片灌木林，喧闹的小河横躺在他的面前。

这条多瑙河的支流跟远在一万八千里外的家乡的北运河，怎么如此相像？不是类似，不是近似，而是相似得一模一样，像一对孪生姐妹，双胞胎的弟兄。

在迷离惝恍中金秧儿产生幻觉，真当是北运河陪伴他来到异国他乡了。

眼下这个季节，北运河二十几丈宽；他目测了一下，眼前这条多瑙河支流也是二十几丈宽的河面。北运河在两岸的葱茏绿树中蜿蜒穿行，这条多瑙河的支流也是蜿蜒穿行在两岸的葱茏绿树中。北运河岸边的野花像一片片星星之火，这条多瑙河支流的岸边也开放着一片片星星之火的野花。北运河河边的芦苇丛中水鸟吱吱喳喳叫，这条多瑙河支流水边的芦苇丛中也有吱吱喳喳叫的水鸟。北运河像一条绿带子扎在家乡的半腰上，多瑙河支流也像扎在这片土地上的一条绿带子。约翰·施特劳斯有一支名曲《蓝色的多瑙河》。多瑙河也许是蓝的，但是她的女儿——这条支流，是绿的。

金秧儿转动了一个眉眼儿，活动了一下手脚，猛地一个蹦跳蹿高，撒腿飞跑到葫芦口上，躺倒在地打了几个滚儿，才爬起身盘膝而坐，燃着一支香烟吸起来。

汉高祖刘邦的老爹，被儿子接到长安当太上皇，长安的风景不入他的眼，长安的口音不入他的耳，愁得他龙肝凤髓不想吃，琼浆玉液不想喝，得了思乡病。刘邦为了解除老爹的乡愁，仿照故乡丰邑的格局，在长安城外建造了新丰镇，恭请太上皇到新丰居住，并且把丰邑的乡亲迁移至此，朝夕陪伴老太爷开心取乐儿。老太爷眼看的是乡景，耳听的是乡音，思乡病一下子烟消雾散，每顿饭能吃五卷煎饼大葱，啃一条狗腿，喝二斤烧酒。金秧儿想到，他和这三十五名小伙子远离祖国，日久天长难免患上思乡病；某国的地名念起来绕舌头，三十五名小伙子不通外文，一听这些绕舌头的地名更刺激思乡心情。倒不如叫他们各选一处，以家乡的地名命名，不能消除也能减轻乡思之苦。

他正大发奇思妙想，忽见河面上漂来一个女人，乘坐一只赛艇，双臂打桨顺流而下，来到了葫芦口。

这位洋女子全身青铜色，只穿一件小得不能再小的三点式游泳衣，至少裸露着百分之九十五的身体部位；浓密的棕发被河风吹得披散开来，像在河面上旋转着一簇乍蓬。那深眼窝子里的绿眼睛，闪闪放光，大张着两片红嘴唇喘气，狠咬着雪白的牙齿较劲，小小的赛艇快似出膛的子弹离弦的箭。

金秧儿正拿不定主意，该不该向这位洋女子招手致意，这位洋女子却抢先发出一串“呜噜噜”的欢叫声，并且抛给他一个飞吻。他还来不及有所表示，赛艇在湍流上一个鲤鱼跃龙门，冲出了葫芦口。

他为自己的迟钝和失礼感到惭愧，赌气扒下身上的睡袍，从高岸上跳入葫芦口的湍流中，在水下拧了几个陀螺，翻了几个身，才露出了头。抹一把脸上的水珠，看见那位洋女子在不远处的一个小码头上，一边把赛艇拉上岸，一边向他张望。他赶忙不失时机地扬了扬手，洋女子抬起一只胳臂，叉开食指和中指，打了个V字（胜利）手势，便转身向高速公路跑去。

金秧儿在这条多瑙河支流里浮了一个小时，差不多摸清了这一段河流的深浅和旋涡暗沟，估摸那三十五名小伙子已经睡醒，便穿上浴袍返回旅馆。果然，那三十五名小伙子都下了楼，在花园里嬉笑打闹，一见他回来，蜂拥而上报告新闻；说他们刚才看见一匹洋骒马从路边跑去，胸脯上的两个大咂咂儿，比结子的葫芦和成熟的南瓜还个儿大，远看就像挂在脖子上的一张小桌子，放得下四盘菜一瓶酒。一个天津口音的小伙子，色眯眯地淌着口水，说：“刘代表，算上你，咱们这三十六条好汉，也服侍不了她一个人。”

“不许胡说八道，注意影响！”金秧儿不得不板起面孔喝道。

“她又听不懂咱的话，过一过嘴瘾怕嘛？”天津口音的小伙子嘟哝了一句。

“集合！”金秧儿被他惹得冒火，“分组进行政治学习。”

“学嘛呀？”

“三大纪律，八项注意！”

金秧儿和柳波瓦一见面，两张嘴同时喊出来：“咱们已经认识了！”

原来，金秧儿在多瑙河支流葫芦口上巧遇的那位洋女子，正是女经理柳波瓦。

这时的柳波瓦身穿花绸短袖汗衫和西装包裙，一米八二的身高却还要穿着离地三寸的高跟鞋；虽然像一匹高头大马，却一点也不显得肥胖。宽肩膀细腰身，更衬出饱满的胸脯；满头金发挽了个蓬蓬松松的盘髻，烘托出个俏字儿；两只碧眼狡黠而多情，一双浅眉傲气而撩人，鼻子不大而翘着鼻尖，搽着口红的嘴巴笑起来露出三十二枚白牙。她已经是美人迟暮，不过仍然充满性感。

双方寒暄了几句，便进入办公室谈公事。

公事公办，三言两语马上解决，没有一句含糊其词，更没有一句模棱两可的研究研究。

金秧儿不失时机地顺水推船，说：“柳波瓦经理，我个人还有一事相求……”

“上班时间，我是不谈私事的。”柳波瓦的目光一阵蒙眬，一只手好像无意之中解开了花绸汗衫的一个纽扣，“不过，对于中国朋友，我可以破例，但也不能超过十分钟。”

一见柳波瓦解开花绸汗衫的一个纽扣，金秧儿吓出一身冷汗。大胖子科长说过，某国女人在男人面前解纽扣儿，正是传情求爱的暗示动作；男人如果也有此意，便可握住女人那只解纽扣儿的手，至少可得一夜枕席之欢。

“我……很想……深入了解一些贵国的情况……”金秧儿的舌头拐了弯儿，也就言不由衷起来，“不知能不能从贵公司的图书室借书？”

“我们理当在这方面为您提供方便。”柳波瓦的目光忽然投到金秧儿的脚上，金秧儿的脚上穿的是布鞋，“金秧儿代表，你……有功夫？”

“……功夫？”金秧儿看了看自己的脚，莫名其妙。

柳波瓦从沙发上一跃而起，模仿武打片大明星李小龙的招式，大叫：“咳，咳，咳呀！”

金秧儿忍不住笑了，点了点头，说：“我的家乡盛产武林高手，不过我只略懂皮毛。”

“教给我，教给我！”柳波瓦欢呼跳跃，“每小时五美元，是不是太少？”

金秧儿的武艺，在家乡够不上半瓶醋的水平，岂能设帐授徒？但是，想到昂贵的食宿费用，挣点外快正好交房租，正是羊毛出在羊身上，肉烂在锅里，也就厚起脸皮答应了。不过，金秧儿并不贪得无厌，暗中心算了一下，说：“每小时三美元足矣。”

“中国朋友！很好，最好，特好！”柳波瓦扑上来拥抱金秧儿，左腮右脸各啃一口，留下两个圆而又圆的红圈儿，“咱们马上请律师签合同！”

金秧儿教了柳波瓦两年拳脚，白住了两年房；他从柳波瓦身上偷学了不少管理艺术，没花一分钱。两年中虽不是耳鬓厮磨，却也是朝夕见面，柳波瓦不知解过多少回纽扣儿，他都装作视而不见，无动于衷。柳波瓦知道金秧儿没有妻子，闹不明白他为何如此怯近女色，便怀疑他患有性功能障碍症。一个月白风清的夜晚，两人拳来脚去打了几十回合之后，漫步在多瑙河的岸边上，柳波瓦突然发问，金秧儿一阵惊骇，十分慌窘，为了一劳永逸地灭火，竟不顾事实地承认自己有病。不久，柳波瓦离开了这个公司，另有高就，到某国航空公司当保镖。凭着她早就学会的柔道和金秧儿传授给她的武艺，专门对付防不胜防的劫机犯，薪金比当经理高三倍。金秧儿在柳波瓦走后才感到怅然若失，做过好几回梦，乱七八糟不可告人。最可怕的一回，是梦见柳波瓦在他左腮右脸上留下的两个红圈儿，有如烙印，更似镌刻，五块香皂十条毛巾也洗不净擦不掉，只得搽上铜钱厚的雪花膏才能遮丑，却又好像戴上了一副假面具，生人熟脸儿一见，都惊叫着四散奔逃，活见鬼的一般……

打铁先要身板硬，金秧儿拳头上立得人，胳臂上跑得马，那三十五名未婚小伙子谁敢越轨？个个都像少林寺的和尚，身居美人窝里而严守清规，清白干净凯旋回国。经办处和有关部门都很满意，金秧儿受到夸奖，升级而又提职。

谁想，这支劳务队回国之后，就像挣脱锁链的猴子，四分之一结了婚，四分之一退了亲，四分之一充当插足的第三者，四分之一因玩弄女性而犯案。于是，金秧儿又遭到否定，他和柳波瓦的逸闻，也被添油加醋，一传十，十传百，变成了一桩事出有因、引以为戒的风流韵事。最后，免予处分，调出劳务出口公司。

柳波瓦死于地中海上的一场劫机事件。她击毙了两名暴徒，生擒了一名暴徒，却被暗藏在机组中的一名奸细背后插刀刺死。金秧儿从报上看到这个消息，新闻早成了故事，想拍个唁电也过时了。

金秧儿大为沮丧，心灰意冷，不服从调动，也不上班工作，拿百分之六十的工资写小说玩。每周有四个下午到我家串门，越俎代庖，上灶烹调，陪同我和我的客人大吃二喝。我的客人吃编辑饭的不少，金秧儿的小说也就逐步打开了销路。每月的稿费收入超过了百分之四十工资，他就打报告提前退休，坐到家里当专业作家。闲云野鹤，孤芳自赏；跳出三界外不在五行中。

他到我家串门越来越少，有关他的绯闻传到我的耳朵却越来越多。他不是党员，不是现职干部，血肉之躯也不衰老，又在国外见识过性开放的洋荤，找个把女人小打小闹，鬼混鬼混，只要无伤大雅，我也不便干涉内政，多管闲事。

然而，兄弟如手足，痛痒相关，我还是时常挂念他，想劝他找个端庄淑丽的中年妇女，早日结为填平补齐的后半生伴侣。

这一天我到他府上找他，推门一看欲言又止，原来他已经找了主儿。

36

北京城内的民间办学越来越兴旺，只要区成人教育局点了头就能挂牌子。十几位离而不休的老干部、老教师和老工程技术人员，合伙办了个京都大学，花两块多钱买了个压膜烫金的硬壳本，聘请我当一名顾问，还请我开个乡土文学讲座，逢年过节给他们的学员尝点野味。人事部门并不承认这个大学的学历，乡镇厂子却争先恐后挤破了门框，抢聘这个列入副册又无名的大学毕业的人才。京都大学的牌子一年比一年亮，我的兴致也一年比一年高；看见我的几个师弟当了正牌的大学校长，馋得我感到只当个京都大学的顾问不过瘾。这些办学的老同志虽已花甲古稀，却个个都有一双雪亮的眼睛，不等我伸手开口，玩几个小动作，就抢攻在前，拥立我为京都大学董事长，比校长还高一头。不过，丑话说在头里，这个董事长的头衔，好比西洋某国女王的王位，只能在每年的开学典礼上出一回风头，校务上的大事小情不但不能插手，而且不得插嘴。就连一位发了横财的倒儿爷，花了三万块钱买了个董事当当，也用不着跟我打招呼。

三年前的一天上午，我接到校长的通知，两天后的新生开学典礼上，董事长要亲自给一百零七名新生佩戴校徽，颁发入学手册，同时还要即席讲几句吉利话，美其名曰致训词。养兵千日，用兵一时，我溜溜闲了三百六十四天，这一天不鸣则已，一鸣就要惊人。于是，我在我的蝈笼斋里转来转去，精心设计完美成套的动作和辞藻，把花瓷砖地踩出了一副八卦图。

忽然，门铃急响，尖厉刺耳，好像一辆救火车光临舍下。

我慌忙倒屐相迎，开门一看，门外站着个穿斜大襟浅条褂子的中年村妇，我差一点儿脱口而出，管她叫黄连树老婶子。我记得黄连树老婶子的生辰属相，今年应该六十有三，不会这么年轻；多亏我的记忆好，虽然一阵迷糊，却没有糊涂得葫芦倒提。

“你见着鬼啦！”这位貌似黄连树老婶子的村妇，见我呆头呆脑，眼直发傻，扯着嗓子叫起来，“你像一座肉影壁堵住门，是不是不想叫我进院子？”

我摘下眼镜揉揉眼，又戴上眼镜仔细看，这才认出是几年不见的金簪儿。

“哎哟，原来是你！”我发出一声震天动地的惊呼，“几年听不见你的消息，你这是从地下钻出来的，还是从天上空降下来的？”

金簪儿装出一副哭腔儿，说：“三天水米没打牙，到你家讨饭来了。”

从她那淘气的眼神中，得意的脸色上，我不费吹灰之力就识破了她的假象，哈哈笑道：“金簪儿，甭在我这个张天师面前装神弄鬼！中了状元扮作叫花子，你唱的是哪一出《喜荣归》？”说着，我闪开身子，请她进门。

“七十二变的孙猴子，也瞒不过你这位杨二郎家的四只眼儿！”她大摇大摆走进来，咯咯笑着骂人不吐核儿，“当着真人不说假话，我是为了上大学才来走你的后门的。”

这位不速之客的惊人之语，虽没有吓我一跳，却把我装进了密不透风的闷葫芦。

把她让进蝈笼斋，一边给她泡茶一边问道：“这几年我四处打听你的下落，连你家老婶子也一问三不知，你这只断线的风筝飘到哪儿去啦？”

“压根儿就没离开北京地面，一直在三环路内外转圈子。”她从斜大襟褂子的暗兜里摸出一盒进口洋烟，跷起兰花指弹出两支，一支扔给了我，一支叼在了她的嘴上。

这个举动叫我大吃一惊，也使我感到金簪儿已经脱胎换骨了。

她离家出走，在三环路的一支私人包工队里当了一年临时工，又在一位离休高干家里当了一年保姆，后来又到这位离休高干的儿媳妇开办的中西餐厅当领班，拿出铁姑娘队长的招数，管理十二名从天南地北到首都淘金的女孩子，深得女东家的重用和宠信。她积攒了一笔钱，忽然异想天开，要到京都大学念二年经营管理专业，将来自己也办厂开店，尝尝女强人的滋味儿。然而，她那点大打折扣的初中文化水平，白糟蹋报名费。那位念过正牌经济学院的女东家很讲姐儿们义气，乔装改扮，冒名顶替，以假乱真竟考了个前三名。昨天她到教务处注册，一向精细的教务长虽不辨真伪，却卡住年龄界限把她拒之门外。

“一过三十他死活不收！”金簪儿气得嘴里吸烟，鼻子冒烟，好像七窍都着了火，“我才三十三，他硬说我三十五，掏双份学费也不卖给姑奶奶一份学生证。”

我拉长了脸子，哼道：“你不但年龄过了杠，考场舞弊更是罪加一等！”

“好呀！我给佛爷烧香，佛爷转身给我个屁股蛋子！”她怒火冲天，大叫大跳，从嘴里喷出的半截洋烟像一颗出膛的子弹直奔我的面门，我一个藏头裹脑才擦耳而过，没被烫伤五官破了相。

我天生是个敬酒不吃吃罚酒的脾气，慌忙堆起比哭还难看的笑脸儿，说：“妹子息怒，有事坐下好商量。”

金簪儿手背朝下伸过来，说：“你不是这个私营大学的后台老板吗？那就请你批个三寸宽的条子，叫他们乖乖地收下我。”

“这……这……”我一想到这是明知故犯的违反规章制度，不免又面带难色了。

“姓刘的！”金簪儿断喝一声，翻转腕子，五指如鹰爪，揪住我的脖领子，“你前胸后背都是热的，就是中间没有良（凉）心啦！”

一翻老账，连本带利我欠她们母女的太多了。京都大学本来并非官办，中央和市里的教育部门两不管，我徇私舞弊一回，纪委也不会给我处分，为什么放着河水不洗船呢？

“那……那……”我被憋得脸红脖子粗，声音若断若续，“那我就……给校长……写封信……试试看。”

“还得命令他不许嫌我岁数大！”金簪儿撒了手，把我按坐在写字台前的藤椅里。

我被她这一提醒，才发现她不但上身穿的是一件斜大襟褂子，而且下身穿的是更土气的缅裆裤子；虽然眉眼并不痴呆，脸上也没挂灰，但是整体结构毫无美感。

我皱了皱眉头，说：“看来你挣钱不少，怎么不把穿着打扮现代化一下子呀？”

“我不想招蜂引蝶！”金簪儿噘起嘴，扭着身子，“这辈子栽过一个大跟头，可不敢马失前蹄了。”

她惹得我一阵心酸，我拿起了笔又放下，说：“你得听从我一句话，我才给你写这封信。”

“人在屋檐下，怎敢不低头？”金簪儿装得低眉下眼，“你说吧！我百依百顺。”

我把手一挥，说：“你出我的家门，走到胡同口往西一拐，丁字街上有一家新潮时装店，买一身配套的新潮服装；过马路进澡堂子，洗了澡换上全新披挂，再到西四牌楼的美容发廊艺术加工，然后回来取信。”

“你这家伙是不是在我身上存心不良？”她瞪圆了眼睛，双手悄悄握起了拳头。

“出去！”我拍着桌子大吼一声。

她逃出我家，三个钟头以后去而复返，摇身一变换了个人：披肩发，蝙蝠衫，牛仔裤，蛤蟆镜，旅游鞋，三十三变成了二十三。

“你怎么一下子给我瞒九岁呀？”金簪儿接过我的信，不敢认这个行市。

我笑了笑说：“你那个二十二是虚岁。”

“那也过了三十二啦！”

“我能白给你弄虚作假吗？从你身上扣除八岁给我添寿了。”

金簪儿混入京都大学，两年之后虽没有拿到毕业证书，水过地皮湿也长了不少学问。她回村承包了一个濒临破产的家具厂，半年扭亏为盈，一年大赚特赚，上了报出了名，又打起离婚官司。法官升堂问案，她那空有一副臭皮囊的丈夫，一把鼻涕两行泪，长跪不起哇哇大哭，一手拿着一瓶乐果，一手拿着一瓶敌敌畏，只要法官判决离婚，他就当堂服毒自尽。金簪儿怕出人命，只得撤诉，花了三千六百八十元，送她这个臭皮囊的丈夫到公安局驾驶学校，学了两期才拿到实习本子，给家具厂开130小卡车。这以后，金簪儿上京下卫，丈夫跟她形影不离，身穿猎装头戴安全帽，虎背熊腰大块头，活像个御前侍卫，形象十分唬人。

37

前些日子下乡路上，开车的是个跟我很熟的小伙子，吉普车跑得不快不慢四六步，行驶途中下起沙沙细雨，路上行人稀少，两人都感到冷清寂寞。于是，触景生情，睹物思人，谈天说地，神聊闲侃。无主题，非结构，多层次，换角度，大反差，倒插笔，颠倒时空意识流，孙悟空翻筋斗信天游。

“金簪儿那娘儿们打了多少年的离婚官司，这一回算是跳出了如来佛的手掌心。”开车的小伙子为了过足聊瘾，又放下一档减速。

书中暗表，金簪儿嫁到开车的小伙子那个村，开车的小伙子是金簪儿的乡亲小叔子。

“她的男人不是宁死不离吗？”我心中为之一惊一喜，又感到古怪离奇，这个路透社消息令人十分激动。

“钱是万能钥匙，也能买到离婚。”开车的小伙子一手控制方向盘，一手点起一支香烟，念完了这两句定场诗，便开始了一个多小时的大段独白。

“金簪儿那娘儿们懂得兵书战策，以退为进，以守为攻。”开车的小伙子念过中学，好看闲书，张口闭嘴咬文嚼字，“她看出来了，要想离婚，自力更生，生米做成熟饭，端到法院揭锅，法院也就不得不顺水推船。”

原来，金簪儿胸有成竹，不动声色，放长线钓大鱼，悄悄换取自己的解脱。她那个男人，开了六个月车还达不到正式司机水平，被吊销了实习本子；金簪儿又送他到驾驶学校三进宫，还给他租了间房，在北京长住久留。土包子丈夫开了六个月车，打开了眼界大开窍，美酒佳肴可口可乐，红男绿女扭屁股舞，他都吃过、喝过、玩过、见过了。房租、伙食、零花每月二百五，相当一级教授的每月工资，他却没有一个月不出赤字。金簪儿都不闻不问，如数追加，后来赤字竟高达百分之一百二十，才突然查账。不言而喻，一查就查出了个帮他挥金如土的

“散花天女”。此女挂名当个临时工，却是好逸恶劳，三天打鱼两天晒网，暗中给外地来京客商做临时伴侣，吃老憨啃肉头，三招两式便勾引得金簪儿的丈夫落入她的盘丝洞。金簪儿捉奸拿双，男人不敢不在离婚协议书上签字画押。本来一同到乡政府领下一张离婚证书便完事大吉，金簪儿偏又东边日出西边雨，看似无情却有情；威逼男人另立一份文书，答应一心不二用，早日拿到驾驶证，然后她尽其所有，倾囊相赠，盖五间新房和买一个原封女子做奖品。男人为形势所迫，百依百顺，言听计从。谁知，金簪儿转身离开现场，这一对狗男女便狼狈为奸变了卦，合伙陷害金簪儿。那个无耻女人诡计多端，硬诬金簪儿高价收买了她，引诱男人走上邪路，达到离婚目的。贼咬一口入骨三分，疯狗咬一口能得狂犬病。金簪儿聪明反被聪明误，搬起石头打了脚，不想惹气伤身，只得破财消灾。

金簪儿买到了离婚证，气出了一场大病。病中不能理事，厂子不可一日无主，迫不得已又把工厂转包他人。那个转手承包的家伙，是个言语的巨人，行动的矮子。赵括投胎，马谡转世，纸上谈兵，夸夸其谈。一口气能吹死一头大牤牛，办起事来却是志大才疏，漏洞百出，没有一步不走瞎棋。偏又好高骛远，最贪虚名，厂子的一点积累，都花在了广告费上。本来小药铺没有人参，广告上却吹得好像成捆的灵芝草当柴烧。电台电视，有声有色，头版报眼，妙笔生花，也真吸引了不少天真无邪或心怀叵测的各色人等。参观采访的，洽谈生意的，试探投资的，游玩闲逛的，有如过江之鲫，络绎不绝，孟尝君子店，千里喜来投，摸摸脑壳就算财神，带着张嘴就管吃喝。烟是过滤嘴儿的，酒是带曲字儿的，饮料是罐装可口可乐的，七盘八碗十二个碟儿，端菜送饭走马流星。各色人等吃饱喝足，只给他留下几泡热尿，几声响屁，一毛不拔擦擦嘴，鞋底抹油溜之乎也。如此胡吃乱花瞎折腾，印票子的机器给他做东家，机器也有磨损报废那一天。村办小厂，老鼠尾巴上的疖子能有多少脓水？一个月见了囤底，两个月负债累累，不到三个月便破产关张。债主子蹲门，银行催讨贷款；这个家伙还真不含糊，四脚拉叉躺在工厂门口，粘在地皮上撒开了赖：要钱没有，要命一条！国家银行最为宽宏大量，催讨贷款的人带头打了退堂鼓，那些债主子也就一个接一个泄了气，啐两口唾沫，骂几句脏话，纷纷败兴而归。那个家伙打个滚儿爬起来，回家头上脚下洗净了皮肉，换上西装又是油头粉面，不办厂子改经商，夹起皮包云游四方去了。

“金簪儿为了离婚落得个一文不名，为了厂子更是耗尽心血，双倍的沉重打击只怕一蹶不振了。”我长吁短叹，悲天悯人，“她的病好了吗？眼下住在哪儿？”

“这个娘儿们大难不死起了炕，死灰复燃后劲儿足！”开车的小伙子口干舌焦声音沙哑，抽空端起保温杯一饮而尽，“她一身骨柴进了城，马不停蹄找财路，巧遇高人指点，一镐刨出了个金窖。”

“何方高人，如何指点？”

“一级教授，两句真言。”

话说有一天金簪儿转悠到一条七拐八弯的羊肠子小胡同里，碰见个满头花白的眼镜先生，手推一辆儿童车，儿童车上堆满一捆捆的报纸、杂志、旧书，每走一步都气喘吁吁拉风箱。金簪儿热心肠好心眼儿，尊老敬贤，助人为乐，便过去帮忙，效犬马之劳。

身患肺气肿的眼镜先生连声道谢，又叹了口气，说：“百物涨价，只有两件东西落钱，唉！”

落钱的东西便是有利可图，金簪儿不失时机忙问道：“哪两件东西？”

“一个是教授，一个是废品。”

“老先生您多说几句，我听个明白。”

“过去的一级教授三百三，现在的一级教授二百五；过去的废旧书刊报纸每公斤六毛四，现在每公斤两毛八，还得亲自送上门去。”

灯不拨不亮，钟不敲不响，金簪儿一阵神清气爽，扫尽愁眉锁眼，胸怀豁然开朗。她拜了四面叩八方，求完了爷爷告奶奶，领取执照，签订合同，收购教授无处销售，收购废品却大有可为。她调来本村十八名大妹子，每人一辆自行车，驮着两只大抬筐，串街走巷，沿门挨户，是废品就收；价钱天公地道，态度和蔼可亲。

马不吃夜草不肥，金簪儿和气生财又胖起来。

“返回北京我就找金簪儿，请她把我家的废品全部搬走，分文不取。”我抬起手腕看了看表，“哎呀！快中午了，怎么还不到目的地？”

“您不知道咱们绕了多么大的弯子！”开车的小伙子放声大笑，端正了方向，加快了速度。

回朕车以复路兮，既行迷之未远也。我返回北京，马上就想到了金秧儿，虽然金秧儿并非废品，还是请金簪儿把他收购为宜。

谁想，他们早已同床共枕，一口锅里搅马勺。二十年前他们曾萍水相逢，有过几年的往还；前些日子金秧儿提着两捆旧报卖破烂儿，巧遇阔别多年的金簪儿。从他们当晚就从外线转入内线看，造成金簪儿未婚先孕、流产嫁人、痛苦不幸的罪魁祸首是谁，也就不言自明了。

他们同居了半年才到街道办事处登记。金簪儿爱面子而又重名声，登了记还要办酒席，虽然早已暗度陈仓，却还要补修栈道，以表明自己在登记结婚之前守身如玉，一尘不染。为了名正言顺，他们把我架出来充当介绍人的角色。我不但扯一床锦帐给他们遮了羞，而且在婚礼上交给金秧儿一件无价之宝，那便是他的儿子留根儿。

38

北京西城的一个大杂院。

这个大院本来并不杂，它原是一位归国华侨的私人住宅。十年动乱这位归国华侨被扫地出门，于是这座四合院的十几个房间，就被各色人等瓜分。

每一家都充满领土野心，得寸进尺，扩张地盘，常常发生边界冲突，院无宁日。三日一小战，五日一大战，战来战去，已无寸土可争，便又一窝蜂开拓“新大陆”。

后院有个小花园，十几棵海棠、玉兰、丁香、夹竹桃，被连根刨光，绿荫如伞的藤萝，被拉了架。“新大陆”上，搭起鳞次栉比的地震棚，有如鸽子笼、蝈蝈篓儿、火柴盒子，乱七八糟堆放在一起；一条曲曲弯弯的通道，就像一条盘绕其间的羊肠子，狭窄得只能侧身而行。

从运河滩来的北京大学分校走读生留根儿，就栖身于其中一间蜗庐里。

留根儿土气十足，满身运河滩的柳棵子地味儿；一见生人就涨红了脸，不敢抬头，更不敢张口，憋出满头蚕豆粒大汗珠子。可是，惹急了他，招恼了他，挥起拳头动了手，唇红齿白，细皮嫩肉，嘴尖舌巧，油腔滑调的哥儿们，那就遇见一头撞出铁笼的豹子了。

他也真是头顶着高粱花来到北京上大学。

正是秋收时节，留根儿接到北京大学分校的录取通知书。

临行前的一天，他娘叫他歇一歇，拢定了神思，攒够了气力，好一心扑到念书上。但是，鸡叫五更，他却悄悄下了炕，披上破小褂儿，拿起一把镰刀，提起一捆麻绳，到河滩去砍那二亩包产的高粱。

钻进高粱地，他一趟三垄砍起来。砍完一段，又抹回身，削高粱头，捆得方方正正，两膀伸进绳套，单腿跪起，背到场里去。太阳升起来了，高粱叶儿快似刀刃，划破肉皮子；麻绳儿又粗又硬，磨破肩膀子，一出汗麻辣辣生疼，也不歇息。

瓦蓝瓦蓝的天空，飞过一队队大雁，在秋阳的金光中，高粱红似火，砍倒一棵便有一只大毛脚螃蟹摔落下来。秋高蟹肥，家乡令人眷恋啊！一想到明天就要离开家乡，孤身一人住到城里的大杂院去，看不见自家的炊烟升起，听不见自家的鸡鸣犬吠，更满怀离愁。他一天闷声不响，直到夕阳西下，青青的芦苇、河柳、水草都被晚霞镀上赤金色，把二亩高粱地收拾干净，才回家。

吃过晚饭，踏着月光，他到几位长辈家去辞行。

雄鸡三唱，留根儿背起小小的行李，挎着个洗得发白的军绿书包，告别母亲上路。

一脚门里，一脚门外，他心酸地说道："娘，每个月十九块钱的助学金我花不了，下个月给您捎回十块八块来。"

“别……牵挂着我……”娘撩起衣襟儿擦泪，“念书花心血，千万不能搜肠刮肚，伤了身子。”

他一步三回头，来到了北京。

留根儿能在北京有个立锥之地，住进这座大杂院，在旧花园的“新大陆”上，得到一间六平方米的地震棚栖身，可算是无巧不成书。

七月里，他考完最后一场，看天色还早，到北海公园游玩。他走遍了琼华岛和北海东岸，从北门的石桥转到西岸去，观赏五龙亭和九龙壁。

当他来到小西天，正打算穿过曲径通幽的茂林修竹时，忽然发现在绿荫深处，背立着两个摩登的女性。一个身穿大花方格的港式套头衫，一个穿紫罗兰的进口紧身衫，肩上都披着乱蓬蓬的卷发。

“你太阴损啦！”穿紫罗兰紧身衫的那一位尖着嗓子叫，“为什么无情无义，连我的钱包也给挖走？害得我在走私没收转内销的专柜，想买一件比基尼游泳衣，一掏腰包，身无分文，当众闹了个大烧盘儿。”

“这是给你一个最轻量级的小小警告！”身穿大花方格港式套头衫的那一位，嗓子半阴半阳，“我还不想换马，你倒想另找骑手，天生的公共汽车！”

“那是我妈的主意……”

“你跟那小子见过面没有？”

“逢场作戏，没动真格的。”

“那小子是个什么玩意儿？”

“从香港来北京谈生意的一个小开……”

“贱货！”半阴半阳的嗓子突然发出一声怪吼，“你要是没叫他上车，剜出我的眼珠子当泡儿踩！”

说着，大花方格港式套头衫一把挽住紫罗兰紧身衫的满头青丝，左右开弓打起嘴巴。

“救……救人……救命……”

留根儿本想抽身退走，以免招惹是非，此时一见要出人命，连忙跑上前去劝架。

“别动手，别打人！”他从身后扯住大花方格港式套头衫的胳膊。

大花方格港式套头衫一回头，吓得留根儿失声叫出来，差一点儿魂飞魄散。原来，此人背影儿好似一位奇装异服的摩登女性，正面却是一个留着两撇小黑胡的青年男子，而且左眉高，右眉低，一双暴眼，真是白日见鬼。

“一个人拜把子——你算老几？”这个男不男女不女的小黑胡子，斜眉吊眼一副凶相，“我规整自个儿的情妇，你少他妈的多管闲事！”

留根儿定了定神儿，沉住了气，和颜悦色地说：“宪法规定，不许侵犯人权。”

“蚂蚱打喷嚏，满嘴的土气，敢来熏我的耳朵！”小黑胡子撒了手，穿紫罗兰进口紧身衫的摩登女子跌倒在草地上，闭着眼睛连声呻吟。然后，小黑胡子扑向留根儿，摆出一副拳王阿里的架势，斗鸡似的上蹿下跳：“乡下佬，不给你留一点儿难忘的纪念，你一辈子开不了窍！”

“我是劝架的，不是打架的。”留根儿一边躲闪拳击，一边呼喊：“民警！”

小黑胡子只当留根儿软弱可欺，越发蹬鼻子上脸，左一拳，右两拳，步步进逼。

留根儿一连退避三舍，已经忍无可忍。十年前，有个老革命流放到他们村，这位老革命本是拿刀动枪的战士，抗日战争时期率领过一支大刀向鬼子们头上砍去的武工队。他在留根儿家隔壁的蓬屋陋室，一住八年，留根儿跟他习武，拳脚上都颇得真传。现在，小黑胡子欺人太甚，留根儿后退无路，只得使出了师父传授给他的扫堂腿，招数上的名目叫枯树盘根。于是，小黑胡子被仰面朝天撂倒在地上。

小黑胡子哪里肯善罢甘休？一个驴打滚儿爬起来，蓬头垢面，从大花方格港式套头衫下拔出一支匕首，哇呀呀反扑。留根儿手疾眼快，抓住他的腕子，甩手一道白光，匕首飞落在北海的碧波中。

民警赶来了。

留根儿有口难分，也跟着这一男一女被带到北海派出所。当堂会审，小黑胡子姓康，外号康小八；那个穿紫罗兰进口紧身衫的摩登女子，姓马名菲菲。然后，将他们三人关进禁闭室，各占一个墙角，抱膝而坐，面面相觑。

晚上，留根儿他们村的治保主任，接到北海派出所的电话，骑着自行车风驰电掣而来；马菲菲的母亲侯凤兰，也被传唤来到。派出所决定，治保主任领回留根儿，表扬他见义勇为；侯凤兰也领回女儿，应该严加管教；小黑胡子康小八，送西城区公安分局拘留。

天大黑了，治保主任跟侯凤兰都是外场人儿，三言两语，一见如故，亲热得就像多年不见的表兄妹。侯凤兰一定要治保主任和留根儿到她家住一夜，明天再走。治保主任高兴地接受了这个友好的邀请，留根儿也只得随行。

这是他初进大杂院。

饭桌上，侯凤兰听说留根儿投考大学，极感兴趣，忙问道：“考得上吗？”

“不费吹灰之力！”治保主任喝得醉眼蒙眬，东摇西晃，“留根儿是我们村的……一大才子。”

“并没有很大把握。”留根儿红着脸更正，“我虽然考的是文科，可是数学很差，最多能考上大学分校。”

“大学分校只收走读生……”侯凤兰灵机一动，计上心来，“只要你考得上，从我的房子里拨出一间给你。”

留根儿并没有信以为实，此后也没有再跟侯凤兰母女来往。

然而，治保主任却跟侯凤兰过从甚密。大队的西瓜、花生、木料……源源不断地给侯凤兰运去；而治保主任到北京跑自由市场，在侯凤兰家落脚，想住多少天就住多少天，当然免不了沾手三分肥。

留根儿接到录取通知书，治保主任马上跟侯凤兰打了招呼；侯凤兰立即捎来回话：欢迎，欢迎！热烈欢迎。

39

这位侯凤兰，就是当年将归国华侨扫地出门的街道女闯将，后来还曾荣任向阳院院长，被尊称为这座大杂院的一把手。不过，最近二年，她走了背字儿，从红得发紫，一变而为紫了发黑，至少，减弱了三分威风，刹下去四成锐气，不得不八面玲珑，六路讨好，开展微笑外交。

侯凤兰五十多岁，徐娘半老了，但是，她生来爱俏，最赶时髦。想当年，她已经三十大几，还高价购得一套洗得褪色的绿军装穿在身上，腰间勒一条铜环牛皮带，捋胳膊挽袖子，后脑勺梳起两支翘尾巴的小辫子，一副飒爽英姿，不爱红装爱武装的模样。现在，这一套革命化的行头过景了，她又跟女儿马菲菲争奇斗妍，从头上到脚下的穿戴，兼有海、港特色，两全其美；走在街上，招摇过市，竟能以假乱真，都当她是来京游览观光的海外华侨或港澳同胞。

她有一双善于察言观色的眼睛，瞬息多变的面部表情，更有满口的伶牙俐齿。只可惜她自以为凭她那一点小聪明就足够万事亨通，从小不爱读书，胸无点墨，所以，她的本领，只能在洗脸盆里兴风作浪，当上这座大杂院的一把手，也就爬到顶峰了。

年轻的时候，侯凤兰先后当过旅店、饭馆、澡堂的服务员，都因为手脚不大干净，作风不大端正，一次一次被除名。后来，落到房管局修建队当临时工，不得已嫁给一个比她大十岁的房管员。天时地利，她和她的丈夫从一九六六年到一九七六年，交了十年红运；最大的成就，是一家三口，独占了五大间北房，还在旧花园“新大陆”上，首先跑马圈地，架起两间地震棚。这两年虽然走了下坡路，最近却又大有时来运转的迹象；那个跟菲菲交上朋友的香港小商人满口答应投资，侯凤兰正想拨出五间大北房里的三间，从临街的房山开门，开一个母女咖啡馆。已经呈报区工商行政管理局，还没有发下营业执照。

留根儿走进大杂院，满院子都充斥着从大北房里传扬来的乐声和歌声。

电子吉他伴奏，一个女杂音在高唱：

美酒加咖啡，

喝完一杯，再给我来一杯……

“侯大婶在家吗？”留根儿站在台阶下问道。

这一嗓子，把正热烈进行的家庭演唱会打断了。

“是哪个讨厌鬼？”侯凤兰怒冲冲开了门，一霎间却又笑逐颜开，“呵哟，原来是留根儿呀！快进来，进来！”

五间大北房的中间，是一座小客厅，满堂奇形怪状的家具，令人眼花缭乱，而最叫留根儿目瞪口呆的，是那满墙光怪陆离的图画。有一张，画面上只有一只鳄鱼的眼睛，深井一般的瞳孔里，映照着一个披头散发的裸体女人，两只乳房是两座坟墓。大红、大紫、大绿……五光十色；画画的人神经错乱，看画的人头晕目眩。

留根儿的目光，从墙上落到地上，这才看见，马菲菲身穿一件音乐晚会女歌唱家的拖地长裙，胸前一朵塑料红花，刚才正抱着拳头歌唱；伴奏的是仰躺在沙发上的康小八，两条腿搭在沙发扶手上，剪掉了的披肩长发，烫成了满头菊花顶，刮掉了两撇小黑胡子，蓄起了满腮虬髯。

“哥儿们！”康小八欢呼一声，从沙发上弹跳起来，“不打不相识，咱哥俩生来的缘分儿，乌鸦与麻雀，一个树林子的鸟了。”说着，打开镀镍雕花的烟盒，敬上一支过滤嘴的外国名牌香烟。

留根儿一摆手，谢绝了，问道：“你是什么时候放出来的？”

“折进去十天，凯旋而归！”康小八拨弄了一下电子吉他的琴弦。

留根儿皱着眉头说：“你的头发又变了花样儿。”

“为了艺术！”马菲菲插嘴说，“康小八要在一部电影里扮个角色，早早地改头换面。”

“什么电影？”留根儿好奇地问道。

“刚动手改编剧本。”康小八大模大样地说，“小说原名《桅顶》，我扮演其中的华裔美籍拳击家。”

“《桅顶》！”留根儿大吃一惊，“是不是写一对渔村青年的故事？”

“好像是……”康小八抓着头皮，“反正改编剧本的跟我是八拜之交的好哥们。”

留根儿莫名其妙，说：“小说里并没有什么华裔美籍拳击家。”

“我那好哥们笔下生花呀！”康小八得意扬扬，“那篇小说光写柴火妞儿、土包子，西施掉门牙——美中不足。不羼合点进口佐料儿，不玩几手花活儿，哪个制片厂肯拍，有多少观众愿看！”

留根儿涨红了脸，说：“我不同意！”

“你不同意？”康小八肚皮里咕儿咕儿发笑，“打个哈欠八级风，口气不小呀！”

“那篇小说是我的乡亲大叔刘四梦写的！”留根儿愤愤地喊道。

“什么？……什么？……什么？”康小八连连眨巴眼儿，“哥们，你可别老鸹叼个喇叭——云里雾里乱吹呀！”

“太好啦，太巧啦！”侯凤兰欢喜若狂，拍得巴掌山响，“我早就想请刘老吃顿便饭，留根儿你可得替我请刘老大驾光临。”

“康小八，请一桌酒，给留根儿小弟接风！”马菲菲发出一串婉转动听的笑声。

留根儿醒来，只觉得仍然头大如斗，天旋地转。

他吃力地睁开涩痛的眼皮，发现自己醉倒在西屋的一张双人大床上。左边，康小八四腿八叉地挺尸，龇牙咧嘴，酒气熏天；右边，马菲菲昏迷不醒，脸红得像火烧云，头发乱如蓬麻，睡态十分不雅。

留根儿感到羞耻和恐惧，挣扎着想要坐起来，但是四肢酸软无力，动弹不得，浑身冒出冷汗涔涔。

正在这时，他忽然听见侯凤兰大声喝问道："喂，你找谁？"

侯凤兰酒量大，并没有喝醉，只在沙发上打了个盹儿，正啜饮着一壶焖得可口的香茶醒酒。

来人是我。

我赶忙自报家门，说："打扰了，我是来拜访侯凤兰同志的。"

"唉哟，您是刘老！"侯凤兰鸭子叫似的呱呱大笑。

"怎敢劳您老人家大驾，赏光来看我这个晚辈人？快请客厅里坐。"说着，高挑起门帘。

"我在你们这条街道体验生活，打算写一部反映北京市民生活的长篇小说。你是一位典型人物，我早就应该前来拜访。"走进客厅我说明来意。

"小庙的神灵受不住大香火，您可千万别把我写进书里去！"侯凤兰又是斟茶，又是敬烟，还端上一只高脚彩釉果盘，堆满了干鲜果品。"刘老，这些日子您忙什么呢？"

我从衣兜里掏出桦木疙瘩的烟斗和皮烟荷包，装上一锅关东兰花烟，说："协助街道办事处，落实房屋政策。"

"那可要求您帮忙，请您照应！"侯凤兰不失时机，"我引进外资，拨出三间住房开咖啡馆，呈报区工商行政管理局，一个多月了还没批下来，您给催一催。”

“你首先应该把房子归还原主，然后再解决咖啡馆问题。”我正色劝道，“市里决定，迅速发还私人住房。对于归国华侨的房屋，几年前就下达了正式文件，你不要再拖延下去，还是尽快搬家。”

“不能打哭一个，哄笑一个！”侯凤兰陡地变了脸，也变了声，“我搬到哪儿去，哪儿是我的家？”

“据我所知，房管局已经三次给你另行分配房子。”我不动声色地说，“你不是嫌远，就是嫌高。现在，又给你在前三门的二楼，安排了一个两室一套的单元，不远也不高……”

“太少！”侯凤兰叫道。

“‘文化大革命’前，你一家三口只住一间房，十二平方米。”我很了解侯凤兰的情况，“现在，分配给你一个单元，三十五平方米，住房水平大大提高了。”

“可是比我现有的水平大大降低啦！”侯凤兰仍然像被割了肉似的吵嚷。

“你这个现有水平，是巧取豪夺而来！”我提高了声音，“你侵占一位爱国华侨的生活资料，是违反宪法的行为；损人利己，极不道德。”

“我已经不是一家三口了！”侯凤兰又另找借口，强词夺理。

我冷冷地问道：“你家什么时候添丁进口？”

“我收留了一个大学分校走读生。”侯凤兰振振有词，“他占用一间房；要我搬家，还得分配给我一个单元。”

“那个大学生叫什么名字？”我又追问道，“能不能介绍我跟他认识认识？”

“刘老师……”冷汗涔涔的留根儿脚步踉跄地走出来，满面羞愧，垂下了头，“我是刘金秧的儿子。”

“你……你……”我勃然大怒，“看看你这副样子！让你的乡亲们看看你这副样子，让你的母亲看看你这副样子，让运河水照照你这副样子！”

“我……认错了门……”留根儿哭了。

“你在跟谁一起鬼混？”我怒不可遏。

“康小八……”

“唤醒他！”

留根儿又退回房中，只见康小八在床上挥拳踢腿，满脸戏剧化的喜、怒、哀、乐，一定是正陶醉在扮演华裔美籍拳击家的美梦中。

“醒一醒，醒一醒！”留根儿猛力摇晃着他那触了电似的身子。

康小八的身子抽搐扭曲，口中呢呢喃喃，好像不愿从浑浑噩噩中醒来。

留根儿一把抓住他那满头菊花顶的卷发，提下了床。

康小八啊呀一声痛叫，瞪大了混浊两眼，只当留根儿要演一出《武松醉打蒋门神》，吓得他急忙来了个藏头裹脑，挣脱开留根儿的手掌，奔外就跑。

但是，我张开胳臂拦住了他的去路，掐着脖子带到洗脸盆架前，冷水浇头。

这时，留根儿又看见还在沉醉不醒的马菲菲，脸颊上的火烧云已经消散净尽，面无血色，像一朵枯萎着的小黄花。

“菲菲，你也快醒来吧！”留根儿痛心地大叫。

“别喊醒我们菲菲！”侯凤兰风风火火闯进来，“我还要她多睡一会儿。”

我不允许留根儿住在侯凤兰家里，就不能眼看着他露宿街头，更不能叫他每天骑着自行车上学，往返一百多里。于是，我想到花红果，要在花红果的北京住处，为留根儿割一席之地。

花红果不能不给我面子，不敢不给我面子，只要我张嘴她就得满口答应。

所以，留根儿出现在他爹的婚礼上，还给他爹带来了花红果的礼品。

40

暑季瓜熟时节，我回村小住，在北运河的绿杨堤下，跟家乡的一位村妇荤事素说。这位村妇被我逗得前仰后合，笑弯了腰。有一位下乡对我进行采访的记者，趁机抢拍了这个镜头，并且将这张照片配上文字，刊登在一家画报上。捕风捉影，张冠李戴，随意想象，无中生有，编织了一个牛头不对马嘴的爱情传奇。多亏这位村妇与文墨无缘，一辈子也不会看到这家画报，不然，不跟我对簿公堂，也得跟我滚车道沟子。

不怕一万，就怕万一。为了避免惹下不是塌天也地陷的大祸，我还是预防为主，争取主动，自己跳将出来，说明真相吧！

我写乡土小说，离不开家乡的人情世态和风俗景致，有时为了行文方便，写得亲切，免不了使用第一人称，也就难免以假乱真，令人误会。

此人非同小可，我高攀不起。她是花红果！花红果当了二十多年的一方土地，眼下虽已禅让交印，卸了任的官也不打蔫儿，仍旧是小村的一号女强人，指手画脚婆婆嘴。她是个自得其乐的文盲，大半辈子没有捏过一回笔杆了，今生这辈子也不想捏笔杆子。识不识字会不会写都拦不住她当一把手，一当就是二十多年。

村里已经没有几个人记得她叫花红果，她好像也忘了自己曾经叫花红果。从她三十出头当上一把手，村里男女老少都改了口，人前背后管她叫花婆儿，她也很得意这个外号。皇上贵为人主，县官儿尊称父母，她当上全村人的婆婆，怎能不自鸣得意？

一碗水端平，凡人都该一分为二，花婆儿公私两面至少也应四六开。有好有歹，好中有歹而又歹中有好；有新有旧，新中有旧而又旧中有新。她是个六比四的杂拌儿。

花婆儿从小到大，从大到老，老是一身二色。小时候，死脑筋的老娘想把她的两只脚裹成三寸金莲，裹一回扯一回，最后落下一双不大不小的改良脚；城里叫文明脚，乡下叫白薯脚，又称地瓜脚。脚没裹出个模样儿，却又眼馋三寸金莲的凤头绣花鞋，讨了对门王二姐儿的旧蹄子，脚丫子装不进去，铰豁了鞋口套在脚上，赶集逛庙出风头，好似万绿丛中一点红。十四岁被迫嫁给刘金秧，离婚之后改嫁货郎。北运河乡俗，女子初婚乘花轿，改嫁坐驴车。她叫出了口头告示，二婚仍如初婚，不乘花轿不出门，货郎只得依她。

女人改嫁，北运河农村俗称往前走，花婆儿走出这一步，正像胡适《四十自寿》中的两句诗：“做了过河卒子，只有一心向前。”这时已是解放以后，内因和外力相辅相成，花婆儿的前进脚步，有如马不停蹄，彩云追月。

花婆儿的飞升出人意外，细想起来却又是情理之中。

她乘花轿再婚虽然风光一时，但是镀金的首饰过不了多少日子便褪了色，村里的长舌妇为了一点儿鸡毛蒜皮的小事，跟她争吵起来便扒皮抓脸，骂她是回锅肉夹生饭，燀过的饽饽过水面。她的丈夫，又是个站在男子汉堆里比谁都低一头的角色，不能给她撑腰壮胆，只得单枪匹马争强斗胜。她那所向无敌的武器，便是她那嘴，开口骂起人来，字字句句都毒汁四溅，直到骂遍全村没有一个人敢还言。村长有如伯乐发现了一匹千里马，踢破了她家的门槛三请樊梨花，把她抬出来当妇女主任，于是进入了政界。

人走背字儿，喝凉水也塞牙；人交红运，一镐头能刨出个大元宝。

花婆儿当上妇女主任便自以为是半个公家人，拆散了头上的圆髻，梳成两条辫子，点灯熬油手工缝制一身女干部服；不怕闲言碎语，不怕戳脊梁骨，完全描着公家人的尺寸装扮自己，所到之处无不引人注目。她家在河边有二亩瓜田，一位地委的大官儿带着两名便衣亲随下乡私访，走得渴了，到她家的瓜田买瓜。大官儿见她一身干部打扮，分外感兴趣，席地而坐，问长问短，大事小情打听个仔细，又吩咐那两个亲随记下她的名字。花婆儿一眼就看出这个老头子不是小庙的神仙，不但吃瓜不收钱，临走又白送了两个斗大的。

从这一天起，花婆儿二十多年官运亨通，村长、社长、大队长、革委会主任当了个遍，把这个小村治理得低眉顺眼，服服帖帖；没有一个野心家敢抢她的班，她也没想过找个晚生后辈接她的班。直到这两年闹商品化，她才感到玩不转了，本想撂几个月挑子给乡里一点脸色看，谁想乡里竟顺水推舟，串通村中的年轻干部，给她个借坡下驴，哄她脱下黄袍让了位。村里不少人家这一天吃喜面，一伙嘎小子放了几百支双响爆竹，气得她大哭一场，躺在炕上三天水米不进。

她虽下了台，却还留下一条难割的尾巴。

这几年，花婆儿大刀阔斧，以狠抓绝育和火葬而享盛名。她虽年过五十，却偏要以身作则，亲受一刀之苦，然后便说服动员与强迫命令相结合，勒令所有生过两个孩子的妇女，都要结扎输卵管。她不惜重金，大兴土木，仿照八宝山的灵堂缩小了尺寸，在村西北角兴建了一座骨灰堂。五间大瓦房，东屋两间，西屋两间，男左女右，分队编组，骨灰盒从公费支出。花婆儿忘不了起带头作用，可是自己还没有死，又不能活着进焚尸炉，便也从公费中支出一笔钱，买了一只金漆彩画上等大号的骨灰盒，写上自己的名字，贴上一张二寸半身照片，陈列正中堂屋雕花条案上，还扣上个四四方方的玻璃罩子。她带了头儿，手下的大小干部都得紧跟，每人名下都有一只骨灰盒在雕花条案上给花婆儿做伴。有个年轻干部刚结婚，新婚燕尔正在蜜月里，媳妇一见丈夫的骨灰盒端端正正摆放在灵堂，又哭又闹赌气回了娘家。还有个未婚的年轻干部，四面八方托人说媒，女方听说他早已备下骨灰盒，只当他不是神经病，也是二百五，没见面就打了退堂鼓。这些年轻干部在花婆儿的雌威下敢怒不敢言，我刚一回村就请我出马解开这个死扣儿。

一把钥匙开一把锁，我早为了开花婆儿那把锁配了钥匙，充满信心不负众望，这才来到河边绿杨堤下。花婆儿又再作冯妇，重操旧业，承包了一大块瓜田。

“花婆儿，我算服了你！”一见面我就把一顶高帽儿抛到她头上，“你站得高，看得远，料事如神，把商品化吃进肚子里，下了台还给村里赚了一大笔钱，我真想写一首为你歌功颂德的朦胧诗！”

当头一炮，先声夺人，花婆儿一下子被我唬蒙了。

“这……这……”她眨巴着眼睛，满脸莫名其妙神色，“这是从哪儿说起？”

“骨灰盒缺货，行情看涨！”我大喊大叫，“你抢购了四百多个，一出手就赚五六千。”

“真的？”她的小眼睛闪闪发光，又惊又喜。

“这是个十二分可靠的信息！”我急赤白脸赌咒，“机不可失，时不再来，货卖一时俏，你出手不出手？”

“卖！”花婆儿挥手一劈，当机立断，“事成之后，你吃一千块钱回扣。”

“这一千块钱我送给你啦！”我不容她喘息，紧敲边鼓，“你买一张飞机票，到上海美容医院，那里的高手大夫能拉平你的满脸褶子，转眼之间变成二八俏佳人儿，再买一套蝙蝠衫牛仔裤穿在身上，又会有人雇轿子娶你。”

“这一回我可要坐小花轿车啦！”她拍手打脚笑起来，弯了腰又岔了气。

我白吃了一个西瓜，临走又送给我两个斗大的。

那四百多只骨灰盒后来被县火葬场收购，只给提价百分之五。

41

花婆儿改行当了二道贩子，发了一笔不多不少的小财，就像抽烟喝酒上了瘾，瘾头儿更像三伏天的温度计，直线上升，天天见长。她送给我的那两个斗大的西瓜，我抱回城里还没有开刀问斩，她就跟踪而至，找到我的门下追本寻利，要我在北京城圈儿，三环路以内，给她租一处栖身之所，立足之地。她要在东单、西四、鼓楼前的十字街头摆个瓜摊，白手起家，强中取胜，腰缠万贯回村，收复丢失的面子。

目前北京三环路以内的地皮寸土寸金，租一间房子好比住五星级高等宾馆的总统套间，即便我是房地产管理局的局长，也帮不了她这个忙。

花婆儿大失所望，起身就走，我忙一个箭步追出去，在门外把她擒住，又把她拉拉扯扯拽回来。

“我能给你找个窝儿！”这句话脱口而出，我后悔得想咬下自己的舌头。

“在哪儿？”花婆儿嘟噜着脸蛋子问道。

“在……在……”我嘴上结结巴巴，脑瓜子里风车打转，绞尽脑汁想路子。

“在哪儿，在哪儿？”花婆儿是个急脾气，急不可耐便又暴躁起来。

虽然我的大脑皮层像一团丝瓜瓤子，狠拧几下也能挤出几滴油水。突然，我的脑海里像电光一闪，大笑道：“在三环路外侧，有两间出租的民房，也许能匀出一间给你……只是怕你……住着不方便。”

“是个狗窝我也钻进去！”花婆儿转怒为喜，推搡着我给她带路。

我却又脚下生根，站立不动了。

三环路外侧的那两间民房，早已出租给常住北京做鲜鱼水菜生意的杜老十。杜老十跟他那精明得心计过人的妻子，不同床而共梦，貌合而神离。两人是半路搭伙的夫妻，吃不饱穿不暖的年月，一块菜饽饽掰开两瓣吃，一床破被裹着两个人，才没有饿死冻僵。眼下成了万元户，却各打各的算盘，难得在一张桌上吃饭和在一个被筒里睡觉。妻子赚钱是为了前夫给她留下的女儿，女儿身高一米六，她要把十元一捆的钞票码起四尺八寸高。杜老十赚钱是为了前妻给他留下的儿子，这个儿子要买几辆新型解放牌大卡车，跑四面六路八方，做长途贩运生意。两人亲密合作，赚得的红利二分之一公有，剩下的二分之一各得其半。两人的存款各立户头，现金各有钱柜，谁也不占谁一分钱便宜。

杜老十过去在北京城里的酱园子学徒，公私合营以后在副食店卖四季青菜；一九六二年饿得细了肠子肿了腿，下放回乡务农。三年前重返城里蹚财路，他的师兄弟有的当上了经理，有的当上了门市部主任，哥们义气加上炸药包（土特产品）和手榴弹（原封美酒佳酿），个个给他敞开后门，无孔不入路路通。也是靠师兄弟们牵线，他租下了三环路外侧的两间民房，建立了驻京办事处。搭伙的妻子在家种瓜、种菜、养鱼，前妻留下的儿子驾驶拖拉机每日送货，连地蛆咬过的癞瓜，他的师兄弟也高价收购。

杜老十大奸似忠，呆头傻脑却满肚花花肠子，并不老实。花婆儿虽年过五十，可不见得心如死灰。这一对旷男怨女住在一个屋顶下，虽有一壁之隔，房门却并没堵死，我怕他们死灰复燃性相近，老了老了的闹出个夕阳无限好，我可就多管闲事儿落骂名。

花婆儿见我抬腿却又停了步，只当我刚才是诓她，便又急赤白脸起来，我只得吞吞吐吐，实情相告。

“杜……老十？”花婆儿挑起了眉毛瞪圆了眼，拍了拍大腿跺了跺脚，“这个老小子在哪儿？我正想找他算清一笔陈年旧账！”

“你跟他……”

“前世的冤家，今生的对头。”

“那岂不是仇人见面分外眼红吗？”

“我单人匹马一条枪，自个儿按窝掏螃蟹，杀了他也不叫你吃挂落儿。”

我从她那忽明忽暗的眼神中，似怨非怨的脸色上，都看得出来，她跟杜老十结下的疙瘩，虽有难言的隐情，也许一口气就能吹开，不会动手行凶。我本来不想舍命陪君子，便把杜老十的地址写了个条子给她；她不识字，但是可以拿着这个条子找识字的人问路。

花婆儿不是情窦未开的少女，更不是混沌初开的少妇；她当过二十多年的村干部，虽然只不过在弹丸之地称孤道寡，也算有些个阅历，进了城不会晕头转向走错脚步。君不见，目前北京大街小巷的居民委员会主任，大多数都是侉声怯调的城市化了的村妇，进城之前比花婆儿更老憨。我这个头顶着高粱花儿的农家子弟，不是也在京城站住了脚跟，打开了局面，争得了一席之地么？我相信花婆儿敢来北京显身手，也能旗开得胜。我每天乱事缠身，手忙脚乱，丢三落四，花婆儿一去没回头，我也顾不上挂念她。

隔上十天半月逛一回农贸市场，已经是我的一大嗜好。城圈内外的农贸市场星罗棋布，永定门外的农贸市场最有吸引力。北京的户籍上有九百七十万市民，另有一百三十万流动人口。此外，朝阳、海淀、丰台三区，还窝藏着十五六万以吃首都为营生的形形色色的外地人，五行八作比解放前的品类还多，杂乱而又古怪。光是二道贩子这个门类，除了没有发现台湾来客，全国二十九个省市自治区的此中人物，都来到永定门外农贸市场大会师。男女老幼，高矮胖瘦，黑白美丑，应有尽有。他们白天在农贸市场上炒买倒卖，夜晚就四散在三环路外侧的空场上露营，支架起五光十色的塑料布帐篷，倒头便睡，酣然入梦。食色性也，男女皆然，男二道贩子和女二道贩子只要在生意上能够互相利用，也就在肉体上互相满足。这里不但有一对对露水姻缘野鸳鸯，而且有为数更多的野合而生的“黑孩子”。于是，争风吃醋，凶打情杀，孤儿弃婴，贩卖人口，层出不穷，难以禁绝，竟成了北京市公安局和计划生育委员会头疼欲裂的老大难问题。

我在永定门外农贸市场交了不少朋友，听到很多奇闻，都可供我写小说使用。不过，这些朋友一不报真名实姓，二不讲家乡籍贯，姓名和来路全是谎话，我也并不刨根问底，宁可信以为真。杜老十是永定门外农贸市场屈指可数的大亨之一，化名石老九随意活动，我不给捅破；看见他跟几个外省女子动手动脚，调戏挑逗，也装作视而不见。

这一天我到永定门外农贸市场，本来漫无目的，但是触景生情，睹物思人，一进市场就想起了杜老十，同时也想起了花婆儿。于是，逢人便问，到处打听，这才知道人称石老板的杜老十，前几天正在他的“公馆”里跟一个相好的女二道贩子同床共枕，不想他的乡下老婆突然从天而降，破门而入，把杜老十揍得鼻青脸肿像猪头，遍体鳞伤像斑马，下不了炕，出不了门，生意完全交给了内掌柜的主管。

“内掌柜的呢？”我问那个向我提供情报的消息灵通人士。

消息灵通人士答道：“刚收了摊回家。”

“这么早不该下市呀！”

“内掌柜的薄利多销，货卖得快。”

可气之人也有可怜之处，杜老十五十有五本应知天命，有了几个臭钱竟然饱暖思淫逸，拈花惹草钻狗洞，怎不令人可气？然而，他那冷若冰霜的搭伙妻子，不给他一点点枕席之欢，把他扔进了冰窖冷库，他又怎能不抱着盐卤罐子当茶喝？思来想去，不偏不倚，一碗水端平，夫妻双方各有各的不是。虽说清官难断家务事，怎奈我这个热心肠儿的人赶上了这场桃色纠纷，岂能眼看夫妻失和而坐山观虎斗？于是，我转身直奔杜老十的公馆，逞鼓簧之舌，扮演锔碗匠的角色，要把这一对名存实亡的夫妻，说和得破涕而笑，破镜重圆，言归于好，如胶似漆。

我只当杜老十的公馆还是那两间民房，前些日子我曾来过一趟，轻车熟路一直走去。这两间民房的房主，是一个有名的硌牙铁蚕豆，老虎钳子也拔不掉的钉子户。三环路外侧修建残疾人康乐中心，一要占地，二要拆迁，凡是被拆迁的人家，多多少少都有便宜可占，唯有这个钉子户贪得无厌，两间民房要换三室一厅，双气（暖气和煤气）齐全，而且要坐落在市中心，地铁、无轨电车和公共汽车的交叉点上。有关单位一而再，再而三，三而四，四而五，变换了不知多少方案，都难填他的欲壑。公安局出面催了又催，法院下了传票，他仍旧是任凭风吹浪打，我自岿然不动。这两间民房成了康乐中心的一大噎嗝。最后，法院下达警告，半月之内不拆便要强制执行，他却不慌不忙，悄悄租给了杜老十，三年为期，房租一次付清。他拿着这笔房租当本钱，云游四方贱买贵卖，投机倒把当行商去了。杜老十是农村专业户的典型，进城之后享受政策的优惠待遇，法院便软了心肠，将执法队撤回，这两间民房又完整无缺地保存下来。

日新月异，瞬息万变，翻不得老皇历。我走老路找那两间民房，却只见那两间民房被连根拔除，遗址圈进了康乐中心工地的围栏里。我呆立在围栏外，后悔迟到一步，只能凭吊古迹。多亏工地上有个巡逻人员走过来，在一问一答中我才知道，是杜老十的内掌柜心胸大，风格高，主动向康乐中心交出了这两间民房，现在他们夫妻搬到康乐新村一楼二门304和305去了。

原来，那个顽固不化的钉子户，拿着杜老十一次付清的房租当本钱跑买卖，落得像火烧偷油的老鼠，赔了个爪干毛净，又厚着脸皮来找杜老十，只要杜老十再给他三千块钱，他就把两间民房的产权拱手相让。杜老十心虚胆怯，举棋不定，内掌柜的却是个女中强人敢拍板，抄起菜刀搁在杜老十的脖子上，杜老十只得打开钱柜拿出三千元。一手交钱，一手交房，他们到房管局过了户，内掌柜的拿着新换的房契直奔康乐中心工地。中心负责人喜出望外，不但包赔了三年房租和补给钉子户的三千元，而且拨给他们两室一厅和一室一厅的楼房各一套。康乐中心如释重负，工程速度立竿见影地加快了。

峰回路转，柳暗花明，我拨马回头，急奔康乐新村，向杜老十夫妇祝贺新居，讨一顿吃喝。

找见了新村一楼，一口气跑上二门三楼，没等我抬手拍门，房门自动打开，走出一个光着上身，只穿一条大花裤衩子的妇人，手端着簸箕出来倒垃圾。

这个妇人不意竟是花婆儿，把我惊吓得一阵头晕目眩，眼花缭乱。

“四梦，是你！”花婆儿也大吃一惊，扔下手中的簸箕，叫着我的小名儿，双手搂住挂着两只布袋奶子的胸脯。

“花婆儿，你……”我陡地拔了个高音，喊嚷起来，“你跟杜老十……怎么回事儿？”

“我割下你的舌头！”花婆儿从慌乱中定住了神儿，翻脸就倒打一耙，“我跟杜老十合伙做生意，可他妈的没有伙穿一条裤子。”

“此地无银三百两，隔壁王二不曾偷！”花婆儿大发脾气却是色厉内荏，我反倒轻松自如，开心取乐儿，“为什么市场上管你叫内掌柜？”

“那些个鸡头鱼刺嘎杂子，个个是一张嚼蛆的臭嘴！”花婆儿理屈而不词穷，仍然毫不示弱。

我一步跨进门内，只见身负重伤的杜老十正从双人床上爬起来，纱布缠头裹脑，浑身上下涂满红汞药水，腰间只缠着一条毛巾被遮羞。

“花婆儿，你还有什么话说？”我像捉贼拿到了赃证，不失时机地反守为攻。

杜老十却是个针扎不透刀砍不破的厚脸皮，轻模贱样儿嬉笑道：“我们只不过是亲密战友，她住在那个一室一厅，半夜三更常串门儿。”

花婆儿挥拳就打，杜老十慌忙下跪。

“老十，你喜新厌旧打野食儿，对不起汗滴禾下土的家里那口子呀！”我虽是个动口不动手的君子，也恨不得左拳右脚狠揍这个暴发户一顿。

花婆儿忘了她正在扮演的角色，大喊着给杜老十鸣冤叫屈：“那口子更是那野狗骚羊叫春的猫！”

“那就叫老十跟那口子离婚，你名正言顺顶这个缺！”我一向主张在婚姻上合则留，不合则去，拆散捆绑的夫妻不算罪过。

“四梦兄弟，我求之不得哩！”杜老十在床上连连打躬作揖，只差双膝跪倒磕响头了。

花红果改嫁之后，杜老十是她在货郎之外的相好之一；后来花红果为了保牢自己的政治地位，才一脚蹬开了他。

花婆儿傲气十足哼道：“你还是牵马坠镫，给我拉帮套吧！”

我叫留根儿到他们这里借宿，正是无意之中为渊驱鱼。

42

我生在北京，长在北京，写了几十年的北京乡土小说，可算是金字牌匾响当当的老北京人。

过去，东西南北城的大街小巷，只要我知道胡同的名字和门牌号码，闭上眼睛也能摸了去。现在，我可不敢说这个大话了。老北京的街巷变化极大，光靠记住方位走路，常常钻牛角尖陷入绝境，或是撞墙碰壁原路而回。但是，最叫我头晕眼花、望而却步的还是楼群小区。

千楼一面，不是垒积木，就是堆火柴匣子，全都一个模样儿，难以辨认；楼、门、宅号，阿拉伯字码排列，千楼一律，难以记住。进入小区，陷入楼群，如坠五里云雾；夜晚冒进，黑影幢幢，更像盲人瞎马鬼打墙。所以，这几年我从来不到居住在楼群小区的朋友家做客，怕的是重蹈陆逊覆辙，误陷诸葛亮的八阵图中，又遇不到黄承彦指识迷津，大冬天的冻成倒卧。

然而，给他们写信，也要多一层麻烦，极不方便，楼、门、宅号难记，不查阅通信录便会写错地址而被邮局退还。

能不能想个办法，解决一下这个困难呢？

四十年前，我在潞河中学读书，作为学生宿舍的九处平房和楼房，都各有优美而好记的名字。例如，初中男生宿舍叫囊萤村、映雪村……高中女生宿舍叫潞南园，我读高中一年级住青杨村六号，高中二年级住翠竹村三号，高中三年级住临湖村一号。

城市楼群虽多，但是汉语词汇够用。

某座楼房前面有一棵柳树，可以叫翠柳村（杜甫：两个黄鹂鸣翠柳）。某座楼房面临一片池塘，可以叫荷塘村（朱自清《荷塘月色》），也可以叫春池村（谢灵运：池塘生春草）……如此等等，以此类推。那么，虽是一簇簇灰溜溜的积木和火柴匣子，却因名字优美而好记，也能给人以诗情画意的美感和寻访邮寄的便利。

举手之劳，何乐而不为？

这项市政创作，我已暗中进行。市里拨给我的一个写作车间，在中南海对面的一座楼房里，这座楼房的几处阳台上，挂满爬山虎藤萝，我马上就给这座楼房命名青藤村，而且立刻联想到大画家徐青藤和齐白石的著名诗句：青藤门下为走狗。有时我给友人写信，信尾故意注上“写于青藤村蝈笼斋”，不知内情的还当我下乡深入生活，住在北运河边的看瓜窝棚里。大都市而具有田园风味，是我梦寐以求的佳境，我愿城市有更多的青草和绿树。

我每天手忙脚乱，难以忙里偷闲，便想把这项创作交给金秧儿办理。虽是雕虫小技，却是慢工细活儿，金秧儿比我更为擅长，更能胜任。我正要抽空去找他，他却蹬着金簪儿收购废品的平板三轮车，光临舍下来了。

见了我的面，也不寒暄两句，就唾沫飞溅地赌咒，后半辈子宁可以收售破烂儿为生，也不愿再干卖文换钱的穷酸勾当。

我望着他那鼻子不是鼻子嘴不是嘴的怪相，笑问道："你出门碰见撞客啦？"

"女撞客！"金秧儿鼻孔里喷着火气，"昨天马菲菲那个丫头夜猫子进宅，把我挖苦得凄凄惨惨戚戚，万念俱灰。"

"你怎么认得马菲菲？"

"当年我下放接受再教育，她是同村插队的知青。"

"老相好？"

"同是天涯沦落人，风尘知己。"

"那时你正哄骗金簪儿……"

"我跟马……是在金簪儿出嫁之后。"

"你向金簪儿坦白这桩丑事了吗？"

"不是丑事，是往事。"

"跟金簪儿说过了吗？"

"我无话不可对人言。"

"金簪儿是什么态度？"

"拂袖而去。"

"到哪儿去啦？"

"回娘家大兴土木，盖房子去了。"

当年，十八九岁的马菲菲和三十六七岁的金秧儿，同在一个荒村滚一身泥巴，磨两手老茧，褪几层皮，掉半扇肉，争取早日脱胎换骨。下放干部和插队知青的大伙房散摊了以后，他俩便合了灶，一口锅里做饭，一张桌子吃饭，村里人赌定他俩已经或将要在一条炕上睡觉。谁想，情理中事却出人意外，马菲菲年节回家休假，竟嫁给了一个不三不四的男人，那个男人能把她的户口办回城里。

马菲菲婚后的日子，衣、食、住、行都比上不足，比下有余，只是那个男人一年比一年叫她恶心。那个男人眼下是个外商驻京办事处的跑街，每日替老板拉生意，挣了不少外汇券，也替老板找女人，自已跟着吃过水面。马菲菲即以其人之道还治其人之身，姘了个不法之徒康小八。康小八在"严打"运动中被捕，判了个死缓，押往大西北服刑。马菲菲虽然对康小八并不多情，也不愿再跟她的丈夫重归于好，软磨硬泡讨得一笔可观的损失费，两人便协议离了婚。市井小人，衣冠穿戴可以一夜之间时髦摩登，脑瓜子和五脏六腑却万变不离其宗。一贯作风不正的马菲菲，想不到离婚竟犯众怒。

离了婚就像脸上刺了字。马菲菲拿到离婚证之后，她当售货员的那个十字街服装店里，人人挤眉弄眼，处处嘁嘁喳喳，她浑身上下就像被一团团蚊子叮，一堆堆跳蚤咬。她找到门市部主任，想调换到隔两条街的店铺站柜台，门市部主任那张脸像铁板一块，从牙缝里挤出来两个字儿："不行！"她咬了咬牙，又提出留职停薪，门市部主任还是不肯开恩。马菲菲被逼得进退两难，左思右想三天三夜，这才横下一条心，摔碎铁饭碗自寻出路，退了职摆书摊。

隔行如隔山。马菲菲卖服装是个行家，改做书报杂志生意，却是一窍不通。直到四处碰壁，走投无路，她才硬着头皮厚着脸，找金秧儿助她一臂之力，帮她打开场面。

马菲菲寂寞无聊，看小说消愁解闷儿，从博览报刊中知道金秧儿当上了作家。金秧儿的小说都很短，两三千字便是大块头，但是读起来却令人惊叹入迷，"聊斋"味儿的。马菲菲的学识有限，她不知道金秧儿这是师承纪昀的《阅微草堂笔记》，进行新时代笔记小说的创作实验。她虽然没读过金秧儿的一本书，却从报刊上了解到金秧儿的名气很不小，有些文章称他为"中国的欧·亨利"。马菲菲不知欧·亨利是何许人也，所以一想起金秧儿便想到亨得利。那个钟表店跟她当售货员的服装店是隔壁近邻，她修表从来都是立等可取，而且免费，服务态度超过新长征突击手的水平。她估摸金秧儿早已住上高知楼，至少三室一厅，有澡盆带空调的。当然娶了个花枝招展、千娇百媚的小妞儿，少说也得小二十岁。出于好奇心，她转弯抹角，费尽周折，打听到金秧儿的住址，只因自惭形秽，一直不敢登门拜访。

金秧儿住在三里河东里，距离南沙沟高干住宅区只有一步之遥。马菲菲一听这个地点，便情不自禁肃然起敬。

然而，百闻不如一见，原来位于这块寸金之地上的竟是一座五十年代的旧楼，破败而又老气。是呀，即便是五十年代出生的女人，现在也是人到中年，徐娘半老了。

整座楼寂静无声，死气沉沉，楼梯上的尘土有一寸厚。不过，上来下去有两行清晰的脚印，表明楼里还有活口。

爬上最高层的四楼，马菲菲刚要抬手敲响八号房门，哗啦一声门开一道缝，却没有解开安全锁链，首如飞蓬的金秧儿露出三分之二张脸。老多了。

“大作家……亨得利，还认得我这个小老百姓吗？”马菲菲歪着头眯着眼儿，耸着鼻子问道。

“吗啡！”金秧儿惊呼一声，扯断链子房门大开。

马菲菲跨进门去，左眼角一瞟，右眼角一瞥，一室一厅的风景便一览无余：一把椅子一张床，一张写字台四架子书，如此而已，寒酸透顶。没有地毯、沙发、电话、彩电、冰箱、收录机……真个是盛名之下，其实难副。

“原来……你没有名利双收，怎么管你叫亨得利呀？”马菲菲收拢了目光，从头上到脚下，从脚下到头上，给金秧儿照了个透视。

“我这个穷命鬼如果发了财，中国人均收入就达到一万美元了。”金秧儿抓挠着乱发苦笑，整个一副哭相儿。

“你不是做零售小说生意吗？”马菲菲一屁股坐在硬板床上，臀尖被硌得一疼，“怎么也得拿个万八千的稿费吧？”

金秧儿翻了翻巴掌又扳手指，说：“总共一千五百六十七元八角九分。”

“这么点儿？”马菲菲大惊失色，“那也可以买一台十四寸彩电呀！”

“都交房租了。”

“房租每平方米两毛二，你这套房子每月也就三块来钱，难道你一次交了两辈子的？”

“我是从二房东手里转租来的，一月八十块。”

“你怎么没出一本书呢？”

“我这种笔记小说，几年才能凑成个集子，新华书店不肯征订，出版社也就不愿出版。”

“要征订多少才能给你印？”

“一万册。”

“我包下了！”

“多谢。”

“你不相信？”

“你的话水分太多，得打五折。”

马菲菲的脸涨得通红，只有大发泼妇脾气，才能转守为攻，叫道：“你他妈的也没有守活寡呀！”

金秧儿无言以对，只得告饶：“往事不堪回首，咱们谁也不该谁的，不欠谁的，两清了。”

“你的书还得我开书店来卖，别惹恼了姑奶奶。”

“你真要开书店，我……”金秧儿拉开抽屉，抓出一大把汇款单。

马菲菲一张张看，有的三十，有的二十，最多的五十，最少的才一元五角。那是金秧的百字小说稿费。

“收回你的巨额投资吧！”马菲菲把手一扬，十几张汇款单天女散花。

“看来你的资金很雄厚。”

“我退了职，可以拿两三千退职金。”

“这未免太冒险了。”

“跟我那个‘亲爱的’离婚，还能分到七八千家产。”

“这……这尤其不近人情。”

“算了吧！你这个穷酸亨得利……”马菲菲咯咯笑着跑下楼去。一直跑到无轨电车站才收住笑声。

哎呀呀！此行不但没有在金秧儿身上找到门路，反而背上个磨盘扛了副枷。唉！

43

金秧儿最遭非议的是好色成癖，老在女人身上层出不穷地闹花案。

这种非议很不公正，极不实事求是。

金秧儿比起他爷爷刘黑锅和他爹刘龙蛋子，在这方面差远了，可算是有辱先人。刘黑锅和刘龙蛋子姘占活人妻，当方本土的乡亲没人不称赞这父子俩有种；把他们的故事写成小说，看过小说的人也齐声夸他们是好汉子。怎么就由于金秧儿念过大学识几个字，沾染过几个女人便罪莫大焉？

他离婚的两个妻子花红果和谷双秀，是家里包办的，死了的妻子金嗓子，是红卫兵打杀的，新婚的妻子金簪儿，虽有试婚数月之嫌，后来毕竟依法登记转正，外人还是自扫门前雪，莫管他人瓦上霜的好。前几天又突然冒出个插队时期的老相好，想一想那是个什么样的年月，历史问题宜粗不宜细这个原则，对于金秧儿也不应例外。

金簪儿收售废品，赚了一大笔钱，回娘家盖一座安乐窝，她手下的那些姐妹，也像霸王的兵暗散了。于是，金秧儿便蹬着金簪儿那辆平板三轮车，穿大街走小巷，扯着脖子吆喝：“有破烂儿我买！”

这一天傍晚，我还没有吃饭，金秧儿衣冠楚楚，神采奕奕，手拎着大包小包和酒瓶子，撞开我家的街门走进来。

“兄弟，过去老是我吃你，这一回我请客！”他把我的折叠饭桌搬到院里，在丁香树下打开来，又拿来大盘小碟儿，摆放他的什锦酒菜，“有你爱吃的猪耳朵、羊杂碎和狗腿子，咱俩要多喝几盅。”

听他这一咋呼，我马上条件反射，馋涎欲滴，扔下了笔走出书房，问道：“看你这么高兴，是不是发了一笔飞来横财？”

“兄弟，你料事如神！”金秧儿打开数十元一瓶的泸州老窖，斟上满满两盅，“你猜一猜，这笔横财从何处飞来？”

我满嘴的猪耳朵嚼得正香，不感兴趣地摇着头，说：“我一心不二用，你别败坏我的胃口。”

“新华书店减价处理门市部，为了清理库房把我找了去。”金秧儿连饮三盅，抹了一下嘴巴，“文坛名家的作品，一公斤三分钱，等于白给！运送到造纸厂，一毛五一公斤，我二百公斤跑一趟，来回折腾了两吨，你算算我今天赚了多少钱？”

“二百四！”我心算很快，咽下猪耳朵便脱口而出。

“够我活两个月的了。”金秧儿啃着狗腿，大口喝酒，“从明天起，我给自己放假。”

“怎么不一鼓作气，再接再厉呀？”

“福兮祸所伏，占这种便宜不可一而再；贪得无厌，钱就咬人。”

“都有谁的书落得这个下场？”我提心吊胆地问道。

“还是嘴上留德，秘而不宣吧！”金秧儿叹了口酒气，“目睹如此惨象，我饿死也不写你们那个劳什子小说了。”

他的话像打了我当胸一拳，一口羊杂碎堵住我的嗓门。我放下酒杯倒竖着筷子，半晌才咽下了堵门的羊杂碎，口中艰难地吐出二字：“奈何？”

“兄弟，解甲归田吧！”金秧儿目光灼灼，劝诱我道，“我每月有七十多块的钱粮俸禄，又有金簪儿自愿倒贴养汉，身不动膀不摇也衣食不愁；你比我的工资高得多，还有不少稿费存款吃利息，更可以坐享田园之乐了。”

“饱食终日，无所用心？”

“渔樵耕读，岂不快哉？”

“我也早有此愿……等我把这部长篇小说写完，至少休耕两三年。”

“钻到娘儿们堆里寻欢作乐去吧！”

“胡言乱语。”

“兄弟，要敢于解剖自己！”满脸通红汗流浃背的金秧儿，一巴掌拍在了我的肩膀上，“你青少年时代的小说，都写的是花香水气扑人面的柴火妞子，进入中年以后，又专写满身馊汗气味的乡野大老娘儿们，面对弗洛伊德的透视镜照一照自己，不亦宜乎？”

我嘿嘿干笑两声，又板起面孔反问道：“你说我该怎么写？”

“去粉饰，少造作！”金秧儿粗脖子红脸像跟我吵架，“比如你写我爷爷，就把他老人家写得太善了。”

“何以见得？”

“他老人家夜入麻大叫驴的深宅大院，不光杀了麻大叫驴，而且还奸污了他两个儿媳，这才算报了仇。”

“你怎么给自己的祖父脸上抹黑？”

“我有人证。”

“谁？”

“马菲菲。”

“马菲菲怎么知道？”

“她的妈是麻大叫驴的曾孙女儿。”

“马菲菲的妈姓侯，叫侯凤兰呀！”

“侯凤兰的娘带她改嫁，就姓侯不姓麻了。”

“原来你和马菲菲是世仇，怪不得侯凤兰棒打鸳鸯。”

“你把我爹又写得太瘟了。”

“愿闻其详。”

“我爹自幼被我干奶奶拉扯大，穷家养娇子，惯得像拼命三郎不留退路，一辈子胜在阵前败在马后。”

“我是没写出他的性格悲剧。”

“我娘是你干娘，你写她就更不惜笔墨，大为溢美。”

“溢在何处？”

“你把她写得太正了。”

“难道……”我不愿怀疑干娘作风上有污点。

“她到死都是土匪头子的女儿，心黑手又狠。”金秧儿又在亲娘身上动起手术刀子，“她是孙悟空变小庙，免不了露出猴子尾巴，旗杆竖在庙后面。”

“你这么庖丁解牛，我的小说可就遍体鳞伤了。”

“这是我的醉话，你……只当耳旁风。”

“酒后吐真言。”

“等我……醒过酒来，看你……把我娘写得一身匪气，我就到……法院告你，歪曲……丑化……”

一坛泸州老窖，金秧儿喝了三分之二，我想留他在书房过夜，他却抓起电话大呼小叫，叫来一辆出租小汽车，大模大样像个阔佬，挥手而别，钻进车子，疾驰而去。

我回到卧室，一头倒在床上，栽入黑甜乡，梦中修改我的小说。

44

睡梦中我头上戴了个柳圈儿，戴上这个柳圈儿便隐身有术，黑夜我能看见别人的一根根汗毛，别人却大白天也看不见我的影子。

月黑天我走出村口，钻进高粱地七拐八弯。我看见蝈蝈蹲在豆叶上，一俯一仰喝着豆花上的露水；地垄里一溜溜黑蚂蚁急匆匆奔忙搬家，一两天内将有大雨。我的脚丫子上也像长着眼睛，躲过小路上的一颗颗蒺藜狗子，眨眼来到野桑树下的窝棚外。

窝棚里，白沙地上又铺着一层高粱叶子，白沙白如雪，高粱叶子青又青。小红兜肚儿光身躺在高粱叶子上，只穿着一条红兜肚，红兜肚红得像染指甲的一摊凤仙花汁。只能看见小红兜肚儿半边脸、两条腿；半边脸上一只眼睛，亮晶晶的像月黑天的一颗星子，两条腿盘在刘黑锅的半腰上。刘黑锅像一匹爬坡的马，喷着鼻子呼噜气喘。

“你……有完没完？……有够没够？”刘黑锅的后背上，叮着两只大花脚蚊子，“你给我留点气力，我还得爬墙上高，下麻大叫驴的院子。”

“就杀麻大叫驴一个人？”

“一人有罪一人当。”

“你心上没有我。”

“这又碰洒了你的哪坛子醋？”

“你杀麻大叫驴，是给龙蛋子娘报仇。”

“一天不杀老贼，龙蛋子娘在棺材里一天闭不上眼。”

“我的仇呢？”

“你入洞房那天，老贼糟害了你，我杀了他也就替你雪了恨。”

“把老贼五马分尸，大卸八块，也出不了怄在我肚子里这口恶气。”

“那就多杀他家一口。”

“我不要屈死鬼。”

“我是磨坊的驴，听你吆喝吧！”

“一报还一报，你也掐他家一朵鲜花。”

“你叫我掐谁呀？”

“麻大叫驴有个老丫头，还没出门子。”

“糟害一个黄花闺女，毁了她一辈子，天理不容。”

“你是嫌那个老丫头长得像丑八怪。”小红兜肚儿鼻孔里冷笑，“不吃鲜桃咬烂杏，麻大叫驴有两房进门三年的儿媳，早给他扒了灰，你就一口吞了吧！”

半晌，刘黑锅才吭声：“为了你这条母狗，我也变成两脚畜生了！”

说着，他打了个滚儿，挣脱小红兜肚儿的双胳臂双腿两道箍，像一阵旋风吹出窝棚，直奔麻大叫驴家。

“带回那两个娘儿们的一人一绺头发，我才给你个笑脸儿！”赤条条一丝不挂的小红兜肚儿，追出窝棚叮咛道。

黑暗中寒光一闪，我看见刘黑锅背上带着一口鬼头刀。

我只慢了一步，赶到麻家大院，刘黑锅已经杀完麻大叫驴。麻大叫驴半截身子倒在门里，砍下的脑壳滚到门外，眼珠子滴溜溜乱转，仔细一看是个猪头。从阴沟眼钻进一条老黄狗，叼起这个人面猪头就跑，却又找不到钻进来的那个阴沟眼，一头又一头撞墙，最后狗血喷头而亡。

厢房，青幽幽的灯光，从窗棂里传出一个女人的抽泣声和一个女人的吃吃笑声。我蹑手蹑脚走到窗根下，伸出舌尖在窗纸上舐了个窟窿，睁一只眼闭一只眼看去，只见炕上有两个光身子的女人。一个女人披头散发哭哭啼啼，背灯影儿坐着看不见面孔，一个女人被刘黑锅骑在身下，吃吃笑得令人肉麻，我一眼就认出她是侯凤兰。

这时，麻大叫驴的护院打手冲进来，一个个凶眉恶眼，剃半个光头，梳一条粗黑辫子，却又都嘴上无毛，好像太监。

我隔窗大叫一声：“快跑！”自己一个旱地拔葱上了房。

逃出麻家大院，我听见大院里一片杀声。刘黑锅肩有刀伤，身中数箭，冲出重围。他腿长步大跑得快，一会儿便跑到我的前面。我一慌神儿，柳圈儿落地，有如风吹鸭蛋壳儿，将我暴露在光天化日之下。

护院打手扔下刘黑锅，像一群恶狗紧追起我来。

大河，一叶扁舟，刘龙蛋子站在小船上撒网打鱼。

“干爹救我！”我哭叫着一跃而起，飞上船头，颤颤颠颠像一只蜻蜓落在荷叶上。

砰！砰砰！刘龙蛋子拔出双枪，弹不虚发，那群打手像割倒的稗子，倒下了一大片，没有一个活着逃回去。

干爹拴了船，一手抱着我，一手拎着网兜里的几条鲫鱼，到他的相好花满枝家去。

在我眼里，花满枝并不比我干娘张三姑好看。干娘虽是绿林出身，却一身正气，当了婆婆就更一本正经。花满枝本是好人家的女儿，却满身都是贱骨头，一见我干爹的面就像摇尾巴的狗。女儿都已经出嫁，她还一年四季穿花鞋。当着我的面，她就叫我干爹给她洗前胸搓后背，洗一把骂三句，搓一下笑一串，我都替她害臊，捂上眼睛塞住耳朵。相比之下，干娘非礼勿动，多么神圣不可侵犯。有一回我亲眼得见，干爹难得回家坐一坐，干娘给他炒菜烫酒，看来两口子今晚要唱一出《天河配》。几盅猫儿溺进肚皮，干爹酒气遮了脸儿，一只手探进干娘的裤腰里。说时迟，那时快，啪！干娘抡起胳臂就是一个大嘴巴，干爹的半边脸肿起了三寸高。

我跟着干爹走进花满枝家，花满枝正在临窗的炕上做针线活儿。她天天跟我干爹睡觉，离开一会儿却好像多年不见。我干爹前脚刚进门，她就像迎接腰缠万贯的贵客和久别重逢的稀客，从屋里飞奔出来。

“你看我的新围腰！”花满枝急着自我表现，目中无鱼。

“这有什么稀奇？”干爹粗心大意，也还她个眼空无物。

北运河村野女子，生过孩子而又年过三十，热天随便光膀子，袒胸露乳走东串西。干爹不但不许花满枝赤裸整个上半身，而且不许她穿兜肚，亮出半个上半身；花满枝这才在围腰上挖空心思，出奇讨俏。

水红的围腰，像桃花瓣儿榨出的汁子染成的，又用五彩丝线在前胸绣了个喜鹊登枝；那是一条翠青碧绿的连理枝上，落着两只嘴对嘴儿的花喜鹊。

花满枝脱下身上的柳条褂子，把喜鹊登枝的围腰套在身上。“龙蛋子，你看！”花满枝颤悠一下两只奶子，两只花喜鹊便头碰头，嘴亲嘴儿。

干爹咧着大嘴乐了，笑骂道：“你他娘的活像一只水鸡（妓）子！”

我快嘴多舌，说：“那我干娘就是一只鱼鹰子。”

花满枝抢过干爹手中的鱼兜，说：“这兜子鱼，就喂你家的那只母老雕吧！”

“我拿什么下酒？”干爹舍不得。

“谷串儿刚回来，带回一挂猪下水，我给你做十二碟酒菜，够你喝一葫芦的。”花满枝咬着舌尖儿，娇声媚态。

我接过那兜子鱼，转身就走，不愿多看花满枝一眼。

走出花家刚拐了个弯，迎面走来花满枝的男人谷串儿，身穿白洋布汗褟儿，怀抱一个锃光瓦亮的酒葫芦。他长得比干爹白净，也比干爹精明，只不过比干爹矮小，花满枝却爱干爹像金元宝，嫌他像一堆臭狗屎。

“站住！”谷串儿阴沉着脸，把我拦住，“小兔崽子，你是从我家出来吗？”

好狗都不挡道，谷串儿只能算是一条癞皮狗。

“是呀！”我点了下头。

“我家里有人吗？”谷串儿挤着眼角问道。

这是一句骂人不带脏字儿的俏皮话。他见我拎着一兜子鱼，才问“我家里有人吗？”如果我回答他：“有人。”他便故作纳闷儿，自言自语：“狗怎么叼出了饽饽呢？”如果我答道：“没人。”他又会故作惊诧，说：“怪不得狗叼出了饽饽哩！”反正不管我怎么回答，他都要把我比为一条狗。

我才不吃这个亏，跳起脚骂了他一声：“你是活王八！”便从他的胳肢窝下钻过去，撒腿飞跑。

他也并不追赶，在我身后喊道：“替我给你干娘捎句话，叫她把脚洗干净，我一会儿去串门！”

我跑到干娘家，干娘刚起完猪圈，洗完脚正泼洗脚水。

“干娘，干爹叫我给您送鱼！”我拎着鱼兜子在干娘面前晃动，那几条鲫鱼还欢蹦乱跳没有死。

干娘的脸上闪过一抹笑影儿，不冷不热问道：“你在哪儿碰见了这条野狗？”

野狗，干爹刘龙蛋子的代名词。

“在河边。”

“后来呢？”

“在……花……家……”

“看见那个狐狸精了吗？”

狐狸精就是花满枝。在我干娘眼里，她和干爹都是畜生。

我赶忙耍小聪明，讨干娘的欢心，呸呸连啐了几口，才说："那娘儿们在我干爹眼前酸模贱样儿，我看了就倒牙。"

干娘眼里射出妒火，问道："活王八也在家吗？"

我管谷串儿叫活王八，原是得自干娘的口传，并非我独出心裁。

"活王八还给我干爹打酒哩！"我忙又报告，"他还叫我给您捎话儿，要来串门；一张纸画一张脸，好人的面子，嘻！"

干娘挑起眉毛，厉声问道："活王八怎么说的？"

"他叫您把脚洗干净，原来您已经赶早洗完了脚……"

啪！干娘抬手给了我个响亮的耳光。

我大感委屈，哇地放声大哭。几年后我长大成人，才知道这不是一句好话。男人叫女人洗脚，是暗示女人洗净私处，恭候交媾。干娘打我就并不冤枉，我的挨打也就是罪有应得。

干娘虽然打了我，我却是干娘忠心不二的走狗。她摘下挂在房山上的看青柳叶枪跑出去，我也一把抹干了脸上的泪水，小跑着紧随其后。

"活王八，狐狸精，出来！"干娘在谷串儿门前叫阵。

街门紧闭，干娘一脚踹开，只见干爹跟谷串儿推杯换盏，欢笑畅饮。花满枝的水红围腰鲜艳夺目，在自己男人面前就坐在干爹腿上，两手勾住干爹的脖子。

干娘怪声怪笑怪叫，抖手将柳叶枪向花满枝投去。

我吓醒了。

冷汗淋漓起了床，拧开写字台上的绿纱罩灯，趁热打铁记下来。

45

金秧儿跟我一别十天不照面，我一点也不挂念他。今朝有酒今朝醉，哪管明天饿肚皮；他有二百多块钱压腰，一定在他那转租而来的一室一厅里，饮酒作乐，高枕无忧。

我的整个儿神思，还在干娘抖手投出的柳叶枪上。

干娘跟着她爹当土匪的那些年，亲手撕过不少花票，也就是亲手杀过不少从财主富户家绑来的姨太太和少奶奶，但是在她嫁给干爹之后，便放下屠刀立地成佛，杀个鸡都要请人代劳。她死后十年花满枝才死，当然不是被她的柳叶枪穿心扎死的。这个情节不真实，不合理，还得改动。

我的大脑像晾干的丝瓜瓤子，拧不出一滴水。

门铃叮咚响，家里人出去开门；一阵清脆悦耳的高跟鞋声，来客长驱直入，在我的书房窗外收住脚。此人身穿石磨蓝牛仔裤和绿白黄方格蝙蝠衫，戴一副遮住半个脸的浅茶色蛤蟆镜，好像一只大花蝴蝶风筝，从半空落在我家院子里。

“金秧儿来过您这儿吗？”花蝴蝶风筝摘下蛤蟆镜亮相，我才看出马菲菲。

“他有十天没到我这里来了。”我推开屋门，请马菲菲进来小坐，“没在他三里河东里的公馆吗？”

“那间狗窝，早被二房东倒手了。”马菲菲扭摆着腰肢走进来，一屁股坐在我的土造沙发上，硌得她大皱眉头。

原来，那个二房东将这一室一厅转租给从浙江温州来的两名剪裁缝制西装的老客，每月房租三百元，一年就是三千六！金秧儿只得卷起铺盖搬家。

“这倒是个新闻。”我不能不忧心忡忡了，“他会不会骑着平板三轮车，满街上吆喝破烂儿，随遇而安？”

“金簪儿前几天报了歇业，工商局吊销了执照，平板车也给金簪儿骑走了。”马菲菲掏出一支洋烟，点着了叼在猩红小嘴上，颤着腿子吸起来。

“你怎么知道得如此详细？”

“他无家可归，在我家借住了几天。”

“是不是你们慢待了他，他才不辞而别？”

“都怪我妈那张漏勺的嘴，整天地穷唠叨，他才说出去找路子，肉包子打狗不回头。”

马菲菲和金秧儿插队时的那段情史，我已略知一二，便直言不讳地问道：“菲菲，金秧儿已经年过半百，又跟金簪儿结了婚，你何必在他们之间插一脚呢？”

“谁插谁呀？”马菲菲激动起来，愤愤不平，“我要是跟金簪儿同一天遇见金秧儿，金秧儿要我不要她。”

“金秧儿早在认识你之前，就跟金簪儿有过……很深入的……爱情。”我斟字酌句，力求含蓄。

“不就是把她的肚子弄大了吗？”马菲菲吞云吐雾像烟囱，一点不口羞，“那是金簪儿叫春，勾搭金秧儿给她压饥。”

我拍着桌子火起来，说：“金秧儿害人不浅，反而倒打一耙，真是恩将仇报！”

“那为什么金秧儿想娶她，她宁愿打胎也不降格？”

“降格？”

“贫下中农子女不嫁牛鬼蛇神！”

“我没听说过。”

“您没听过的多着哩！”马菲菲歪着头，撇着嘴儿，“他是怎么勾引我的您知道吗？”

我急忙摇头，说：“闻所未闻。”

“阴天打孩子，闲着也是闲着。”马菲菲念了一句京剧《四郎探母》里铁镜公主的白口，“长话短说，您听我从头道来。”

传说蒲松龄为写《聊斋》，熬得大锅绿豆汤放在他家门外，给过往行人消暑解渴，留住他们神聊奇闻逸事，他便笔录成书。于是，我连忙打开冰箱，找出一瓶啤酒，两瓶汽水，几片西瓜，请马菲菲享用。

马菲菲和金秧儿插队的那个荒村，坐落在北运河一条支流的死角里，土地贫瘠，交通不便，穷困而又闭塞。下放到这里的三名干部都是处理品，头一年领取工资，第二年挣分吃饭；到这个荒村插队的知青，也是头一年领取国家补贴，第二年自己养活自己。三名下放干部都是男的，六个插队知青都是女的，头一年合伙吃大锅饭，马菲菲在家里就精通烹饪，被一致拥戴为食堂炊事员。金秧儿为了多吃一个馒头半碗菜汤，拼命阿谀奉承马菲菲，有计划有步骤地讨好马菲菲。收了工替马菲菲打两捆柴，挑几筲水，精心设计几句逗乐子的俏皮话儿，等等。一来二去，两人日益亲近，便推心置腹，黏糊起来。于是，马菲菲忍不住泄了密。原来，上边给六名插队知青布置任务，监视和汇报三名下放干部的三反言行。金秧儿早有预料，已有戒备，平日不是大谈“玄牝之门”，就是嘀里嘟噜说外国话。拳不离手，曲不离口，金秧儿本来就靠外国话吃饭，老不说不但忘了词儿，舌根子变硬也会发音不准。插队知青谁汇报得多，谁的心就最红，大家都争先恐后检举金秧儿，可又不知玄牝之门在何处，外国话里哪一句是三反。

“吗啡，你到公社汇报，我跟敌特通话哩！”金秧儿嘀里嘟噜一大串之后，又僵直舌头说中国话，“美帝苏修的人造卫星天天在头上转，我本攻俄语，兼习英文，跟两国的敌特都说得上话。美国卫星里的女间谍，听我说咱们公社翻砂厂有个新发明，打算下来偷图纸；苏联卫星里的男特务，整天吃黑面包闹胃酸，也打算下来偷粮库的富强粉。”

马菲菲听得津津有味，笑得前仰后合，又问道：“北京有永定门、正阳门、复兴门、阜成门、建国门、德胜门、崇文门、宣武门……你说的那个玄牝之门，是在东城，还是在西城呀？”

“我说的是玄武门。”金秧儿糊弄这个肚子里墨水不多的傻丫头，“不在北京，在南京。”

转年开春，下放干部停发工资，插队知青也没有了补贴，食堂散了伙，风毛四散各找出路。

三名下放干部，其中一人的妻子是护士长，开了个假病假条子，回家趴窝。还有一人是鳏夫，跟一个比他大八岁的本村寡妇结了婚，衣食住行也有了着落。只有金秧儿上不上下不下，是个半吊子。六名女知青，两名回城泡病号，两名嫁给本村贫下中农子弟，一名上调到公社当干部，只有马菲菲一人徘徊在三岔路口。

“金秧儿……”马菲菲眼含两滴泪，不知管金秧儿该叫同志，还是该叫大叔，“咱们都成了……大庙不收小庙不留……”

“涸辙之鲋，相濡以沫。”金秧儿引用了两句庄子语录，又念出李奶奶的两句台词：“咱们拆了墙是一家子，不拆墙也是一家子。”

“我挣的工分少……”

“本人的工分也多不了。”

“那怎么丰衣足食呀？”

“虽然自力更生为主，可也别忘了四面八方争取外援。”

“每回休假，我从家里带点吃的。”

“本人就地取材，不必舍近求远。”

此时，金秧儿跟金簪儿正暗中打得火热。

有一回，两人又同时休假，四天之后回村。马菲菲临走时叮嘱金秧儿，过四天她乘晚车回来，金秧儿到长途汽车站接她。

谁想，金秧儿竟言而无信，到了那天马菲菲下汽车一看，金秧儿并没有如期而至，她只得摸黑回村。路上坑坑洼洼，深一脚浅一脚，一边走一边唱语录歌给自己壮胆。

“下定决心……归根结底……排除万难……造反有理……不怕牺牲就是一句话……”

荒腔，走板，跑调儿，驴唇不对马嘴。

河汊子岸边有篝火，炊烟，人影，鱼香，也有歌声。

“红莓花儿开在野外小河旁，一位可爱的人儿使我日夜想……”

一会儿中文一会儿俄语，男中音带着哭腔儿。

“金秧儿！”

“吗啡！”

初秋的夜晚，白天的暑气已经散尽，田野上只有清凉的风。清凉的风中有花香，秋虫在花香中逗疯吟唱。

金秧儿炖了一锅鱼，鱼熟之前已经喝光了半瓶烧酒。

“原来你给我准备了一顿美味野餐！”马菲菲自作多情，喜出望外。

金秧儿迎头泼了她一瓢凉水，说：“我这是请你吃倒头饭（死人供品）！”

“你怎么满脑瓜子丧气？”

“那个……金簪儿……跟我有了孩子……却打了胎另嫁别人……”

“狠毒莫过妇人心！”

“她怕我……连累她一家……世世代代，子子孙孙……”

“下一步你打算怎么走？”

“吃饱喝足……上吊自杀……不当饿死鬼。”

“我跟你同归于尽，一块儿死！”马菲菲抓起酒瓶子，咕噜噜灌下一大口，“我妈给我找了个男人，比你的成色差多了，还他妈的比你大一岁。”

两人酒入愁肠鱼进肚子，并没有同葬鸳鸯冢，河汊子草地变成了合欢床。天亮醒来一看，从头上到脚下都被大个儿蚊子叮了个遍，一夜之间胖了三围。

“你俩后来怎么没结婚呢？”我等马菲菲的回忆告一段落，连忙见缝插针问道。

“我压根儿就没想嫁给他！”马菲菲嬉笑道，“慰劳金秧儿几天，是为了叫那个王八蛋缒剩饽饽炒冷饭，喝涮锅水。”

“是不是你妈不同意你跟金秧儿结合？”

“别埋怨我妈财迷心窍势利眼，我更嫌贫爱富不嫁他这个穷光蛋。”

“听说你妈的奶奶……金秧儿的爷爷……所以你妈不同意。”

“那是金秧儿为气我妈，胡编乱造。”

“也不能空穴来风，无中生有吧？”

“我妈的生父姓麻，原籍是关东沟帮子，不是你们北运河的人。”

“金秧儿这是张冠李戴典型化。”

“此人说谎成性，改也难。”

“那你就不要穷追不舍了。”

“他现在是一座金矿！”

“金矿？”

“眼下外国畅销书走俏，书贩子捞着一本就能赚上十几万；金秧儿精通外文，我把他养起来像喂只鸡，一把米换一个金蛋，活财神爷！”

“炒熟的虾仁儿，从你嘴里蹦出去了。”

“我追到金簪儿的被窝里，也要把金秧儿掏出来。”

“兵贵神速，请！”

马菲菲像被土造沙发的弹簧一弹而起，也不向我告别一声，便一阵风而去。跑出门外，又转回身，向我下令：“金秧儿到您这里来，马上给我打电话！”

金秧儿现在哪里，我心中有数，只是不想给马菲菲指出这条通幽曲径。

46

金秧儿玩世不恭，但极爱面子，臭皮囊下有一副宁折不弯的傲骨，吃多大亏，受多少罪，也不服软低头。金簪儿救过他的命，为他遭过难，他从心里感恩戴德。但是，金簪儿一表现出财大气粗，盛气凌人，他就忍无可忍翻了脸，饿死也不会下乡端金簪儿的碗，吃嗟来之食窝心饭。

不过，他在花红果和谷双秀面前，就没羞没臊，没一点火性儿，不顾脸皮了。

这两个父母包办的前妻，张手能打，开口会骂，金秧儿却认定她们是弱女子。捆绑的夫妻不能不离婚，离了婚却又觉得对不起她俩，理上不亏情债难偿。

我虽不是神机妙算，但是熟知金秧儿的心理，摸得透他的脾气，我断定他一定是到三环路外，康乐新村花婆儿门下，不是卖身投靠，也是托钵乞讨。

出其不意，攻其无备，飞兵奇袭康乐新村，我突然出现在一楼二门304和305门外。

按响了门铃，开门相迎的不是花红果，而是谷双秀。

袖筒里装电筒，只照别人不照自己。老鸹落在猪身上，我面对二十多年不见的谷双秀，只觉得这个跟我同龄的女人，矮、老、丑、瘦，又穿着一身早就不时兴了的平纹灰的确良裤褂，更显得憔悴和土气。

“双秀儿，还认得我吗！”我居高临下地笑问道。

“就是把你烧成灰装进匣子，我也能认出你来。”谷双秀莞尔一笑，我发现她上牙床摘了一扇门，下牙床开了一个洞，可算是老掉牙了。

“哪阵香风把你吹进了北京？”

“我儿子在北京上大学，儿行千里母担忧，还不许我进城看儿子。”

“冤家路窄，你可跟花红果住隔壁了。”

“就是花婆儿打发留根儿把我接来的。”

“原来你俩化敌为友了！”

“还结成了儿女亲家。”

“你的留根儿……跟花红果的女儿？”

“那丫头在乡卫生院掌管药房，也会给病人打针。”

“自由恋爱，还是家长包办？”

“反正都是花红果一手撮合，包办里也有不少自由。”

“我要当面给这两个孩子道喜。”

“他们回村吃定亲饭去了。”

“你这个男方家长，怎么不出席？”

“有他爹出场，我就不露面了。”

“他爹？……金秧儿？”

“不是他，难道是你？”

“你哪一天又给他拉上了帮套？”

“前两天他像一条丧家犬，厚着脸皮来找花红果，只求在过道上摆一张折叠床。免得他在公园的长椅子上过夜，遮不了风也避不了雨。”

“于是你们就引狼入室了。”

“花红果是刀子嘴豆腐心，老忘不了一夜夫妻百日恩。”

“你怎么不把金秧儿拒之门外？”

“我又不是房主，吃凉不管酸。”

“房主是杜老十，他是什么态度？”

“杜老十早给花红果挤跑了。”

花婆儿已经过了更年期，女人到了这个岁数，血冷肉皮子硬，不愿男人死磨活缠她。杜老十却老当益壮，一会儿也不肯老实，花婆儿供不应求，他又去找那些外省来的小女嫩妇。花婆儿在村里从政多年，深通为官之术厚黑学，本人又具有十足的泼妇气质，吵能吵得天塌地陷，闹能闹得鸡犬不宁；只不过三吵两闹，杜老十便闻声丧胆，望影而逃。最后，只得逃到外省小女嫩妇的塑料布帐篷里，串了一家又一家，染上了花柳病，哈巴着两条腿，还乡回老家了。

我听得笑两声又叹一口气，说：“双秀，你怎么像一只蹲门貂（狗），把着门不请我进屋呀？”

“家里只有我一个人。”

“我不砸明火。”

谷双秀闪开半个身子，吞吞吐吐：“我怕你也像金秧儿……”

“金秧儿怎么啦？”我一掌推开她，一步跨进门去，坐在过厅的大沙发上。

“……半夜三更要流氓。”谷双秀大喘气，站在门外不进来。

金秧儿投宿，花红果将他安排在两室一厅的小房间里，自己和谷双秀睡在大房间里。晚饭，一家人难得大团圆，都喝酒过了量。留根儿和花红果的女儿借酒遮羞，提前退场，到那一室一厅里闭门不出，花好月圆初试云雨情。于是，离婚多年的一夫二妻，才同住一个单元。

半夜三更金秧儿醒来，口干舌燥嗓子冒烟，爬起床到厨房喝水，路过大房间门口。大房间没有关门，也就更没有上锁；虽然关了灯，却又没有拉起窗帘，一大片月光照在双人床上。花红果睡觉，还是滚炕席的老习惯，扒个精光，不挂一根布丝。金秧儿到厨房连喝了两大勺子凉水，还是压不住一阵比一阵上升的欲火，便拐进大房间，爬上双人床，把花红果恣意轻薄了一番。云雨已毕，余勇可贾，仍未尽兴，又找谷双秀的麻烦。谷双秀蜷缩一团，像个咬不开的铁蚕豆；金秧儿强攻不下，改为诱降。谁想他刚张嘴，花红果突然惊醒，大叫：“捉贼！”

我差一点儿笑破了肚皮，说：“金秧儿在她身上大闹盘丝洞，她怎么不喊叫？”

“跟金秧儿比赛碰了三大杯，她醉得像一摊花秸稀泥。”

“怎么金秧儿一到你身上，她就醒啦？”

“当惯了干部，警惕性高。”

“这是扳倒了醋缸腌酸菜！”

“她一口独吞了金秧儿，我也不眼馋。”

“真想替你的后夫全忠守节呀？”

“那个屈死鬼……待我知冷知热，不像金秧儿……良心给狗吃了。”

“喊捉贼的那就该是你！”

“金秧儿在那死鬼之前，他揉搓我也算不得失身。”

“满脑瓜子糨糊的糊涂娘儿们！”我的手指敲打着沙发前的茶几，“花红果后来又怎么把金秧儿宽大处理了呢？”

谷双秀掩嘴吃吃笑道："她手拿一把切菜刀，逼着金秧儿下跪，给我赔礼道歉，打着嘴巴起誓赌咒，今后不敢再犯。"

"金秧儿在你身上犯的罪小，在花红果身上犯的罪大，又该如何低头认罪呢？"

"花红果半点也没有难为他。"

"甘心吃哑巴亏？"

"谁占够了便宜也不吭声。"

我哈哈大笑，说："谷双秀，你从迷梦中醒来了。"

"我压根儿就没睡着。"谷双秀心如明镜，"花红果堵金秧儿的嘴，封我的口，是为了把金秧儿长期霸占下来。"

"霸占？"我反倒不可理解发了昏，"这个老婆子一发而不可收拾，难道忘了金秧儿已是有妇之夫，那个金簪儿可也不是一盏省油的灯。"

"她这趟回村吃定亲饭，顺便也要跟金簪儿谈生意。"

"买下金秧儿？"

"租赁三年。"

"金秧儿乐意吗？"

"正是他的馊主意。"

"你还是给我大拆大卸，细批八字吧！"

"花红果跟杜老十拆了伙，还想在自由市场当草头王，就少了个'刁德一'；金秧儿不愿回乡给金簪儿倒插门，这个康乐新村一楼二门304正可存身，花红果也就有了狗头军师。"

"剃头挑子，剃头挑子！"金秧儿的异想天开逗出了花红果的一头热，使我深感不安，“一言不合，谈判破裂，免不了要出人命。”

“兄弟，你快出马救人！”谷双秀被我吓出了眼泪。

“反正你已经当了寡妇，金秧儿死就死活就活，都改变不了你的身份。”我见谷双秀急得火上房，便沉住了气戏耍她，“你是不是想虎口夺食，花红果吃肉你啃骨头？”

“我不是馋猫、骚羊、浪母狗！”

“那就别戏台下掉眼泪了。”

“我的儿子不能没有爹！”

“留根儿早已不姓刘，有没有金秧儿一个样。”

“吃定亲饭的酒席上，留根儿要认祖归宗！”

我伸了个懒腰，从沙发上站起来，说：“双秀，我是名角登场，少不了得有个龙套。”

谷双秀一点就通，说：“巡抚出朝，地动山摇，我陪你回去。”

“那就赶快扮上！”

“怎么打扮？”

“来不及染头发，你也得换身新衣裳。”

谷双秀这才进门，钻进大房间锁上门，只听窸窸窣窣一阵响，梳妆之后走出来一亮相，仍然是个热煳了的卷子，大煞风景。

“穿得这么花哨，回村可怎么好意思见人？”谷双秀只不过穿上一件半旧的碎花特利灵短袖汗衫，便羞羞答答地不敢抬头。

我白瞪了她一眼，吆喝道：“戴上口罩！”便夺门而去，抢先下了楼。

47

多亏我不早不晚及时赶到，拦住了文攻武卫的金簪儿兴师问罪，金秧儿才避免了一场杀身之祸，没有当上金簪儿的刀下鬼。

花红果和金秧儿，一过北运河便兵分两路。她带着女儿和留根儿回她的留守处，老货郎支撑着门户，名正言顺是她的家。金秧儿不向金簪儿低头，也有他的着陆点，那便是小红兜肚儿奶奶的破瓦寒窑。

只有我称得上无家可归，别无去处，只能直奔金簪儿家报到。天上没有玉皇，地上没有龙王；我就是玉皇，我就是龙王，喝令三山五岳，我来了！

在村外我跟谷双秀分了手，她投奔亲家母花红果理所应当。

我跨进金簪儿家的门楼，险一险儿撞在金簪儿手中的杀猪青条子上。

这座大宅院是个半成品，不知为何半途而废下了马。四面红墙，爬满了青藤，挂满了绿蔓。门楼格局抄袭北京国际大厦，两根柱子上盘绕着两条金龙，张牙舞爪能吓得鬼祟不敢上门。进门的影壁又模仿北海公园九龙壁，九条龙四对二龙戏珠，只剩下一条龙茕茕孑立，形影相吊，便鼻子喷水白浪滔天，眼里淌泪大雨倾盆。

拐过影壁一看，好比揭皮看瓤，败絮其中露了馅儿；满院子不但没有方砖铺地，就连深深浅浅、大大小小的坑洼，也还没有填平垫整。下了两场雨，坑洼边沿长满茅草，窝住的浑水游着一层蝌蚪，五间大瓦房气魄不小，却没有安装玻璃窗，钉满了从菜园子买来的废塑料薄膜，好像四方大脸上生满大钱癣。

“我杀了他，捅了他！”金簪儿一手舞动着杀猪青条子，一只胳臂被她娘黄连树老婶子扯住不放。

明知山有虎，我可不敢偏向虎山行，还是向后转快步走，见势不妙赶紧撤吧！

“大侄子，回来！”黄连树老婶子紧急呼救，“过去金簪儿闹黄狼，只有你镇唬得住。”

我打了个寒噤，急忙站住脚。

当年金簪儿当铁姑娘队长，生理上忍受着强度劳动的压力，心理上忍受着悒郁寡欢的苦闷，一到春暖花开和秋风落叶的时节，便要闹癔病，哭了笑，笑了哭，一睡三天三夜不醒，一闹捅破了屋顶跳塌了炕。赤脚医生扎针，公社卫生院给她服用镇静剂，不是无济于事，便像隔靴搔痒。只有我了解她得的是心病，给她吃消愁解闷的宽心丸，药到病除，妙手回春。

我的宽心丸就是我能跟她说知心话。

在我插手之前，金簪儿已经闹过几回，扎针吃药都不起作用，黄连树老婶子请神婆子捉妖拿邪，也不灵验。病急乱投医，黄连树老婶子在万念俱灰时忽然灵机一动，想起了我这个博古通今的土圣人，便把我叫到她家里，听一听我的高见。

金簪儿哭哑了嗓子，闹乏了身子，躺在炕上像一具僵尸，两只眼珠儿一动不动，直勾勾瞪着被老鼠咬得大窟窿小眼的顶棚，干裂的嘴唇上一道道血口。

“金簪儿，大哥看你来啦！”我半坐炕沿上，正在她的枕边。

“你……是……谁？”金簪儿的眼珠转了一圈。

“我是你刘大哥。”

“你他妈的是……江水英的姘头儿！”

江水英是一出样板戏里的女主角，大队党支部书记，军属。

我见金簪儿戏迷人窍，只得陪她进戏，说：“妹子，江水英已经罗敷有主，我可不敢破坏军婚。”

“你弄大了她的肚子，养下私孩子送给了……送给了……”

“金簪儿，捉奸拿双，你不能血口喷人！”

“那……你为什么……给江水英送鸡汤？”

“妹子，你看花了眼，送鸡汤的不是大哥。”

“你跟江水英……小葱拌豆腐……？”

“她那个飒爽英姿，活像大老爷儿们，我瞧着她害怕，产生不了邪念。”

“阿庆嫂白白胖胖，肉肉团团，丈夫跑单帮，常年不在家，你跟她勾搭上了吧？”

“妹子，你太小看大哥啦！”

“怎么小看了你？”

“虽说我是戴着帽子的黑五类，也不愿钻狗洞偷吃剩货。”

“你想娶个黄花大闺女？”

“然也。”

“我猜中了，你看上了李铁梅！”

为了摆脱这个窘境，只有脱离这个话题，便故作多情，唉声叹气，说：“自从她投奔柏山松岭游击队，便下落不明，音信皆无，我也只不过单相思。”

“你想不想找她？”

“哪怕她住在地球背面，我打通了隧道也要找到她。”

“你呀你呀！有眼不识金镶玉。”

“难道她远在天边，近在眼前？”

“睁开你的四只眼儿仔细观看，李铁梅就是我，我就是李铁梅！”金簪儿被窝里鲤鱼打挺，一丝不挂站起来。

“老婶子！”我像白日见鬼，吓得狂叫。

黄连树老婶子一直在窗根下监听，站起来一看又蹲下去，说：“大侄子，别跟你妹子见外，她小时候还在你胳臂上拉过青屎哩！”

金簪儿很小就挑水，念完初中就当铁姑娘队长，压得她宽肩粗腰臀大，奶子却像死面馒头不发个儿，肩膀上被麻绳勒出七条八道的紫印。

“你看！”金簪儿叫我看完了前胸瞧后背，“鸠山抽了我多少鞭子，我没招一句口供，没出卖一个同志。”

“妹子，你是真金不怕火炼，怪不得取名叫金簪儿。”我一边吹捧她，一边给她披上褂子。

她却把一条腿伸过来，腿上有几块疮疤，说：“这是鬼子打我的枪伤，我挂了重彩也不下火线。”

“好一盏红灯照！”

“我跟李铁梅能不能比个高低上下？”

“她不过是一块铁，一百斤生铁也卖不出一两金子钱。”

“那你就扔下那一百斤生铁，捡起这一两黄金吧！”

我暗暗叫苦：“这丫头原来是花痴！”便镇定了一下心神，假笑道："癞蛤蟆怎敢想吃天鹅肉？"

"你摘了帽子，还算黑五类吗？"

"臭狗屎上撒一层白糖，也不能当蓼花卖。"

金簪儿咕咚躺倒，闭上眼睛，眼窝里冒出两洼泪水。我给她盖上被子，然后踮着脚尖走出去。

傍晚，金簪儿醒来，喝了两碗稀粥，吃了　个煮鸡蛋，又睡到日上三竿，揉开眼睛顾不上梳头洗脸，扛起镢头急忙下地，铁姑娘队长威风凛凛不减病前勇。

从这以后，金簪儿每一回闹病，都是请我出诊。

在黄连树老婶子眼里，我和金簪儿是大哥小妹，多么亲近也出不了三差二错。女儿是公社大红人，多少根红苗壮的小伙子瞪圆了眼睛盯着她；她就是害了爆花火眼，也不会映我这个摘了帽儿也改变不了老右身份的背时鬼。而且，黄连树老婶子疑人不用，用人不疑，相信我是个坐怀不乱的正人君子，金簪儿衣不蔽体我也目不斜视，不会强行非礼。

金簪儿已经表里不一，内外有别。她走出家门，是个刀枪不入的铁姑娘队长；回家插上门闩，就是个如饥似渴想汉子的女人，没有一丁点儿铁味了。

正当这场危险的游戏玩到最危险的时候，金秧儿出场，李代桃僵。九曲十折悲喜剧，二十年后才成夫妻。

多年不见，旧情复发，一拍即合，马上同居，但是结婚之后才发现，两人针尖麦芒，命中犯相。

金簪儿手拿青条子，新婚不久就要杀夫。

"放下凶器！"我一声断喝，吓唬金簪儿，也给自己壮胆。

杀猪刀子当啷一声落了地，金簪儿号啕大哭："打虎亲兄弟，我早就猜着金秧儿得把你找来，联吴破曹对付我一个人。"

"用词不当！"我见她放下屠刀，更气壮如牛走过去，"你是母老虎吗？"

"甭跟我咬文嚼字，你跟金秧儿都是喝多了墨水染黑了心肠。"金簪儿棍打一片，横扫一切牛鬼蛇神。

"铁姑娘的腔调，左嗓子！"我给老态龙钟的黄连树老婶子递个眼色，走过去架住金簪儿的一条胳臂，"你经过了不少风雨，见过了许多世面，怎么发怒一哭，又原形毕露？"

"什么样子？"

"鼻涕眼泪，泥沙俱下，大嘴一张，声震八方，整个儿是傻丫头本色。"

"呸！"

金簪儿扑哧破涕一笑，甩开我跑进屋去。

半成品的五间瓦房，一没有刷墙，二没有糊棚，活像一座等待择吉开张的大车店。没有座椅，我只得倚着门框，跟黄连树老婶子家长里短说闲话儿。

"大哥！"金簪儿一个闷帘叫板出屋来。

我眼前一亮花了眼，只见金簪儿身穿蝙蝠衫牛仔裤，戴一副硬壳乳罩弥补不足，虽然已过四十岁，却比二十年前的那个铁姑娘令人赏心悦目。

"人配衣裳马配鞍，你能参加服装模特儿大奖赛！"我要吹就吹个八级风，要捧就捧个九丈高。

"金秧儿死罪能免，活罪难饶！"金簪儿心中自有一定之规，并没有被我引入歧途，"他正在图财害命，又想停妻再娶，哪一条都该把他送上狗头铡。”

“图谁的财，害谁的命？”

“他伙同一个臭婊子，打算把小红兜肚儿奶奶的一万块钱骗到手，骗不到手就把老人家活活气死。”

“婊子还是个臭的，谁？”

“马非非！”

48

刘黑锅死时三十三，小红兜肚儿活了九十九。多少回改朝换代，她都亲身经历，亲眼得见，只是没有人为她代写回忆录。她耳不聋眼不花，腰不弯背不驼，三十二颗牙齿完好如初。于是，她赶上了豆棚村分田到户大包干，看见豆棚村办起服装厂，成为全县独一无二的西装村，并且免费赠送她老人家一套，完全仿照波音747客机空中小姐的衣裳样子，超前现代化。

豆棚村服装厂裁剪西装的二位师傅，是两名不远千里而来的温州老客。大温师傅主管男服，二温师傅包揽女装；二位师傅的手艺都是巧夺天工，精妙绝伦，不让“红都”，赛过“雷蒙”。温州人为了挣钱不恋家，不像豆棚村男子离不开热炕头。大温师傅扔下怀孕的妻子，二温师傅撇下结婚三日的新娘，跋山涉水来到人地两生的豆棚村耍手艺；服装厂每赚一万他们提二成，赔钱张大了嘴面向西北喝冷风。远来的和尚会念经，他俩来到豆棚村半年六个月，服装厂的红利便翻了一番又翻两番，一年下来两个人至少能拿三万。

越是能挣钱的人越舍不得破费，百万富翁最会精打细算过日子。二位温师傅是起家的儿郎不是败家子，一不手懒二不口馋，勤劳俭省为本；每日三餐都是隔夜的茶水泡糙米饭，一只喂猫的鱼头能喝二两酒。豆棚村的青堂瓦舍房租太贵，他们要一分钱掰成两半花，便租下了九十九岁的小红兜肚儿的一间泥棚茅舍。房东房客亲如一家人，二位温师傅常到九十九岁的小红兜肚儿屋里，谈天说地讲古论今，顺便吃一捧花生嗑两把瓜子，也算额外收入小有所补。

一来二去，眼尖得入木三分的大温师傅和透视四寸的二温师傅，同时发现在这个穷老婆子的破瓦寒窑中，竟藏有一宗无价之宝，那便是刘黑锅留给小红兜肚儿的贞节牌坊。

虽然刘黑锅临死认定小红兜肚儿比黄巧儿更是难得的女子，小红兜肚儿却心虚胆怯愧不敢当，并不想在自己死后把这座贞节牌坊树立在坟前。但是，这是情人留下的奖赏，也是自己的骄傲，她便把拆成八块的汉白玉铺在卧房的地面上，日夜陪伴着自己，而且逃过了六六年中的种种天灾人祸，毫无损伤地保存下来。

二位温师傅在家乡早已盖起了洋房小楼，买齐了全堂的进口家用电器，生前衣、食、住、行已经达到或靠近世界先进水平，现在的奔波劳碌，是为了死后的生活水平也不低于生前。二温师傅的新娘子，到乡政府登记之前就叫二温师傅立下文书，过门之后马上给她买地修坟。二温师傅言必信，行必果，已经在青山绿水龙脉上，为新娘子买下了二十平方米的风水宝地。花瓷砖的墓穴，不锈钢的棺椁，也已经重金购得。谁想无意之中在外省他乡发现了一座古色古香的贞节牌坊，如果买下来运回去，那够多么给新娘子墓增光添色。于是，他四面包围，十面埋伏，迂回曲折，百般诱惑，跟九十九岁的小红兜肚儿谈起交易。谁知，九十九岁的小红兜肚儿忠于爱情，并不见利忘义，说得马生犄角骡子下驹也不卖。二温师傅大为恼火，跑到书记、厂长家里大吵大闹，声称买不到这座贞节牌坊便撕毁合同卷行李，拔腿就走。书记、厂长慌了神儿，抓了瞎，带领大小干部全班人马，一字排开给九十九岁的小红兜肚儿下跪。九十九岁的小红兜肚儿以大局为重，只得点了头，双方三千块钱成交。二温师傅正准备开挖托运，忽然从温州给大温师傅拍来一封加急电报，向大温师傅报告弄瓦之喜。大温师傅拿着电报直奔九十九岁的小红兜肚儿家，愿花五千块钱买这座贞节牌坊，在女儿满月的喜庆之日动工修坟，这座贞节牌坊是送给女儿的最佳礼品。二温师傅不依不饶，从三千涨到六千；大温师傅眼也不眨，马上喊价七千；二温师傅不甘示弱，开价八千更上一层楼；大温师傅意在必得，叉开五指翻巴掌，给了个整数是一万。二温师傅还要斗上几个回合，陡地想起刚才接到胞妹的一封十万火急来信，密报新嫂子最近不安于室，常常夜游不归，形迹极为可疑。二温师傅的逞强斗胜之心从沸点降到零下四摄氏度，不战自退，败下阵来。

九十九岁的小红兜肚儿一下子成了万元户。

“黑锅，我的兄弟，我的亲人，我的主子！”发了财的九十九岁的小红兜肚儿，白天走路，端碗吃饭，夜晚睡觉，都念叨一遍又一遍，“你保佑我再活九十九，我还要报效你们刘家三辈人。”

一万元钞票过了手，大温师傅刚把贞节牌坊运走，金秧儿就回来了。

金秧儿念完大学，当了四分之一世纪干部，每月五十六元就挣了二十年，拿不出一分一文孝敬小红兜肚儿奶奶。平反那年退还他五百块钱，他拿出三百寄给小红兜肚儿奶奶，一辈子仅此一回，退休之后又有心无力了。这一趟回家，他给老奶奶带回十盒通州特产大顺斋糖火烧，老奶奶捧给他的却是一万元崭新的钞票，羞愧得他无地自容。

双喜临门，小红兜肚儿奶奶乐极生悲，当晚就一病不起。金秧儿连夜到乡卫生院请医生，天亮陪医生到家，马菲菲不知是空降还是地遁而来，正坐在炕沿上给老奶奶洗脸梳头，表现出极大的耐性和孝心。

老人家全身零件正常，只是严重老化，一碰就碎，一动就散，只能进行保护治疗。如果搬上急救车，出门走不了多远就会咽气。

小红兜肚儿奶奶住在刘家，这是刘龙蛋子临死时口头遗嘱，把这座宅院留给了老太太，风吹雨打，年久失修，这座宅院已经荒废得有如穴居野处了。

我脚踏着遍地青草走进门去，看见花红果、谷双秀、花红果的女儿和留根儿也到了，里三层外三层，将不能起炕的小红兜肚儿奶奶团团包围。

“金秧儿……都有谁……送我上路？”小红兜肚儿奶奶睁开双眼，暗淡无光像个盲人。

“奶奶！”谷双秀跪倒在炕沿下，“我是双秀，带着您的重孙子，看望您老人家来了。”

留根儿被他娘抻了一下衣角，赶忙双膝下跪，叫了声：“老祖宗！”

“谁管我叫老祖宗呀？”小红兜肚儿奶奶提高了嗓子。

谷双秀面呈骄色，挺起腰板，响脆答道：“我跟金秧儿……的儿子，小名叫留根儿。”

“金秧儿……有儿子，老槐树下刘家……没有断根？”气息奄奄的小红兜肚儿奶奶惊叫一声，竟坐了起来。

谷双秀忙爬上炕抱住她，哭道：“奶奶，当年我是……怀着身孕走的，我给老槐树下刘家留下了一条根。”

“今年……该有……二十八九了吧？”小红兜肚儿奶奶抖索一只手，掐指计算着，“娶……媳妇了吗？”

“老祖宗，我是留根儿媳妇！”花红果的女儿十分知情识趣，马上下跪磕头，“我在乡卫生院管药房，药房里有的是起死回生灵丹妙药，都拿来给您老人家吃。”

“还是……快点儿……生个……大胖小子吧！”小红兜肚儿奶奶含泪笑了笑。

“坚决完成任务！”花红果的女儿挥动紧握的拳头。

“大团圆了……大团圆啦！”小红兜肚儿奶奶闭上眼睛，淌下两颗慈心泪，“只差……花红果那丫头，我过去……偏心眼儿，亏待了她。”

“奶……奶！”花红果一声哭喊，单腿下跪，“我把自己的女儿送回老槐树下刘家，给您当重孙媳妇，您老人家……多疼她吧！”

“黑锅……黑锅……”小红兜肚儿奶奶那回光返照的脸色，虽不是艳如桃李，也像搽上满脸的红胭脂，“你压着八抬大轿……接我来了，接我来了……放鞭炮呀！放鞭炮……”

“留根儿，买鞭炮去！”金秧儿大声吆喝儿子。

“家里有现成的。”花红果的女儿抢先跑出去，骑上自行车飞奔而去。

这些鞭炮本来是打算在他们的订婚喜筵上燃放的。

在爆竹飞花声中，小红兜肚儿奶奶咽了气，好像不是长眠不醒，而是劳乏中打个盹儿。

我一直在现场，从头到尾目睹全景。

金秧儿在老奶奶生前没有尽孝，老奶奶死后却孝行惊人。他把小红兜肚儿奶奶安葬在爷爷刘黑锅的墓穴，而且在那棵野桑树下搭起一座窝棚，至少守庐三日。

我只得给他做伴，也就一同复古。

49

窝棚里闷热，一进一出一身痱子，窝棚外蚊子咬人，一口一块肉。我和金秧儿逃到河边，下水凫了几圈，上岸四脚拉叉，赤条条仰躺在河边白沙地上。蚊子虽然不少，但是河风吹得它们停不住脚，不能俯冲；半空中嗡嗡山响，我和金秧儿却十分安全。

“兄弟，我死之后，从头到脚，浑身上下，要刮个一根毛发不剩，赤子而来赤子而去，火化成灰，撒入大河，顺流而下，不留痕迹。”金秧儿摇头晃脑颤腿子，“兄弟，这个遗愿，拜托你帮我实现了，免得被金簪儿、花红果、谷双秀、马菲菲四马分肥，每人各享一杯羹。”

“死期尚远，还是说一说你今后打算怎么活着吧？”我见他这几天跟马菲菲十分亲热，很怕他被这个心怀叵测的女书贩子俘虏，同流合污贩卖色情文化。

“你没看见我把她骂跑了吗？”金秧儿拍着胸脯，一字一句掷地颇有金石声，“男子汉做色情文化生意，好比青楼的乌龟，妓院的王八，暗娼的皮条。君子爱财，取之有道，岂能见利忘义，操此贱业？”

“那就给花红果当高参吧！”

“这个娘儿们从农村闯入城市，大有穆桂英勇破天门阵的气魄，不过杜老十比我更有实用价值。”

“听你的口气，好像要劝他们重归于好。”

“千方百计，玉成其事。”

“你应该帮一帮谷双秀。”

“我还是成全她为后夫守节，不要骚扰她的宁静。”

“旁门左道都不走，就该一心不二辅保金簪儿。”

“我正想把这个女人移交给你，只可惜不是完璧归赵。”

“又跟我装神弄鬼！”

“你扪心自问，她心里爱的是谁？”

“那么，你打算跟她离婚？”

“土埋半截，无此雅兴了。”

“不战不和？”

“我要收复失地，把金簪儿从你的阴影笼罩下夺过来。”

“阴影？”

“当年那位铁姑娘队长想的是你，跟我睡觉不过是饮鸩止渴，二十年后依然如此。”

“金簪儿亲口说过，还是你贼心多疑？”

“昨天晚上，我俩对面扒皮。”

“金簪儿是怎么说的？”

“她要跟你借一笔钱，把她这座中途下马的宅院完了工，以后这里就是你下乡驻跸的外家。”

“我借给她钱，但是永远不到她家落脚了。”

“假道学！”

“我在金簪儿身上，问心无愧。”

“在别的女人身上呢？”

“离题了。”

“有小红兜肚儿奶奶留下的一万块钱，我怎能眼看着自己的老婆卖身筹款？”

“这一万块钱，你如何安排？”

“依你之见？”

“这笔钱给金簪儿当资金，杀个回马枪，进城做贩书生意。”

“你俩是早有商量，还是不谋而合？”

“金簪儿想当书贩子？”

“开辟第二战场，占领农村集市。”

“马菲菲贩书是贩毒，金簪儿的风格要高。”

“我花钱买个书号，你用心写一本书；金簪儿批发零售，至少赚个三万、两万。”金秧儿见我皱眉，急忙声明，“这可不是受马菲菲的传染。”

“对不起。”我躺在地上拉长了脸，天上的月亮遮住一片浮云，“我的作品，赔钱的多，赚钱的少。”

“赔钱的交给国家出版社，赚钱的交给我和金簪儿。”

“赚也赚不了多少，能买两壶醋，不够买一瓶酒。”

“有我跟金簪儿沿街叫卖，你那些赔钱的作品也能大赚特赚。”

“我还欠几家出版社几本书。”

“甭跟我客大欺店，端臭架子！”

“图穷而匕首见，骂起人来了。”

“我要骂的是金簪儿！”金秧儿狂呼乱叫，“本来我想靠老奶奶这笔遗产，译一本好书出版，出名露脸，光宗耀祖；那个势利眼的娘儿们偏要借重你的名气，才算得上开张大吉。”

“干哥，你想译书？”我打个滚儿，跟金秧儿并肩而卧。

金秧儿声调铿锵，答道：“我要叫金簪儿今后不敢狗眼看人低！”

“你是该自我表现一下。”

“也要叫乡亲父老们看看，老槐树下刘家的子孙，不是酒囊饭袋！”金秧儿激动得爬起身来，“我的话在金簪儿耳朵里一钱不值，你的话她一听就是金口玉言。兄弟，你得替我说服她。”

“明天我舌战金簪儿，不获全胜决不鸣金收兵。”

“我想今夜晚就凿定。”

“金簪儿早梦入黑甜乡了。”

“我叫醒她，把她给你背来！”金秧儿将两腿插进裤筒，两脚钻进鞋子，起身就奔村里跑，一蹦一跳像个受伤的野獾。

孤身一人躺着乏味。一会儿金簪儿到来，光着身子也有伤大雅，迫不得已穿上衣裳，在河边走蹓儿。

我天生是个敏感的人，坎坷岁月中我的每根汗毛都像一根触角，我怎会不知道金簪儿想跟我暗中相好？然而，我没有碰她。不是我道德高尚，而是我胆小怕事，顾虑重重。如果我碰她一指头，没有不透风的篱笆，万一泄露出去，我就得被逮捕和判刑，至少要被七斗八斗，再戴上一顶坏分子的帽子。也许，还因为我心中另外有个女人，才没有偷采这朵野花。

其实最主要的原因是我感到屈辱。金簪儿只愿回家插门顶杠子，才跟我上炕睡觉；云雨之后退了烧，她又会想到我的政治身份，于是我又变为泥猪癞狗。

……我溜溜走了一夜，金秧儿也没有把金簪儿带来。天亮，我过了河，走向京津公路的长途汽车站。

金秧儿、金簪儿、花红果、谷双秀等人，都像被姜太公封神，各得其所，各就各位。只有我流年不利，厄运临头，突患中风，猝然病倒，时在仲夏中伏。

当我半身瘫痪，生命垂危，僵挺在病床上时，我常常产生幻觉。有时，我是个剃光葫芦头、留木梳背儿的顽童，上身穿着红兜肚，脖子上挂着长命锁，爬墙上树，下河浮水，柳棵子地里打鸟儿，河滩上野跑。有时，我是个身穿紫花布裤褂，头戴柳圈儿的农村少年，走高跷，跑旱船，扭秧歌，逛庙会。有时，我是个十字披红的新郎官儿，花轿娶来的是布衣荆钗的柴火妞子。有时，我又是个胼手胝足的中年农夫，住几间泥棚茅舍，日出而作日入而息。夜晚昏暗的麻油灯下，一个未老先衰的农妇是我的妻子，侧卧炕头打瞌睡，扯开布衫给孩子喂奶，炕上还横七竖八睡着几个儿女。

我的三魂六魄好像出了窍，回到我的家乡土地上。生死关头，我更加眷恋自己的乡土，想念自己的乡亲，怪不得阴阳交界之处有座望乡台。

金秧儿自称看透了我的小说的人，说我少年时代专写满身花香水气的北运河少女，老大以后爱写一身馊汗气味的运河滩大老娘儿们。是呀，时光如流水，眨眼一辈子，当年我笔下的那些豆蔻年华二月初的村姑，而今都已经是孩子妈或是娃儿的奶奶了。她们大多数都已年过半百，最小的也已年届不惑；人过四十天过午，过了午的日头奔西山，她们怎么能不衰老呢？我常常想起她们，她们中间的一些人和我确曾有过发乎情而止于礼的瓜葛。那时人小脸皮薄，樱桃好吃树难栽，小曲好唱口难开，彼此心照不宣，有话闷在肚子里。如今人老脸皮厚，有心而无力；老帮菜们聚会在一起，两杯热酒入了肚，多么难以启齿的疯话都敢说出口。有几位研究家跟我下乡访旧，走村串户，见我竟然当众跟那些大老娘儿们明目张胆地调笑，一个个都惊吓得目瞪口呆，面如土色。

他们哪里知道，闹得越凶，越无弊病；越是嘴上不戴笼头，手脚捆绑得越紧。咬人的狗不龇牙，馋嘴的猫不声张，偷香窃玉的人没一个不是暗中进行地下活动。

越是思念的人，面孔越是模糊；越是想梦见的人，越是不来入梦。

梦中跟我拜堂成亲的不该是谷双秀，而应是另外一个女子；侧卧炕头奶孩子的应是另外一个妇人，而不该是花红果。我和谷双秀之间清如水，我和花红果之间明如镜，为何她俩霸占我的梦，驱不散也赶不走？有时梦见花轿进门，我跑上前去撩轿帘，钻出来的是金簪儿；再梦见有个妇人侧卧炕头奶孩子，扳过肩膀一看又是金簪儿那张脸。

我头晕目眩，好像抱膝坐在河边的小船上，倒映在河面上的圆圆的月亮，像一面花木兰当户理红妆的镜子，照见我那怯懦惨白的脸。我爱过和爱过我的女人，也像水月镜花，似有似无，若隐若现。

我倘能大难不死，跳下病床就拿起笔，把我那些犹抱琵琶半遮面的故事写出来；无事不能公开，无梦不可告人。

一九八八年二月至一九八九年六月

注：《水边人的哀乐故事》一九九〇年六月由花城出版社出版。与花城出版社前后期出版的《野婚》《京门脸子》组成乡土长篇小说系列。

图书在版编目 (CIP) 数据

水边人的哀乐故事 / 刘绍棠著. — 北京 : 北京十月文艺出版社，2018.5
（刘绍棠文集）
ISBN 978-7-5302-1642-2

Ⅰ. ①水… Ⅱ. ①刘… Ⅲ. ①长篇小说—中国—当代 Ⅳ. ① I247.5

中国版本图书馆 CIP 数据核字 (2017) 第 322585 号

水边人的哀乐故事
SHUIBIANREN DE AILE GUSHI
刘绍棠　著

出　版　北京出版集团公司
　　　　北京十月文艺出版社
地　址　北京北三环中路 6 号
邮　编　100120
网　址　www.bph.com.cn
发　行　新经典发行有限公司
　　　　电话（010）68423599
经　销　新华书店
印　刷　固安县铭成印刷有限公司
版　次　2018 年 5 月第 1 版
　　　　2018 年 5 月第 1 次印刷
开　本　880 毫米 ×1230 毫米 1/32
印　张　8.625
字　数　190 千字
书　号　ISBN 978-7-5302-1642-2
定　价　32.00 元
质量监督电话　010-58572393
如有印装质量问题，由本社负责调换。